韩湘子全传

【明】杨尔曾 著

中国古典神魔小说

河海大学出版社
HOHAI UNIVERSITY PRESS
·南京·

图书在版编目（CIP）数据

韩湘子全传 /（明）杨尔曾著. -- 南京 : 河海大学出版社，2025. 6. --（中国古典神魔小说）. -- ISBN 978-7-5630-9596-4

Ⅰ. I242.4

中国国家版本馆 CIP 数据核字第 2025FA9915 号

丛 书 名 / 中国古典神魔小说
书　　名 / 韩湘子全传
HANXIANGZI QUANZHUAN
书　　号 / ISBN 978-7-5630-9596-4
责任编辑 / 彭志诚
丛书策划 / 未来趋势
特约编辑 / 夏无双
特约校对 / 曹　阳
装帧设计 / 未来趋势
出版发行 / 河海大学出版社
地　　址 / 南京市西康路 1 号（邮编：210098）
电　　话 /（025）83737852（总编室）
/（025）83722833（营销部）
经　　销 / 全国新华书店
印　　刷 / 三河市元兴印务有限公司
开　　本 / 880 毫米 ×1230 毫米　1/32
印　　张 / 7.75
字　　数 / 244 千字
版　　次 / 2025 年 6 月第 1 版
印　　次 / 2025 年 6 月第 1 次印刷
定　　价 / 59.80 元

前言

《韩湘子全传》又名《韩湘子十二度韩昌黎全传》《韩昌黎全传》《韩湘子得道》《韩湘子》，明代长篇通俗小说，共三十回。小说的作者杨尔曾，字圣鲁，号雉衡山人，又号夷白主人，钱塘人，生卒年均不详，约明神宗万历四十年前后在世。

《韩湘子全传》主要描写钟离权、吕洞宾度韩湘子得道成仙，然后韩湘子又度化韩愈一家入山学道的故事。

该小说中关于韩愈由儒而道的转变过程十分曲折，却又合情合理，表现了封建社会中一部分士大夫“达则兼济天下，穷则独善其身”，由入世到出世的思想演变过程。

《韩湘子全传》这部小说，在题材选择上可谓匠心独用，取材于道教故事，表现了现实社会中政治、伦理、宗教等方面的矛盾和斗争。在叙事操作和价值取向方面，有一定的特殊性。从价值取向的角度看，明代中后期“三教合一”与“宗教世俗化”思想对小说创作产生了重要影响。根深蒂固的儒家救世、济世思想在明代中后期被完全消解，小说的作者深受影响，同时由于作者对宗教并不虔诚的态度而更偏向于后者，在心学思潮的濡染下，小说继承和发展了《西游记》寓言讽世的创作手法，使其内容朝着与世情小说合流的方向蜕变，有意将神佛世俗化。

《韩湘子全传》这部小说，明显流露出道教因果报应、轮回转世、长生不死及众生均可修道成仙的思想。它同其他明代神魔小说不同，着眼点在仙而不在魔，其情节的安排是为了传播道教教义以及道教文化，同时，小说中有大量道教的道情说唱痕迹，对于研究明代宗教状况具有相当的参考价值。

《韩湘子全传》在各种民间传说的基础上进行了再度文学创作，具有一定的文学价值，是对民间文学与传说的升华。书中情节跌宕起伏，尤其在表现斗法场面时，想象奇特，铺陈开合，巧妙地抓住了读者的猎奇心理。此外在人物塑造上，细腻的心理描写，刻画入木，彰显了善与恶的世界。

此次再版，我们对原书中的笔误、缺漏和难解字词进行了更正、校勘和释义，对原书原来缺字的地方用□表示了出来，以方便读者阅读。由于时间仓促，水平有限，其中难免有所疏失，望专家和读者予以指正。

编者

2024 年 11 月

目录

入话：

混沌[1]初分世界，阴阳[2]配合成人。黄芽[3]白雪[4]几更新，乌兔[5]回环不定。曾见沧田变海，旋看松柏凋零。青牛白犬吠天津[6]，转眼棋枰[7]相应。

第一回

雉衡山鹤儿毓秀[8]　湘江岸香獐受谴

盖天地之间，九州八极。土有九山，山有九塞，泽有九气，风有八等，水有九品。何谓九州？东南神州曰农土，正南坎州曰沃土，西南戎州曰滔土，正西弇州曰并土，正中冀州曰中土，西北台州曰肥土，正北济州曰成土，东北薄州曰隐土，正东阳州曰申土。何谓九山？会稽、泰山、王屋、首山、泰华、岐山、太行、羊肠、孟门。何谓九塞？曰大汾、渑阨、荆阮、方城、殽阪、井陉、令疵、句注、居庸。何谓九薮？曰楚具区、越云梦、秦阳纡、晋大陆、郑圃田、宋孟诸、齐海隅、赵巨鹿、燕昭余。何谓八风？东北曰炎风，东方曰条风，东南曰景风，南方曰巨风，西南曰凉风，西方曰飂风[9]，西北曰丽风，北方曰寒风。何谓六水？曰河水、赤水、辽水、黑水、江水、淮水。

合四海之内，东西二万八千里，南北二万六千里。水道八千

---

[1] 混沌：天地未开辟前的浑然一体状态。

[2] 阴阳：古人认为构成宇宙万物的两种基本物质。

[3] 黄芽：道家炼丹所用铅华。亦指人的元气。

[4] 白雪：喻炼成的丹。

[5] 乌兔：古人认为日中有三足金乌，月中有玉兔，故称日月时光为乌兔。

[6] 天津：天河，即银河。

[7] 棋枰（píng）：棋盘。喻人间。

[8] 毓秀：孕育灵秀之才。

[9] 飂（liù）风：西风。

里通谷，其名川六百，陆径三千里。禹乃使大章步[1]，自东极至于西极，二亿三万三千五百里七十五步；使竖亥步，自北极至于南极，二亿三万三千五百里七十五步。凡鸿水渊薮，自三仞以上，二亿三万三千五百五十五里，有九渊。禹乃以息土[2]填洪水以为名山，握昆仑虚以下，地中有增城九重，其高万一千里百一十四步二尺六寸。上有木禾，其修[3]五寻[4]。珠树、玉树、璇树、不死树在其西；沙棠树、琅玕树在其东；绛树在其南；碧树瑶树在其北。一边名曰熊耳山，一边名曰雉衡山。诗云“云连熊耳峰齐秀，水山雉衡山更高”是也。真个好山，有词赋为证：

远望嵯峨，近观崒嵂[5]。山势嵯峨，定汪洋海翻雪浪；石形崒嵂，镇蛟蜃，穴涌银涛。土龙在木火方隅，云母藏东南境界。高崖峭壁，怪壑奇峰。听不尽双凤齐鸣，看不了孤鸾独舞。雾霭霭，豹隐深山；风簌簌，虎来峻岭。瑶草奇花不谢，青松翠柏长春。仙桃红艳艳，修竹绿森森，一片云霞连树荫，两条涧水落藤根。正是：千山高耸擎天柱，万壑横冲大地痕。

那雉衡山顶上有一株大树，树上有一只白鹤，乃是禀精金火，受气阳阴，顶朱翼素，吭员趾纤，为胎化之仙禽，羽毛之宗长也。有词赋为证：

瘦头露眼，丰毛疏肉，凤翼龟背，燕膺鳖腹。鸣必戒露[6]，止金穴而回翔；白非浴日，集兰岩而顾足。或乘轩[7]于卫国，驭江夏之楼；或取箭于耶溪，饴潭皋之粟。长比凫胫，群非鸡龊。侣鸾凤以遐征[8]，薄云霄而高啄。真个是缑山王子[9]之遗，辽东丁令[10]之属。

[1] 步：以脚步丈量。

[2] 息土：古代传说中一种不停生长的土壤。

[3] 修：高。

[4] 寻：八尺为一寻。

[5] 崒（zú）嵂：高峻貌。

[6] 戒露：报告寒露将临。

[7] 乘轩：春秋时卫懿公好鹤，鹤乘大夫车而行。

[8] 遐征：远征。

[9] 王子：仙人王子乔。相传在缑山得道成仙。

[10] 丁令：即丁令威，相传为汉代辽东人，在灵虚山学道成仙，后化鹤归来。

白鹤儿在那雉衡山中，虽然是一个羽族凡禽，唳八公而戢寇，毛群野鸟，鸣九皋[1]而彻天。恰因那三十三天兜率宫中，太上元始天尊驾前一只仙鹤，一日飞下这山上来，白鹤儿见他飞来，就便是福至心灵的一般，去与他交媾了一遍。那仙鹤就把仙家的妙理、学道的真诠，一一泄漏与这白鹤儿。白鹤儿依了仙鹤的传授，便在山中树上朝吞日液，暮采月华，饮露含风，餐霞吸露，修行了三四百年。只是盗学无师，有翅不飞，脱不得羽壳毛躯，上不得瑶池阆苑[2]。凑巧着这山中有一个香獐，也是百余年不死的毛团，惯会兴妖作怪，驾雾腾云。与白鹤结识，做了弟兄。逐日在江口闲游，山中玩耍。正是逍遥自在无拘束，不怕阎君不怕天也。

说话的，从头至尾要说得有原委。这阎浮[3]大千世界生着白鹤、香獐，也不知有几亿亿万万数，为何这只鹤，这只獐，就会成精作孽？盖因天地间有四生、六道。且说那四生，佛经上说胎生、卵生、湿生、化生是也；那六道，佛说仙道、佛道、鬼道、人道、畜生道、修罗道是也。投托得胞胎好，就有好结果；投托得胞胎不好，就没好结果。这便是报应轮回、天地无私的道理。原来这白鹤、香獐，都是汉朝时两个人转世，所以今番有这般结果。怎见得是汉朝的人过了三四百年又来做神做鬼？看官仔细听着，说出家门大意，便见这本稀奇的故事。

昔日汉帝朝内，有一位左丞相安抚，生下一女，四岁上母亡，将女交与乳母抚养。这女儿到得七岁，各色俱不待人指点，自然会得。一日，安丞相朝回，听见女儿房中有人弹琴品箫。安抚问："是谁人？"丫头说："是小姐。"安抚听了一回，走进房中，问女儿道："老夫朝中回来，只听得汝在房中弹琴品箫，这是谁人教汝的？"小姐道："孩儿百艺俱通，不消人教得。"安抚道："我止生汝一人，上无哥姐，下无弟妹，汝这般天赐聪明，我就取汝叫做灵灵小姐。过了十岁，才与汝议亲招赘，定要与首相做个继室，恁[4]你状元来说婚，我也决不与他。"乳母道："为何不与状元，到要与首相做继室？"安抚道："嫁与状元做结发夫妻，也要迟

[1] 九皋：深泽淤地。

[2] 瑶池阆（láng）苑：传说中的神仙境界。

[3] 阎浮：即阎浮提，泛指人世间。

[4] 恁（nèn）：如此，这样。

十年五载方才做得一品夫人；若嫁与首相做继室，进门就是一品夫人了。”乳母道：“世上的事只等你撞着，不等你算着，只怕老爷要赔了夫人又折兵。”安抚斥退乳母。以后有许多家来说媒，安抚只是不从。

一日，汉帝宣安抚上殿，说道：“朕有侄男，年方二十二岁，丧偶未娶。朕闻相国有一位灵灵小姐，肯与人为继室，何不嫁与侄男？”安抚道：“臣昔年有言，愿定与首相为继室，不敢嫁与皇侄。”汉帝道：“嫁与首相，怎见得胜似我皇侄？”安抚奏道：“进了首相的门，就是一品夫人；若皇侄，不知是将军是奉尉，便有许多不同。”汉帝道：“依卿所奏，朕就赐为一品夫人，何如？”安抚道：“赐称一品夫人，还是越礼犯分，终不如首相的好。”汉帝大怒，要把安抚丞相斩首市曹[1]，以警百官。百官替他讨饶，才得放还。当下，汉帝把他削去官爵，贬在远方安置。又差当驾官宣灵灵小姐入朝相见。

却说灵灵小姐听得宣召，父亲又为她几乎性命不保，吃了一惊，乃不梳不洗，含着泪眼入朝见帝。帝命抬头，一看，果然袅娜绝世，娉婷无双。随命当驾发到山西红铜山内，嫁了一个村夫，叫做脖不动[2]。那脖不动生得身长三尺，丑陋粗恶，三推不上肩，四推和身转，因此上人取他一个诨名，叫做“脖不动”。这灵灵小姐，色艺双全的人，嫁了这般一个蠢物，真所谓“骏马常驮痴汉走，巧妻常伴拙夫眠”也。那灵灵小姐心怀抑郁，不上数年，得病身亡。这脖不动见灵灵小姐死了，也就悬梁缢死，一魂儿追赶灵灵小姐。

他两个三魂缥缈，七魄悠扬，一直走到阴司地府阎罗案前。只见牛头马面拦住道：“你两个是何等人？奉何人勾摄前来？怎的不与差人同来？”灵灵小姐道：“我是安抚丞相的女儿，唤做灵灵小姐。只因那月老错配姻缘，把我嫁与这脖不动为妻，故此抑郁而死，魂魄来见阎罗皇帝说一个明白。”脖不动道：“我是山西红铜山内脖不动便是。蒙汉帝旨意，把这灵灵小姐与我为妻，我百依百随，尽力奉承她，不料她还不中意，郁闷逃走，我舍她不得，故此一路里赶来，要她回去。”牛头马面道：“你

[1] 市曹：市内商业集中之处。

[2] 脖（bó）不动：拔不动。

真是个掙不动的东西！你妻子如今是死的了，怎么还思量她同你转去？”那掙不动听见这话，才晓得他也是死的了，遂放声大哭起来。惊动了阎罗天子。当下，阎罗天子升殿。便问：“外边是恁么人这般哀苦？”牛头马面吓得不敢出声，判官上前，把灵灵小姐、掙不动的话奏闻一遍。阎罗天子叫他两个进来，跪在案下。他两个又把生前的苦情哭诉一遍，要阎罗天子放他回转阳世。阎罗天子道：“这是你自来投到，非是我这里差人错拿来的，要回去也不能够了。我今判汝两个转世去，又做一块，了汝两人心愿罢。”当下，阎罗天子判道：“夫者，妇之天；夫妇者，人之始。妇得所天，便宜安静以守闺门，不宜憎嫌以生衅隙。今灵灵小姐，生前怨望，已乖人道之常，死后妄陈，应堕畜生之报；幸是性灵不昧，骨气犹存，合无[1]转世为胎化仙禽，羽虫宗长，候三百年后遇仙点化，还复成人。掙不动禀丑陋形容，赋愚痴气质，只合栖身蓬荜，养命村庄，辞婚娶于九重[2]，置妍媸[3]于度外；乃敢妄婚相府，眷恋红妆，致佳人抑郁而死，捐微躯追奔不舍，昏迷性地[4]，应堕毛群[5]，合无转世贬为香獐，于三百年后与白鹤结为知识[6]，以完宿果。”判讫，灵灵小姐与掙不动低首无言，各寻头路。这便是白鹤、香獐前生的结证。如今只说韩湘子十二度韩文公的故事，且把这段因果丢下一边。

单表玉帝殿前有一个左卷帘大将军冲和子，因在蟠桃会上与云阳子争夺蟠桃，打碎玻璃玉盏，玉帝大怒，把那冲和子、云阳子都贬到下界去。一个投托在永平州昌黎县韩家的，便是冲和子，叫名韩愈；一个投托在永平州昌黎县林家的，便是云阳子，叫名林圭。原来这韩家九代积善，专诵黄庭内景仙经。韩太公生下两个儿子，大的叫做韩会，娶妻郑氏；次的就是韩愈，字退之，娶妻窦氏。他两个兄友弟恭，夫和妇顺，蔼蔼一堂之上，且是好得紧，只是都不曾养得儿子。那韩会终日忧闷，常对

[1] 合无：何不。
[2] 九重：天高处。指高官。
[3] 妍媸（chī）：美丑。
[4] 性地：欲海。指人的欲念。
[5] 毛群：禽兽类。
[6] 知识：相知相识。指夫妻。

兄弟退之说道："有寿无财，有财无禄，有禄无子，造化缘分不齐，唯有孤身最苦。我和你这般年纪，还没曾有男女花儿，如何是好！"有诗为证：

默默常嗟叹，昏昏似失迷。

只因无子息，日夜苦难支。

退之道："然虽如此，哥哥也不必忧虑。我家九代积善，少不得天生一个好儿郎出来，以为积善之报。难道倒做了一个没尾巴赶苍蝇的不成？这般忧也徒然，只是终日焚香礼拜，祷告天地祖宗，必定有报应了。"当下韩会依了退之言语，每日虔诚祷祝。感动得本处城隍、土地、东厨司命六神，各各上天奏闻玉帝，要降生一个孩儿与韩会。那奏章如何写的？奏云：

永平州昌黎县城隍、土地、司命六神臣某某等稽首顿首，奏闻昊天金阙至尊玉皇上帝：臣闻高皇璇极[1]，总庶民锡福[2]之权；大梵金尊，开群品[3]自新[4]之路，凡伸祈祷，无不感通。兹有昌黎县韩会、韩愈，积善根于九代，奉秘典于一生，情因无子，意切吁天。伏望证明修奉，展布祥光，鉴翼翼之丹衷，赐翩翩之令子。庶乎永沾道庇，不负诚心；饱沃恩波，益坚崇奉。月轮常转，愿力无边。臣等无任瞻天仰圣、激切待命之至，谨奏以闻。

玉帝览奏，遂将金书玉诰、道法神术付与神仙钟离权、吕岩两个，到于下界，普度有德有行之人，上天选用；如有修行未到，还该转世为人的，便着他往韩会家投胎脱化，待日后积功累行，不昧前因，才去度他，以成正果。钟、吕二仙领了敕旨，按下云头。

一路上，钟仙问吕仙道："为仙者，尸解[5]升天，赴蟠桃大会，食交梨火枣，享寿万年，九玄七祖，俱登仙界。为何阎浮世境三千，大千人众，

---

[1] 璇极：至美的玉。喻皇帝。

[2] 锡福："锡"同"赐"。赐福。

[3] 群品：各种品行的人。

[4] 自新：改过自新。

[5] 尸解：死后化去成仙。

只知沉沦欲海，冥溺[1]爱河，恣酒色猖狂，逞财势气焰，不肯抛妻弃子，脱屣离家，炼就九转还丹，长生不老？”吕仙道：“人生处世，如鱼在水中，本是悠悠自在，无奈纶竿坠水，香饵相投，以致吞钩上钓，受刀釜煎熬耳。几能息心火，停浊浪，固守鸿蒙，采先天种子，两手捧日月乎？”钟仙道：“五浊迷心，三途错足，拈花惹草，怨绿愁红，若不吞一粒金丹，终难脱形骸躯壳。我两人今日领旨下凡，不知哪州哪县得遇知音？”吕仙未及回答，忽见东南上一道白气冲彻云霄，有若虹霓之状，怎见这气的异处：

非烟非雾，似云似霞，非烟非雾，氤氤氲氲布晴空；似云似霞，霭霭腾腾弥碧落。凌霄彻汉[2]，冲日遮天。两耳不闻雷，原无风雨；一天光皎洁，骤起虹霓。占气者，不辨为天子气、神仙气、妖邪气、海蜃气；望云者，不识为帝王云、卿相云，将军云、处士云。端的这一道白的，还是气？还是云？仔细看来，团团簇簇半空中，未定其间吉与凶。一阵仙风吹扑去，管教平地露根踪。

吕仙用手指与钟仙道：“这一股白气冲天而起，主在苍梧之野，湘江之岸，非圣非凡，当是妖邪之气，且把仙气吹一阵去。若是仙气，气影了风；若是邪气，风影了气。”于是钟仙掀起了那络腮胡须，张开了狮子大口，望着东南方上吹了一口气去。果然起一阵大风，把那冲天的白气都影住了。吕仙睁开慧眼，望那方一看，就认得是两个毛团在那里吐气。一个是香獐造孽，一个是白鹤弄喧[3]。

不说两个仙师随风便至。且说白鹤、香獐正在那湘江岸上各自显出神通，随心游戏，忽见这一阵风吹将来，影住了白气，就知是两个仙师到来。他也不慌不忙，摇身一变，都变做全真模样，立在那江边，等候着仙师。这全真怎生打扮：

一个头顶着竹箨冠[4]，一个头绾着阴阳髻[5]。一个穿一领皂氅衣，腰系丝绦；一个穿一件黄布袍，围条软带；一个脚踏着多

---

[1] 冥溺：沉溺。

[2] 彻汉：响彻天空。汉，河汉。

[3] 弄喧：故弄玄虚。

[4] 竹箨（tuò）冠：用竹笋皮做成的冠。

[5] 阴阳髻：道士常见的发型之一，通常是对称的两个发髻，分别代表阴与阳。

耳麻鞋，好似追风逐日的夸父，一个脚躧[1]着草履，有如乘云步月的神仙。正是容颜潇洒更清奇，装束新鲜多古怪。

他两个远远地望见祖师到来，便上前稽首再拜道："师父，俺两个是苍梧郡湘江岸修行的全真，接待师父得迟，万望恕罪！"吕师指着白鹤道："你本是凤匹鸾俦，如何敢藏头匿尾！"又指着香獐说道："你本是狐群狗党，如何敢隐姓埋名！"老鹤见说出他本相，低首无言，不敢答应。独这香獐向前道："俺们委是全真，师父休得错认，将人比畜。"吕师道："汝这谎顽皮，巧语花言，待要瞒我，将谓我剑不利乎？"只这一句话，吓得那白鹤儿魂飞天外，魄散九霄，双膝跪倒在地上，道："老师父，人身难得，盛世难逢。虽然是皮壳毛团，也是精灵变化。如今弟子骨格已全，羽毛未脱，逐日在此迎风吸露，也不是结果，望师父垂悯弟子，舍一粒金丹，使弟子脱去羽毛，恩衔再世。"钟师听了白鹤言语，便道："这鹤儿性灵识见，尽通人意，再世之言，成先谶[2]矣！我们且度她去见玉帝，另作区分。这獐儿罪业山重，我这里用汝不着，饶汝去罢。汝若不依本分，妄作妄为，我自有慧锷神锋，盘空取汝。"香獐道："师父不肯度我也罢，弟子这江边景致也不弱于三岛昆仑，我依师父守着本分，也尽过得日子。"钟师道："怎见得湘江景致不弱于三岛昆仑？"香獐道："不是弟子夸口说，据着弟子这苍梧江口，晨凫夕雁，泛滥[3]其上；黛甲素鳞[4]，潜跃其下。晴光初旭，落照斜晖；翠映霜文，陆离眩目。闲花野草，罩雾含烟；俯仰天渊，爱深鱼鸟。煞强如蓬莱弱水，苦海无边，舟楫难通，梦魂难越。"吕师道："据汝这般说，也不见得十分强过我仙家，你夸这大口也没用。"香獐道："弟子有诗为证：

苍梧一席景新鲜，湘水山岚饱暖眠。泛泛白鸥知落日，喃喃紫燕语晴烟。红红拂拂花含笑，绿绿芊芊草满前。若是老师来此处，也应撇却大罗天[5]。"

---

[1] 躧（xǐ）：曳履而行。

[2] 先谶（chèn）：预言。

[3] 泛滥：此指泛游。

[4] 黛甲素鳞：黑壳白鳞的鱼。

[5] 大罗天：指道家仙境，道教所称三十六天中最高一重天。

吕师道：“汝这业畜[1]十分无礼，我仙家无爱无欲，始得成真证果。汝无端造孽，有意贪私，枉自夸张，有何益处？”又暗自忖道：他不知死活，妄语矜争[2]，我且度鹤儿上天，把这业畜贬下深潭去处，不见天日，待鹤儿成仙，才来度他去做一个守山大神，显我仙家妙用。于是口中念念有词，喝声道：“疾！”只见天光灼烁，黑雾朦胧，半空中闪出一员天将，立在面前。那天将怎生打扮：

头上戴着漆黑般铁盔一顶，手中持银丝嵌钢鞭一条。皂罗袍金龙盘绕；狮蛮带玉佩高悬。脸似锅底煤般黑，唇似朱涂血样红。左站着黄巾力士，右站着黑虎大神。焰焰火轮环绕，飘飘皂盖招扬。他正是降龙伏虎赵玄坛，哪怕你兴妖作孽香獐怪。

一阵风过处，那天将躬身喏道：“吾师有何法旨？”吕师道：“香獐造孽，天所不容！”那天将一手拿起钢鞭，一手拿住香獐，正欲下手，钟师道：“且饶这孽畜性命，贬他在江潭深处，永不许出头，直待鹤儿成了正果，证了仙阶，然后来度他去看守洞门。若不依本分，再作风雷，损害往来客旅，即时把他打下阴山背后。”天将依命，把那香獐一提，提到江潭中间极深极邃的一个去处，锁固住了，不放一些儿松。那香獐有威没处使，有力没处用，只得哀恳天将道：“弟子冲突仙师，罪应万死，遭此贬厄，因所甘心。但弟子原是山中走兽，食草餐花，以过日子，今沉埋水底，岂不淹死了性命，饿断了肝肠？望大神救我一救！”天将道：“仙家作用，汝所不知，饶汝性命，自然不死，怎么怕淹死饿死？汝但收心服气，见性完神，以待鹤儿救汝便了。”香獐拜道：“多谢指教，但不知鹤兄几时才来救我耳。”天将既去，香獐被锁在那个去处，果然，四边没水，只是没有得吃，不得散诞逍遥。乃依前仰伸俯缩，闭息吞精，再不敢妄肆癫狂，以招罪谴。这正是：

是非只为多开口，烦恼皆因强出头。

如今学得团鱼法，得缩头时且缩头。

毕竟不知后来如何，且听下回逐一分解。

---

[1] 业畜：有前世罪孽的动物。

[2] 矜争：一味强争。

第二回

脱轮回鹤童转世　谈星相钟吕埋名

叹尘世忙忙，笑浮生一似撺梭[1]样。貂裘染，驷马昂，争名夺利不思量，妄想贪嗔薄幸狂。算英雄亘古兴亡，晨昏犹自守寒窗。总不如乘云驾雾，觅一个长生不死方。

话说吕师把香獐贬在湘江潭底，那天将叉手躬身，回话已去。钟师就在葫芦内取出一粒金丹与鹤儿吃了，那鹤儿登时脱胎换骨，化做一个青衣童子，跟着两位仙师前往永平州昌黎县。走到韩家门首，恰好韩退之迎门出来。两师见他人物轩昂，衣冠济楚，头顶上有霞光一道，身旁有捧炉童子相随，便知是左卷帘大将军冲和子，因醉夺蟠桃，贬在他家为男子。怕他不悟前因，日后毁谤玄门，唾骂佛祖。遂转身商议道："冲和子已将四十岁了，尚不回头省悟，若再堕落火坑，贪恋繁华嚣境，便没有出头的日子了。他兄韩会，镇日焚香点烛，拜求子息。我和你回去奏闻玉帝，把这鹤童送与韩会为子，待他长成，我们又去度他成仙了道，然后转度冲和子复还原职，岂不两便？"两师商榷已定，遂拨转云头，带了鹤童上升天界。

不移时[2]，来到南天门外，把领金书玉旨，巡游到苍梧县湘江岸上，点化鹤儿等事，奏了一遍。玉帝传旨，便着两师送鹤童到那永平州昌黎县韩会家投胎，托化为人，后行选用。两师奉旨，忙对鹤童说道："我再将仙丹与汝吞在腹中，化作一颗仙桃，送你到永平州昌黎县韩会妻子郑氏怀内投胎，满月之日，我二人又来看汝，与汝灵丹符水，待等十六岁，教汝成道，升入仙梯，长生不老。休得漏泄天机，有误玉旨。"鹤童泣告两师道："弟子才脱得业躯，指望成真证果，跟着两位师父逍遥自在，谁

---

[1] 撺（cuān）梭：即穿梭。形容时光流逝之快。

[2] 不移时：不一会。

知又要去投胎为人，受血河狼藉，尘网牵缠，弟子不情愿去了。”两师道：“玉旨已出，谁敢有违！况汝虽脱了羽毛躯壳，还不曾修炼大丹，怎么就得成正果？须是借父母精血，十月怀胎，如太上老君投托玉女怀中一般，才显得修行结果。”鹤童又道：“既是要投胎托化方得成仙，彼时在湘江岸上点化弟子的时节，两位师父何不就着弟子去托生人家，却引弟子朝参玉帝，又送弟子下凡，费这许多辛苦周折？”吕师道：“不奉玉旨，谁敢擅专？”鹤童道：“弟子有诗一首，献上师父。”诗云：

湘江岸上遇师尊，度我飞升见帝君。
今既脱离毛与壳，如何下土复为人？

吕师道：“我也有诗一首，汝谨听着。”诗云：

鹤童不必苦淹留[1]，且向韩家转一筹。
异日功成朝玉阙，苍梧江水也东流。

鹤童听两师吩咐已毕，只得吞下一粒金丹，化做一颗仙桃。两师捧拿在手，腾步逍遥，直到韩家，恰好是三更时候，两师就遣睡魔神，托一梦与韩会妻子郑氏。那郑氏梦见太阳东出，宝镜高悬，一只仙鹤口衔着一颗仙桃，飞将下来，坠在她怀里。旁边闪出一个青巾布袍的道人，肩上负着一口宝剑，口中高叫道：“韩会妻郑氏听者，吾乃两口先生，奉玉帝敕旨，送这仙桃与汝为子。吾有一言嘱汝，汝牢记取。”嘱云：

郑氏抬头听我言，从来仙语不虚传。
送儿与汝承昭穆[2]，他日乘风上九天。

郑氏梦中惊觉，不胜欢喜，便蹴醒[3]韩会，与他说道：“妾身一更无寤[4]，二更辗转反侧，三更时分方才瞌眼睡去，就做一梦。梦见太阳东出，宝镜高悬，一只仙鹤口衔一颗仙桃飞将下来，坠在怀里，又有青巾布袍背剑的道人嘱咐云云，你道这梦稀奇也不稀奇？”韩会喜道：“我夜来得的梦也与你一般的。今年四十二岁，未有子息，想是神天鉴察尔我

[1] 淹留：停留，耽搁。
[2] 昭穆：宗庙的辈次排列，此指家族的传承。
[3] 蹴（cù）醒：踢醒。
[4] 无寤：无眠。

隐衷[1]，不该绝代，降生一个儿子接续家门香火也不见得。据梦中太阳东照，主生贵子，仙鹤衔着仙桃，一定是天庭降下好人临凡。这两口先生必然是天上神仙，故此嘱咐得明白。我如今且和你满炷炉香，拜谢了天地，且看日后若何。”郑氏道："相公说得有理。”连忙披衣起来，梳洗端正，同韩会两个燃宝炬，爇[2]名香，朝天拜了八拜。到了天明，韩会将夜来梦兆一一对退之说了一遍。退之欢喜道："若据这个梦兆，嫂嫂必定生一个好儿子，接续韩门香火，端的不枉了九代积善，三世好贤。”有诗为证，诗云：

积善人家庆有余，祸因恶积岂为虚。
韩门九代阴功茂，天赐婴儿到草庐。

话不絮烦。不觉光阴似箭，日月如梭，幸喜阴骘[3]门高，捻指间，郑氏生下一子。那子生得两耳垂肩，双手过膝，面如傅粉，唇若涂朱，端的是好一个孩儿。匆匆喜气，满屋充闾，百眷诸亲咸来作贺。这正是天上麒麟原有种，人间最喜蚌生珠也。不料这孩儿从生下来到满月，日夜只是啼哭不住声。韩会见了这个光景，转添忧闷，与郑氏商议道："这孩儿生相不凡，久后必是好的，只是这般啼哭，合着相书上一句，说‘小儿夜啼，没爷没妻’。多应是你我命中招他不得的缘故，不如把他过继与亲眷人家，做个干儿子，待他养得成人，才收拾回来，有何不可？”郑氏道："前日不养得儿子，朝夕拜祷天地祖宗，怕绝了后代。如今幸得天地保佑，祖宗积德，生下这一点儿，且是好了。不想日夜啼哭，算来也是养不长成的了，空受这十月怀胎的苦楚。若是把他过继与别人家，后来也被人骂他是三姓家奴，不如送与叔叔做了儿子，倒是好的，只怕婶婶要不欢喜。”正说话间，只听得街坊上有人拍着渔鼓，唱着道情[4]，经过他家门首。那孩儿听得渔鼓声响，就住了口不啼哭；不听得渔鼓声，就哭将起来，忒煞[5]作怪。看官，且说那敲渔鼓唱的是怎么说话，孩子就肯听他不啼哭？

[1] 隐衷：深藏的心愿。
[2] 爇（ruò）：点燃。
[3] 阴骘（zhì）：阴德。
[4] 道情：鼓词的一种，本为道士曲。
[5] 忒煞：太，过分。

原来那敲渔鼓的道人就是吕祖师，唱的是一阕《桂枝香》，正提醒着鹤儿宿世之事，故此孩子惕然警醒，住了哭，听他《桂枝香》云：

鹤童觉悟，师来看顾。一自去年送汝到昌黎，至今日，又离丹府。汝不要啼哭，汝不要啼哭，听咱吩咐，目今安否？暂拘束，久已后升腾紫霄，名镌洞府。

鹤儿宁耐，暂居天外。叹循环暑往寒来，捻指间，光阴二载。想韩门小孩，想韩门小孩，非常气概，端的栋梁才。本是大罗天上客，思凡下玉街。

韩会见孩儿住了哭听敲渔鼓，便对郑氏说道："这孩儿想是喜欢渔鼓听的，可唤那敲渔鼓的人进来，敲一回渔鼓引逗他一会，待我问他，或者他有药止得孩儿啼哭也不见得。"郑氏便叫张千道："汝去看那敲渔鼓的，叫他进来。"张千连忙跑到街上，叫道："敲渔鼓的道人转来，我家相公请你说话。"道人道："莫不是韩大相公么？"张千道："你未卜先知，就是神仙一般。"道人道："我比神仙也差不多些儿。"便跟着张千，摇摇摆摆走进门来，向韩会稽首道："相公何事呼唤小道？"韩会道："我止得一个孩儿，从生下至今，已弥月多了，只是啼哭不止，正在忧闷，不想方才听得渔鼓声响，他就住了声，恰像听得一般，故此请师父进来敲一番渔鼓，唱一个道情，引逗他一时欢喜。"道人道："要止儿啼，有恁难处，抱公子出来与我一看，包得他不哭了。"韩会道："若得如此，自当重重酬谢。"郑氏在屏风后面，抱孩儿递将出来，韩会接在手中，递与道人道："这个便是学生的孩儿。"道人用手摩他的顶门说道："汝不要哭，汝不要哭，一十六年，无荣无辱。终南相寻，功行满足。上升帝都，下挚九族。"那孩儿闻言，恰像似快活的一般，就不哭了。韩会道："师父高姓大名？仙乡何处？"吕师道："贫道弃家修行，人人唤我是两口先生，就是我的姓名了，却没有家乡住处。"郑氏在屏风背后，轻轻地对韩会说道："梦中说两口先生送来的儿子，如今这师父说是两口先生，莫不就是梦中的神仙？"韩会道："云游方外的人惯会假名托姓，哪里信得他的说话。"道人笑道："姓名虽一，人品不同，相公怎么小觑人？"韩会道："是学生有罪了。"又道："孩儿喜得不哭，就烦师父替我孩儿取一个小名，何如？"道人道："阀阅名家取恁么小名，就起一个学名也罢。"韩会谢道：

“若取学名更好。”道人道：“我从湘江路上走来，见那烟水滔滔，东流西转，万年不断，最是长久。如今令郎取名韩湘，小名叫做湘子，愿他易长易养，无难无灾。异日荣华富贵，如湘水之汪洋；寿命康宁，似湘流之不断。”韩会道：“多谢指教，请坐素斋。”那道人把袍袖一展，化道金光而去，留下一个渔鼓，直逼逼矗在地上。韩会去拽那渔鼓的时节，哪里拽得起来。郑氏近前去拽，也拽不动。叫人去摇，也摇不动。三五个人去拔，一发拔不起，就如生根的一般。郑氏道：“这个道人一定是一位神仙，怪你我不识得他，故此留下这个渔鼓，做个证验。眼见得当面错过神仙了，快请叔叔来看，便知端的。”韩会忙着人去请退之。

退之来到。郑氏道：“请叔叔来非为别事，只因你侄儿啼哭不止，巧巧的有一个道人，打着渔鼓歌唱而来，孩儿听见就不哭了。你哥哥请他进来打鱼鼓唱道情，引逗孩儿欢喜。那道人说孩儿必成大器，在孩儿面前说了几句话，又替孩儿取学名叫做韩湘。你哥哥留他吃斋，他拂袖化一道金光而去，留下这个渔鼓在此。你哥哥拿他不动，许多人也拽不起来，特请叔叔看个明白。”退之闻言，近前轻轻一扯，那渔鼓恰似浮萍无蒂，通草无根，扯了起来。地面上有“纯阳子”三个大字，莹然如玉一般。退之道：“这是吕洞宾下降，哥嫂肉眼自不识他。正是神仙不肯分明说，留与凡人仔细搜也。”于是大家香焚宝鼎，烟爇银台，望空遥谢。

荏苒一载，湘子晬盘[1]伊迩，韩会不胜欢喜。但湘子自从见那道人之后，一似痴呆懵懂，泥塑木雕的一般，也不啼哭，也不笑话。俗话说得好，“只是买得他一个不开口”。一日三餐，把与他便吃，不把与他，他也不讨，外边虽是这般混沌，心里恰像是明白的，大家都叫他做“哑小官”。郑氏也无奈何。倏忽三周四岁，全没一些儿挣扎。韩会思量：“湘子这般年纪尚不会说得半句言语，枉惹旁人耻笑，岂不是命里无儿莫强求，强求虽有更添忧。当年忙道无儿子，撇下千千万万愁。”这韩会十分不快活，日夜忧愁，染成一病而亡。退之哭泣尽礼，置办棺木，大殓已毕，安葬在祖茔之下。

---

[1] 晬（zuì）盘：旧俗，让周岁小儿抓盘中纸笔刀箭等物，以测其未来志向。亦称抓周。

一日，吩咐张千道："大相公死了，止得这一点骨血，指望他成人长大，娶妻生子，接续韩门香火，谁知养到三周，尚然不会说话，莫非哑了？人家养着哑子也是徒然。汝等去街坊上，看那好算命的先生寻一个来，待我把他八字推算一推算，若日后度得一个种儿，也好做坟前祭扫的人。"退之吩咐已完，那吕师在云端听见这话，便按下云头，化做一个算命先生，在那牌楼坊街上走来走去，高叫："算命！算命！"这先生如何打扮：

折叠巾歪前露后，青布袍左偏右皱。两只眼光碌碌望着青天，一双手急簌簌摇着算盘。口中叫：命讲胎元，识得根源，若有一命不准，甘罚二钱。

那张千连忙请他到家里，见了退之。退之道："先生高姓？家住何方？"吕师道："学生唤做开口灵，江湖上走了多年，极算得最好命。遇见太子就算得他是帝王子孙，遇见神仙就算得他是老君苗裔，遇见夫人就算得她丈夫是宰相公卿，遇见和尚就算定他是华盖坐命[1]。"退之道："依先生这般说起来，算命也是多事了。"吕师道："说便这般说，八个字还有许多玄妙。不知相公有何见教？"退之说道："我有一个侄儿，劳先生推算，若还算不准，先罚先生二钱。"吕师道："从早晨出来，尚不曾发利市[2]，相公若要罚钱，请先称了命金，待学生算不准时好做罚钱。"退之道："这般浑话，免劳下顾。"吕师道："请说八字来。"退之道："建中元年二月初一日午时。"吕师道："庚申年，已卯月，辛酉日，甲午时。庚申乃白猿居蟠桃之位，已卯乃玉兔归蓬岛之乡，辛酉为金鸡入太阳宫畔，甲午为青鸾飞玉殿之旁。这八个字不是凡胎俗骨，主有三朝天子分，七辈状元才，不出二十岁必定名登紫府，姓列瑶池，九族成真，全家证圣。若肯读书，官居极品，只是少寿。目下正行墓库运，主其人昏蒙暗哑，如弃物一般，到了七八岁，脱运交运，自然超群出类。"退之道："他如今像哑子一般，读书料不能够了。若说学仙，世上只有天仙、地仙、神仙、鬼仙，最下一等名曰顽仙，哪里有个哑仙？"吕师道："他面目清奇，形容古朴，心地十分透明，性质更觉聪明，一日开口说出话来，凭着颜

[1] 华盖坐命：谓交好运。

[2] 利市：挣钱。

回[1]、子贡[2]重生，也只如是。”

两个正在谈论，那钟师又化作一个相面的先生，按落云头，在韩家门首高叫道：“我鉴形辨貌，能识黄埃中天子；察言观色，善知白屋[3]里公卿。饶他是仙子降凡尘，我也晓得他前因后果去来今。”只见张千听了这一篇大话，又忙忙地跑进来对退之说道：“相公，这算命的不为奇了，外边又有一个相面的，说得自家是康举还魂，许负[4]再世，何不请他进来，一发把公子相一相？”吕师晓得是钟师临凡[5]，便道：“相公说学生算命不准，且请这相面的进来，看他说话与学生相合也不相合？”退之依言，便吩咐张千去请。张千请得那相面先生到于厅上，与算命先生东西坐下。退之便指着湘子道：“请先生把这孩子相一相。”相面的先生定睛一看，便道:“两耳垂肩，紫雾盘绕;双手过膝，金光显现;天仓[6]丰满，地角[7]端圆；神清气朗，骨格健全，若非天子门前客，定作蓬莱三岛仙。这公子不是愚痴俗子，顽蠢凡人。”吕师道：“星相两家行术不同，每每各谈已见。今日我两人言语相同，岂不是公子生成的八字，长成的骨头。”钟师又道：“相公也请端坐，待学生也把相公细看一相何如？”退之道：“学生正欲请教。”钟师把退之巾帻耸一耸起，道:“天庭高阔，地角方圆，金木肩高，土星丰厚。颧骨插天，掌威权于万里;日月角起，全忠孝于一门。五岳拱朝，名标黄甲[8]；浮犀贯顶，一生少病。鹤行龟息，局是天仙；露骨露神，终招险祸。以贫道论之:龙虎难分别，鸾凤要失群。风霜八千里，接引有呆人。”退之道:“多谢先生指教，只是这几句恁么意思？”钟师道:“这四句诗是相公一生结果，后有应验。”退之道：“我侄儿湘子四岁还不会说话，就如哑子一般，如何是好？”两师道:“要公子说话，有何难哉。

[1] 颜回：孔子贤弟子之一，好学，安贫乐道，在孔门中以德行著称。

[2] 子贡：姓端木，名赐。字子贡。春秋卫国人，孔子贤弟子之一。

[3] 白屋：不绘图彩的屋子。代指平民。

[4] 许负：西汉初年的占卜家，大侠郭解的外祖父。

[5] 临凡：即下凡，到人世间。

[6] 天仓：天灵盖。

[7] 地角：下巴。

[8] 黄甲：古代科举考试，甲科进士名单用黄纸，故名。

贫道有一丸药在此，送与相公，待明日五更时分，相公把无根净水与公子吞下肚去，他就会说话了。”退之欢喜不胜，接了这丸药，叫张千取白金二两，封作两封，送与两位先生。两师笑了一声，分文不受，附着湘子耳边嘱咐几句。嘱云：

鹤童不用苦忧心，须悟前因与后因。

丹药驱除魔障净，管教指日上蓬瀛。

嘱罢，扬长出门去了。退之着人追赶之时，杳然不知去向，但见祥云缭绕空中，瑞鹤飞鸣云外。退之自思：“这两个或是神仙也不见得，只待五鼓时分，侄儿吃了丸药，便见应验如何。但他说我黄甲标名，官居台阁，不知应在几年上？过了明日，收拾盘缠，赴京科举，又作理会。”正是：

时来风送滕王阁，运退雷轰荐福碑。

有日蛟龙得云雨，春风得意锦衣归。

毕竟退之上京去否，且听下回分解。

第三回

虎榜[1]上韩愈题名　洞房中湘子合卺[2]

富贵枝头露，功名水上沤[3]。腰金衣紫马笼头，鼻索拴来不久。射中屏间雀，丝牵幔后红。洞房花烛喜相逢，傀儡搬提木偶。

话说退之到得五更天气，忙忙取了无根净水，调那丹药与湘子吃。湘子吃得下去，腹如雷鸣，喉如开锁，不一时间，吐出了许多顽涎秽物，便开口叫声："叔父。"退之满心欢喜，道："谢天谢地，这药果有神功。"及至郑氏、窦氏走来问他时，他依先不开口了。退之道："你们俱不要絮聒，他既开口，自然会说，快去收拾行李，我且上京求取功名。倘得一官半职回来，也替祖宗争光，了我半生读书辛苦。"当下退之辞别了家中大小，一路上餐风宿水，戴月披星，到京科举。不期名落孙山，羞回故里，只得在京东奔西趁，摇尾乞怜。

哪知湘子在家依然不开口说话，郑氏也没法处置，巴不得他年纪长大，娶了媳妇，度一个种儿，以续韩门香火。看看湘子到了七岁，郑氏一病身亡，虽亏窦氏竭力殡殓，湘子泪泣亦如成人。窦氏在郑氏灵柩前拜祝道："伯伯、姆姆，在生为人，死后为神，韩家只得一点骨血，不知为何喑哑？料来不是祖先之不积德，皆因你我隐行有亏，以致如此。望伯伯、姆姆在天之灵保佑韩湘，聪明天赐，智慧日增，悔脱灾除，关消煞解[4]，庶乎箕裘有绍[5]，世泽长新。"拜罢，又哭。至夜，窦氏恍惚见郑氏说道："孩儿韩湘今日虽不会说话，到了十四岁时，他自然会说。我们一家大小，

---

[1] 虎榜：进士榜。

[2] 合卺（jǐn）：卺是瓢。把一个匏瓜剖成两个瓢，新郎新娘各拿一个，用来饮酒，是旧时成婚时的一种仪式。此指结婚。

[3] 水上沤：水泡。

[4] 煞解：灾祸消解。

[5] 箕裘有绍：继承父业。

日后都靠他一人提拔，婶姆且请宽心。”窦氏惊觉，乃是南柯一梦，自思：“姆姆死后英灵若此不昧，湘子决非凡人，且慢慢抚养，看他成人，又作道理。”不题。

却说退之淹滞在京，囊空裘敝，又接得嫂嫂郑氏讣音，也不能够回家，心中无限焦愁。没奈何捱得过了三科，喜得中了乡贡进士，鹿鸣晏[1]过，星夜回家。刚刚到了自家门首，撞见哑儿湘子。此时湘子恰好十四岁了，迎着退之道：“叔父恭喜，叔父恭喜。”退之见他说话作揖彬彬有礼，就携着他手同进屋里。窦氏出来迎接。相见已毕，退之便问道：“侄儿是几时说话的？”窦氏道：“自相公出门至今，何曾见他开口。就是姆姆死了，也只见他泪流满面，何曾闻得哭声。”退之道：“适才见我就说叔父恭喜，岂不是会说话的？不肖幸登虎榜，侄儿又喜能言，可谓家门集庆。只是哥嫂早亡，不曾见我登科，看得湘子成人，良为苦耳！”窦氏道：“相公且省烦恼。”湘子从旁插嘴道：“夫人不言，言必有中。”退之道：“汝不会说话，一向不教汝读书，为何倒记得圣经贤传？”湘子道：“侄儿自从那日吃了道士的丸药，就晓得乾坤消长，日月盈亏，世代兴衰，古今成败。那圣经贤传总来是口角浮辞，帝典王谟[2]，也不是胸中实际。九州四海，具在目前，福地洞天，依稀膝下。据侄儿愚见，为人在世，还该超凌三界外，平地作神仙。”退之道：“知识有限，学问无穷，汝这一篇话是自满自足，不务上进的了，如何是好？必须请一位好先生教汝勤读诗书，才得功名成就。”湘子道：“侄儿有诗一首呈上叔父。”诗云：

不读诗书不慕名，一心向道乐山林。
有朝学得神仙术，始信灵丹自有真。

退之道：“这诗是谁人教汝做的？”湘子道：“固当面试，奈何倩人[3]？”退之道：“汝既如此聪明，怎么说不要读书？那读书的身上穿的紫袍金带，口中吃的是炮凤烹龙，手执着象牙简，足躧着皂朝靴，出入有高车驷马，寝息有舞女歌姬。喝一声，黄河水倒流三尺；笑一声，上

[1] 鹿鸣晏：“晏”通“宴”。科举考试后州县长官宴请主考官及中榜者的宴会。
[2] 帝典王谟：泛指古代典籍。
[3] 倩人：请教他人。

苑花烂漫满林。真个是我贵我荣君莫羡，十年前是一书生也。”湘子道：“我书倒要读，只是我前生不曾栽种得腰金衣紫的身躯，嚼凤烹龙的唇舌，乘车跨马的精神，倚翠偎红的手段，只好山中习静观朝槿[1]，松下谈经折露枝。我有小词，叔父请听。词名《上小楼》：

我爱的是山水清幽，我爱的是柴门谨闭；我爱的小小曲曲，悄悄静静茅庵底；我爱的喜孜孜饮数杯，如痴如醉；我爱的日三竿，鼾眠未起。

退之道：“你说的话不僧不俗，不文不武，都是些诐词[2]呓语，岂是个成器的人？”湘子道：“叔父听我道来。”

〔哪吒令〕我若做大人，佩金鱼[3]挂紫袍；若做客人，秦庄妄有亲；我若读三史[4]书，也须学车胤[5]；我若做个道人，步霞卧云。这三人唯道独尊。

〔鹊踏枝〕我只待住山林，整丝纶，为道人，草舍茅庵过几春。巨富的大厦高门，居官的位尊台鼎[6]，都不如草履青巾。

退之道：“小小孩童，本是聪明伶俐，为何甘心做这沿门求乞的勾当？”湘子道：“叔父！

你将我做神童看，只恁般小灭人[7]。我将那神童只当儿曹认，大成儒也只当庸人论。富家郎岂是我韩湘子伦。你说道前遮后拥做高官，只怕着一朝马死黄金尽。

退之道：“任汝说来说去，说得天花乱坠，我也不听，只是要汝读书，改换门闾[8]，光显父母，我方心满意足。”湘子道：“叔父不必忧疑，若要改换门闾，光显父母，有何难处。”退之道：“汝肯向上，才是韩门有幸。学

---

[1] 槿：木槿。树名。
[2] 诐（bì）词：偏颇的话。
[3] 金鱼：唐代三品以上官吏佩的鲤鱼形金符。代指官位。
[4] 三史：指《史记》《汉书》《后汉书》。
[5] 车胤：晋人。幼时刻苦勤读，家贫无灯，曾用袋装萤火虫照明读书。
[6] 台鼎：指三公、宰辅。
[7] 小灭人：小看人。
[8] 门闾：此指家族的地位。

士林圭同我赴京时节，一路上说有女芦英，年方及笄，许汝为妻。目下择个吉日良时，娶过门来，成其夫妇，接续后嗣，我才放心。”湘子道：“谨依叔父严命。”当下退之就叫张千去对阴阳先生说道：“我相公要与大叔完亲，劳先生择一个续世益后不将的吉日。”张千领命，走去对那阴阳先生说了。

那先生姓元，名自虚，号若有，向年是一个游手游食研光的人，头上戴着一顶六楞帽子。一日走在外县去，被一个戴方巾的相公羞辱了一场，他忿气不过，道：“九流三教都好戴顶方巾，我就不如你，也好戴一顶匾巾，如何就欺负我？”当时便学好起来，买了几本星相地理、选择日子的书，逐日在家中去看，又寻得一本《历朝纲鉴》，也在家中朝夕念诵。把这几本书都记熟了，便在人前“之乎也者”，说起天话，掉起文袋儿来，夸奖得自家无书不读，无事不晓，通达古今，谙练世故。只是时运不济，不曾做得秀才，中得举人、进士，其实是个三脚猫儿，一件也是不到家的。谁知那昌黎县城里城外，这些有钱有势的主子，都是肚子里雪白，文理不通的，平日只仗着这些钱势去呼吓人，一时见元自虚说出了这许多才干，便被他惊倒了，骗得滴溜儿团团转，哪一个不称赞元自虚是个才子，人间少二，世上无双。自虚便戴起一顶方巾，穿件时样衣服，门前贴下一个招牌，写道：“阴阳元若有在此，得遇仙传，与人择日合婚，夫荣妻贵，兼精地理，催官救贫。”因此上昌黎县里大小人家都来寻他合婚、下葬。那有时运的，便婚也合得成，葬也下得吉；那没时运的，不知吃他坑了多少，只是人情上再不埋怨着他。也有送酒米的，也有送银钱的，也有送布帛的，也有送柴炭的，也有送什物家伙的，也有送书画册页的，至于饮食肴馔，时常有人送来与他。一个光拳头精臂膊的人，平空的挣了一份家计，也是他时来福凑，运限顺利的缘故。

其日，张千一径来寻着他，与他说了。元自虚便道：“既蒙你相公吩咐，我拣一个登云步月、附凤攀龙的上好日子送到你相公家里，只要相公重重谢我。”张千道：“你只要拣得好，我回去对相公说，一定不轻薄你。”元自虚道：“张大哥，凡你百撺掇一声，我扣除一个加二谢你。”张千应允，作别去了。

元自虚走进屋里，欢喜道：“韩退之是一个知趣识宝的人，不比那白丁，今日来照顾我择一个日子，须用心替他拣个上好吉日送去，极少也有三五两刮他的，只是我口里虽然说得，却不晓得旺相孤虚，时日变换，如何是好？且把家中有的历书都搬出来，仔细对他一个好日子送去，也不枉了名头。”这元自虚果然搬出许多通书摊在桌子上，毕竟是那几样书：

一部是《通书捷径》，一部是《选择类篇》，一部是《九天嫁娶图》，一部是《六合婚姻历》。《阴阳图》《遁甲局》，列后摊前；《婚娶经》《黄籍科》，遮左沓右。翻一翻，各家主意不同；看一看，诸书见解各别。这先生虽然去堆垛翻腾，却合不出一个不将续世。

元自虚翻来覆去，看不出一个好日子来，只得叹一口气道：“这二月十三日虽是个神仙日，犯着孤鸾寡宿，却合得周堂，且写去与韩家，但凭他自作主张罢。”乃忙忙的拿一个南京双红帖子，写道：“甲申年，乙卯月，丙辰日，戊子时。天喜临门，贵星照户，玉堂金马，紫微福德，都合聚在这一日。若公子毕姻之后，定为鸣珂[1]佩玉，摆瞱[2]上凤阁龙楼，积宝堆金，赛过那铜山珠海，几十年内也凑不着这个日子。”当下送去。退之看了，满心欢喜，连忙取三两银子送与元自虚。元自虚接银到手，欢天喜地的回家去，于中称出六钱头谢了张千，张千也快活得了不得。

退之又叫张千来，吩咐他去打点聘礼、羹果，和窦氏商议置办钗环缎匹，接那许媒人来到林学士家，说要下盒做亲。林学士并不推辞，到了吉日，请到诸亲百眷，开盒看礼，怎见得那礼的齐整处：

扎结鬓花，都是犀珠宝石，金花五蕊响叮当；镶嵌钏钗，尽皆白珩[3]赤瑕[4]；碧玉鸦青光闪烁；簪头龙夭矫，环面凤翱翔。玉树玲珑，宝冠喷焰，金鱼吸浪，翠叶迎风。十六羹，十六果，盘中色色锦攒，百尺缎，千两银，盒内般般花簇。前掮着金鼓旗，鼓吹热闹，后擎着黄罗伞，罗列风光。真个是，锦攒花簇锦添花，天合地成天对地。

林学士看了这许多礼物，无限快乐，赏了来使，回了吉帖；一面打点嫁妆首饰，把芦英小姐嫁到韩家，与湘子成亲。那芦英生得如何：

眼横秋水，眉尽远山。眼横秋水，犹如水月观音；眉尽远山，

[1] 鸣珂：马脖颈上的玉饰。

[2] 摆瞱（yì）：烛火通明。

[3] 白珩（héng）古代佩玉上部的横玉。

[4] 赤瑕：红色玉石。

好似汉宫毛女。身穿着挑描刺绣百花衣，脚躧着飞舞盘旋双凤履。湘裙款蹙，罗袜低垂，彩袖蹁跹，霓裳潇洒。果然是姿容娇艳，有沉鱼落雁之容；德性温柔，有举案齐眉之德。

退之娶得芦英小姐进门，喜悦不胜。喜的是湘子蘋蘩[1]有托，韩门胤嗣[2]可期，料他一点修行念头，从此如石沉水。谁知道华堂席散，花烛归房，芦英卸下浓妆，面壁而坐，湘子衣带不解，隐几[3]而眠，两个全没一些情况，过得一夜。荏苒三朝满月，芦英也照例回门，不在话下。

一日，窦氏与湘子说道："芦英小姐回去许多日了，汝也该去看望她一遭，才是个道理。"湘子道："芦英、湘子各自一体，既非比目鱼，又非连理树，我去看她有何益处？"窦氏道："夫夫妇妇，人道之常；一唱一随，人情之至。况鸳鸯交颈而眠，鹣鹣比翼而飞，畜生尚有夫妇之情，何以人而不如鸟乎？"湘子道："婶娘，你只晓得畜生有交颈比翼之爱，恰不晓得光阴迅速，驹隙抛梭，无常到来，不能躲避的苦。且听侄儿道来。"

养鹅鸭群来群往，做瀏鷞捉对成双，为人怎学众生样？夫妻本是同林鸟，大限追来，不怕你割肚牵肠。少不得收声放气，两下分张。看将来，好一似水上浮沤草上霜，空落得回头望。

窦氏道："人生自古谁无死，留取丹心照汗青。死怎么怕得？汝父母早亡，我罗裙搂抱，抚养得汝成人长大，与汝娶了妻子，只指望汝多男多福，接续韩门香火，做坟前拜扫之人，怎么今日说出这般话来，可不痛杀我也！"湘子道："婶娘不消烦恼，侄儿一从尊命便了。"窦氏道："汝若依从我的说话，就是孝顺孩儿，保汝早登黄甲，封妻荫子，也不枉了伯伯姆姆生你一场；若不听我的言语，你就去修行辨道，也是忤逆子了，只怕天上没有一个忤逆神仙。"从古说得好：

孝顺还生孝顺子，忤逆还生忤逆儿。
若能孝悌兼忠信，何须天上步瑶池。

毕竟不知湘子肯去看芦英小姐也不去，且听下回分解。

---

[1] 蘋蘩：《诗经》有《采蘋》《采蘩》二篇。后用以借指能遵祭礼之仪或妇职。
[2] 胤嗣：后代。
[3] 隐几：靠着几案。

第四回

洒金桥钟吕现形　睡虎山韩湘学道

蓬莱三岛是吾家，一任那尘世里喧哗。因缘漏泄，万里烟霞，翠竹影瑶草奇葩。霎时间，浑无牵挂，俺洞府自有那白鹿衔花。

话说当日窦氏把湘子说了一番，湘子只得依从窦氏说话，去探望芦英一次。

倏忽间过了数月，退之上京会试，高登金榜，初授观察推官，迁四川监察御使，不二年间，历升刑部侍郎，接了窦氏、湘子、芦英，一同在长安居住。一日朝罢归来，路从洒金桥经过，见桥东坐着一个道人，生的豹头暴眼，虎背龙腰，紫膛色面皮，络腮须胡子，头挽着阴阳二髻，身穿一领皂纱袍，持一管镔铁笛[1]，约摸来力能扛鼎，赛过子胥；气可断桥，度越翼德[2]。桥西坐着一个道人，生的眉清目秀，两鬓刀裁，面如傅粉，唇若涂朱，头戴一顶九阳巾，身穿一件黄氅衣，约摸来是兴大汉的子房[3]，扶炎刘的诸葛。退之神酣心醉，思量这两位必是异人，遂近前问道："坐在桥东那位先生何方人氏？住居哪里？因恁出家修道？"那道人答道："老夫与大人同辈不同朝。"退之道："怎的叫做同辈不同朝？"那道人道："大人是唐朝刑部侍郎，老夫是汉朝一员大将，总兵戎要路，坐帅府衙门，岂不是同辈不同朝？"退之道："既与皇家出力，辟土开疆，只合河山带砺，与国同休[4]，为恁么弃家修行，装束这般模样？"道人道："大人有所不知，因我王损害三贤，只得深藏远避。"退之道："害哪三贤？"道人道：

[1] 镔（bīn）铁笛：精炼的铁制成的笛子。

[2] 翼德：三国时刘备手下大将张飞，字翼德。

[3] 子房：西汉开国功臣张良。

[4] 同休：同享福乐。休，吉庆，欢乐。

“三齐王韩信，大梁王彭越，九江王英布。这三贤困卧马鞍桥[1]，渴饮刀头血，明修栈道，暗渡陈仓，在九里山赶田横入海，在乌江渡逼项羽身亡，帮汉高祖夺了楚秦天下，后来死得不如猪狗。因此贫道弃了官职，奔上终南山，埋名隐姓，跟东华帝君学道，得证仙阶，老夫乃汉之钟离权也，原是河间府任邱县人。”退之又道：“桥西坐着那一位先生是哪方人氏？住居哪里？可与钟离先生是一辈不是？”那道人道：“贫道乃本朝士子，祖贯是河中府夏县人也，生来颇读几行书，文章冠世，志气轩昂，曾与李子英同往东京赴试，前到邯郸十里黄花铺垂杨树下，得遇钟离师父，度我三遭四起，不肯回心。他把那芦席一片化作一座地狱，内有十大阎君，把我一灵真性摄在葫芦内，我梦醒回来，方才晓得为官者不到头，为富者不长久，于是弃儒修行，得成正果，我便是两口先生也。”有诗为证，诗云：

朝游碧海暮苍梧，袖里青蛇胆气粗。
三醉岳阳人不识，朗吟飞过洞庭湖。

退之道：“据二位先生这般说话，真是文欺孔孟，武过孙吴，一文一武，也所罕见。学生家下三辈好道，七辈好贤，愿邀先生到舍，奉款素斋，不知尊意若何？”钟师道：“既蒙大人错爱，贫道自当造府参拜，何敢叨斋。”退之挽着吕师手道：“学生与两位先生同步到舍，何如？”吕师道：“大人是当路宰官，贫道是山野鄙夫，逐队步趋，有失观瞻，请大人先行，贫道随后便至。”退之道：“先生不可失信。”吕师道：“大人尊前，岂敢诳语。”

退之果然先到家中，顷刻间两师也到。退之下阶迎接，坐下吃茶。忽见湘子当面走过，望着两师作揖。钟师道：“此位何人？应得妨父克母。”退之道：“这是小儿。”钟师道：“若是公子，贫道人失言了。”退之道：“是学生侄儿，叫做韩湘子，三岁上没了先兄，七岁上没了先嫂，如今是学生抚养。”吕师道：“此子有三朝天子分，七辈状元才，若不全家食天禄，定应九族尽升天，何患不荣华富贵乎！”钟师道：“只是一件，此子目下运行墓库，做事多有颠倒，直交十六岁方才得脱，须请一位好师傅，提

[1] 马鞍桥：即马鞍。

撕[1]警觉他一番，庶不致错走路头耳。”退之道：“愚意正欲如此，只是未得其人。请问二位先生，何以谓之天？”钟离道：“牛两角、马四蹄之谓天。”又问：“何以谓之人？”吕师道：“穿牛鼻、络马腹之谓人。不以人灭天，不以故灭命，不以欲害真，谨守而弗失，是谓合其真。”钟师道：“既蒙大人下问，贫道亦有一言请教。”退之道：“愿闻。”钟师道：“天地人谓之三才，何以天地历元会而不变，这等长久？人生天地间，含阴抱阳，修性立命，为何有寿若彭铿[2]，夭若颜回？又有一等殇子[3]，这般寿夭不齐，却是何故？”退之沉吟半晌，默无一答。吕师道：“人人可以与天地齐寿，人自不悟耳。”退之道：“舜禹相传，人心惟危，道心惟微，不知人心可无乎？”吕师道：“剑阁路虽险，夜行人更多。”退之道：“道心可有乎？”吕师道：“金屑虽珍贵，着眼亦为病。”退之道：“吾其以无心有心乎？”钟师道：“曾被雪霜苦，杨花落也惊。”退之道：“吾其以有心无心乎？”钟师道:“不劳悬古镜，天晓自鸡鸣。”退之道:“所谓有心尽非乎？”吕师道：“不得春风花不开，花开又被风吹落。”退之道：“所谓无心独妙乎？”钟师道：“曙色未分人尽望，及乎天晓也寻常。”退之见两师大有议论，尽可教训湘子，便道：“学生家中有座睡虎山，山内盖一座九宫八卦团瓢，尽自清闲潇洒，意欲屈留两位先生在于团瓢之内，一位教舍侄习文，一位教舍侄习武。若得舍侄学成文武艺，货与帝王家，学生心愿毕矣，不知尊意若何？”两师道:“贫道俱是山野村夫，胸中实无经济才略，荷蒙大人俯赐甄收[4]，敢不用心教训公子。只是大人要始终如一，不可听信谗言，见罪贫道。”退之待了两师的素斋，便叫张千、李万领两位先生到团瓢内去，又吩咐湘子勤紧学习，以图荣显祖宗，不在话下。

且说钟、吕两师同湘子到于团瓢之内，过了一日，也不开口教湘子

[1] 提撕：提醒。

[2] 彭铿：传说中人物。相传为颛项帝玄孙陆终氏的第三子。姓篯，因封于彭城，其道可祖，故又称彭祖。据说其寿长达八百岁。

[3] 殇（shāng）子：未成年而死。

[4] 甄收：鉴别接受。

习文，也不教湘子习武，两个只是闭兑[1]垂帘，跏趺[2]静坐。湘子见两师光景，又不敢问，只得又过一日。看看到第三日，只见钟师吹起铁笛，吕师唱起道情，道：

叹水火两无情，欲火煎熬损自身。还须着意多勤慎。阴阳自生，筑基[3]炼神，降龙伏虎[4]休狂奔。养其身，调神息气，内外两无侵，内外两无侵。

唱罢道情，才叫湘子道："韩公子，你近前来，我且问汝。"湘子鞠躬，立在两师面前。钟师道："令叔大人请我二人教训公子，我二人敢不尽心！只是不知公子愿学'长生'二字，愿学'功名'二字？"湘子道："敢问师父，'功名'二字如何结果？"钟师道："教汝经书坟典，韬略阴符，上可以保国安民，下可以戡凶定乱。逢时遇主，博得一官半职，坐着高堂大厦，出入有轻裘肥马，平白地显祖荣宗，封妻荫子，万人喝彩，这便是功名。但是无常一促，万事皆空，到头来终无结果。"湘子道："如何是'长生'二字？"吕师道："传汝筑基炼己功夫，周天[5]火候秘诀，吐浊纳清[6]，餐霞服气，白日升天，赴蟠桃大会，发白再黑，齿落更生，日月同居，长生不老，这便是长生的结证。两样作用如霄壤之隔，公子心下愿学哪一样？"湘子道："弟子愿学长生。"两师道："这个工夫不比文艺，鲁莽不得，断续不得，所谓用志不分，乃凝于神也。"有诗为证：

堪叹凡人问我家，蟠桃云雾霭烟霞。
眉藏火候非轻说，手种金莲不自夸。
三尺焦桐为活计，一壶美酒作生涯。
骑龙远远游三岛，夜静无人玩月华。

两师叫湘子道："徒弟，如今是恁么时候了？"湘子道："师父，鼓打一更了。"两师道："仙有数等，汝愿学哪一等？"湘子道："秀才岁考，

[1] 闭兑："兑"原指孔穴。这里指关门。
[2] 跏趺：盘腿而坐，脚背放在股上，是修行者的一种坐法。
[3] 筑基：道家炼内丹时先排除欲念，安神止息，称筑基。
[4] 降龙伏虎：指排除欲念。
[5] 周天：炼内丹时，周身调养气息。
[6] 吐浊纳清：吐出浊气，吸入新鲜气息。

便有一、二、三、四、五、六等的分别，做神仙怎么也有等数？”钟师道:“不是这个等第之等，仙有天、地、人、神、鬼五样不同。”湘子道:“愿闻其详。”钟师道：“阴神至灵而无形者，鬼仙也；处世无疾而不老者，人仙也；不饥不渴，寒暑不侵，遨游三岛，长生不死者，地仙也；飞空走雾，出幽入冥，倏在倏亡，变幻莫测者，神仙也；形神俱妙，与道合真，步日月而无影，入金石而无碍，变化多端，隐显难执，或老或少，至圣至神，鬼神莫能知，蓍龟莫能测者，天仙也。”吕师道：“绝嗜欲，修胎息，颐神入定，脱壳投胎，托阴阳化生而不坏者，可为下品鬼仙；受正一符录，上清三洞妙法，及剑术尸解而得道者，可为中品人仙、地仙；炼先天真一之气，修金丹大药，汞龙升，铅虎降，凝结黍米之珠，则为上品神仙、天仙。”湘子道：“弟子尝闻古语云：‘学仙须是学天仙，唯有金丹最的端。’望师父把那金丹大道传授与弟子。”两师道：“汝既愿学天仙，汝的志向是好的了，只怕汝鲁莽灭裂，中道而废，枉费了我们普度的心机，绝了后来修真门路。”湘子道：“师父若肯指教，弟子岂敢懈弛。”两师道：“居，吾语汝，汝须牢记，不可泄漏。”湘子拱立而听。两师唱道：

〔五更转〕一更里端坐，慢慢调龙虎，润转三关[1]，透入泥丸[2]路。龙盘金鼎[3]，虎咽黄庭[4]户。得些功夫，等闲休诉，等闲休诉。

二更里，二点敲，阴阳真气妙。上下三关，莫教错了。婴儿姹女得黄婆，自然匹配了，自然匹配了。

三更里，月明正把乾坤照。产药[5]根苗，只在西南道。铅[6]遇癸生，急采方为妙。海底龙蛇，自然来相盘绕，自然来相盘绕。

---

[1] 三关：炼丹运气时，由下腹通向头部必须经过的三道关口，即尾闾关、夹背关、玉枕关。
[2] 泥丸：头的代称。
[3] 金鼎：在下丹田之上。
[4] 黄庭：指腹部丹田处。
[5] 产药：炼内丹时元气凝结于腹部的状态。
[6] 铅：指元气。

四更里更妙，坎离[1]要颠倒。晨昏火候合天枢，子在胞中，万丈霞光照。位产玄珠[2]，此法真奇奥，此法真奇奥。

五更里天晓，笼内金鸡叫。有个芒童，拍手呵呵笑，喂饱牛儿，快活睡一觉。行满功成，自有丹书诏，自有丹书诏。”

湘子听了，牢记在心。两师道：“湘子，我们把长生秘诀传授与汝了，只怕汝叔父知道，轻慢我二人。”湘子道：“弟子自有主张，不必多虑。”一连教导了两三夜，到第四夜时，两师又打着渔鼓，拍着简板，唱一词教湘子。词名《梧桐树》：

一更里，调神气，心猿意马牢拴系。莫学闲游戏，闲游戏。昏昏默默炼胎息，开却天门地户闭。果然通玄理，通玄理。

二更里，传宇宙，一道灵光渐通透。龙虎初交媾，初交媾。提防三关莫要走，莫要走。

三更里，一阳动，金鼎将来玉鼎共。炼就真铅汞，戊巳配元红。鼎内金花吽，金花吽。

四更里，月当空，玉镜高悬处处同。照见海东红，隔山取水闹烘烘，闹烘烘。

五更里，云收彻，灵圭弄新月。处处琼花结，琼花结。火候抽添[3]按时节，氤氲降红雪。莫把天机泄，天机泄。

到得天晓，两师对湘子说道：“我们连日教汝修炼，汝须用心勤习。汝叔父今日必然要赶我们出去了。”湘子道：“任凭叔父责罚，弟子决无悔心。只是师父去了，教弟子倚靠着哪个？”两师道：“这是理势使然，谚云：‘夫妻本是同林鸟，大难来时各自飞。’何况师徒乎！汝只坚心定志，我们自来度汝。”说犹未了，退之着人来唤湘子并当值的去，问湘子道：“汝这几日习读得文武经书，亦谙熟否？”湘子道：“侄儿不敢隐瞒叔父，两位师父教侄儿的是一部大道《黄庭经》，不读恁么文武经书。”退之怫然不悦，再问当值的道：“大叔与这两位先生连日所习何事？所讲何书？”

---

[1] 坎离：坎指气，离指神。

[2] 玄珠：即内丹。

[3] 抽添：道教修炼功夫。真气上升为抽，入脑为添。

当值的道："两个道人教大叔一更打坐，二更飞升，三更四更只是打渔鼓唱道情。"退之听了，一时间心头火起，紫涨了面皮，便拿竹片打湘子，道："汝爹爹弃世，托我看汝，教汝读书，只指望汝成人长大，光显祖宗，谁知汝这般痴呆，要学修行结果，玷辱门闾，怎不气杀我也！"湘子道："是叔父请这两个师父教我的，不是侄儿自己生发出来的，如何打我？"窦氏在旁再三劝道："他爹娘早丧，孤苦伶仃，虽是我们恩养成人，也须索三思教训，不要惹旁人议论。"湘子哭道："赖叔婶养育成人，今后再不敢违严命了。"退之道："夫人既劝我，我且不打这畜生，汝快进去勤攻书史，休学那出家的勾当。"一面叫当值的："快去唤那两个道人来，赶他出去，绝了这根苗，不怕湘子不学好。"

果然，当值的去叫两师道："先生，老爷有请！"钟师道："纯阳子，那冲和子迷昧前因，来请我和你，要赶出门。我们且去见他，看他有恁话说。"两师随了当值的走到退之跟前，稽首道："韩大人，贫道见礼。"退之怒喝道："谁与你这般人见礼不见礼！你两个可是有些儿人气的么？"两师道："大人请我们两人训诲公子，岂不晓得尊师重傅的，却为何不以礼相待？"退之道："我留你两人教侄儿习文演武，以图进取，你如何终日教他打渔鼓、唱道情？岂不是贼夫人之子！那道情可是好人唱的？"两师道："大人，贫道何曾教他唱道情来？"退之道："我侄儿已是招承，汝两人如何还白赖？快快出门去吧，休得在此胡缠！"两师道："我出家人是随缘的，有缘则住，无缘则去，何须发恼！"便向里面叫道："韩湘子，我们今日去了，汝以后若要寻我们时，可到万里外终南山来，我们在那里等你。"湘子跑出来道："师父，快不要去，只在这里教训弟子。你若去了，弟子来寻时就难得见了。"两师道："汝叔父既赶我们出门，有何面目再在汝家里！"湘子道："弟子情愿跟了师父同去。"退之一手扯住湘子，叫："张千、李万，把这两个野道人推出去！"两师道："大人在上，贫道唱一首小词答谢大人错爱，便出门了。"词名《沽美酒》带《清江引》：

想为官有甚好，看富贵似波涛，不如俺色空清净破衲袄。掩柴扉静悄，也不恋雌鸡叫。紫罗袍，煞强如傀儡棚中喧闹，荣华的似瑞雪汤浇。闲伴着仙童采药苗，闷把瑶琴操。操的是古调，鹤鸣九皋，一任旁人笑。

退之道："快出去！我也懒得听这般说话。"两师唱：

有一日削禄祸难逃，蓝关雪拥长途道，那时方晓。

唱罢，拂袖而去。诗云：

大袖遮三界，遨游遍九天。
腐儒无眼力，不识大罗仙。

退之见两师去了，便把湘子领在书房中，关锁他在一间房里，吩咐当值的小心看守，不许放他出来胡行乱走。正是：

埋怨当初二道人，绮言绮语哄儿身。
如今斩草除根净，撇下黄庭内景经。

那湘子被锁在房中，并没怨畅意思，只是勤苦修炼，坐唱道情。有《黄莺儿》为证：

慢慢自沉吟，下深功，受苦辛，经行日夜眠不稳。要见本来那人，把心猿紧萦，三关运转，透入《黄庭经》。炼真精，刀圭不用，天理自相生。

忽见那牛奔，鼻撩天，吼一阵，摇摇摆摆擒不定。拽住了那绳，休教乱行，往来日夜跟随紧。牧牛人，丹田界，管取稻花生。

这湘子虽然昼夜勤修，毕竟不知后来若何，且看下回分解。

第五回

砍芙蓉暗讽芦英　候城门众讥湘子

白发萧萧两鬓边，青山绿水总依然。人生何异南柯梦，捻指光阴十八年。十八年，景物鲜，旃檀紫竹隔尘凡。且将龙女擎珠出，鹤驭盘旋下九天。

不说退之锁闭着湘子，且表夫人窦氏思量："伯伯在日，朝夕拜祷天地，求得这个侄儿湘子，不料生下来整日啼哭，费尽了心神，幸而养得长成，替他娶了林学士的女儿芦英，今已三年，并没男女花儿，岂不是韩门该绝？常闻犀牛望月，角内生祥；蚌蛤含珠，朝阳游戏。芦英这般不生长，如何是好？"心生一计，唤梅香请芦英出来，问道："阶下那一枝是什么树？"芦英道："婆婆，是一枝芙蓉树。"窦氏道："叫梅香拿刀来，砍了这枝树。"芦英道："婆婆，莫要砍它，留下与媳妇早晚看看罢。"窦氏道："我只见它开花，不见它结子，要它何用？"芦英道："婆婆，花与人相似，人生总是花，雄花不结子，雄笋不抽芽。"窦氏道："媳妇，我说与你听：石上栽芙蓉，根基入土中，好花不结子，枉费我儿功。"芦英道："一片良田地，懒牛夜不耕；春时不下种，苗从何处生？"窦氏道："原来如此。梅香，快请大叔来，待我问他。"梅香道："老爷关锁大叔在书房内，哪个敢放他出来。"窦氏便把钥匙递与梅香，叫她去请湘子。湘子道："夫人叫我，有何事故？"梅香道："夫人与小姐在堂上絮絮叨叨，不知说些什么话，叫我来请大叔去会问。"湘子只得近前相见。窦氏道："侄儿，我娶芦英小姐为汝为妻，只指望生男育女，接续香火。今已三载，并不生育，我心中好不忧闷。适间问她，她说汝居室情疏，恩爱间阔，这是何故？"湘子道："婶娘不必问我，我有诗一首，念与婶娘听。"诗云：

惜精惜气养元神，养得精神养自身。

炉[1]中炼就大丹药[2]，不与人间度子孙。

窦氏听见湘子说出这话，便哭道："我儿差矣！自古男子生而愿为之有室，女子生而愿为之有家。汝年纪小小的，妻子又少艾[3]，如何不思想接续祖宗香火，说出这等绝情绝义的话？伯伯姆姆死在九泉，也不瞑目了。"湘子道："佛言人系于妻子，七宝舍宅之，其患有甚于牢狱。牢狱有散逸之文，妻子无合魂之理。情欲所爱，投泥自溺。人能透得此关，即出尘世，是以侄儿与芦英相敬如宾，望婶娘恕罪。"芦英道："这事羞人答答的，说他怎的。"一溜烟跑入房中去了。窦氏扯住了湘子，再三再四劝谕他。湘子道："婶娘，你哪里晓得，生死事大，非同小可。"古人有言说得好：

三个鱼儿一个头，同心合胆水中游。

愚人不识鱼儿意，不是冤家不聚头。

窦氏与湘子正在那里絮聒，恰好退之朝中回来看见了，便道："夫人，在此说些什么？"窦氏道："我在此劝湘子读书。"退之道："湘子是我锁在书房内的，哪个放他出来？"窦氏道："老身取钥匙放出来的。"退之道："湘子过来，我且问汝，汝这几日所读何书？所作何事？"湘子道："仲由说：'有民人焉，有社稷焉，何必读书，然后为学。'"退之提起竹片把湘子就打，道："汝这痴呆蠢子！也曾晓得孔子说：'是故恶夫佞者'么？"湘子道："孔子问礼于老聃，老聃便是仙人的宗祖，道侣的班头，孔子也不曾说他御人以口给，叔父怎的就把一个'佞'字儿加我？"退之道："知雄守雌，知白守黑，便是老聃之教，老聃也何曾文过饰非？汝既要学道修真，须索要读书明理，为何丢了黄金掰绿砖？我只打死汝这不才畜生便了！"提竹片乱打湘子一顿。湘子叫道："婶娘救我一救，叔父打得我太重了。"窦氏跪下劝道："相公，你哥嫂临终之时再三嘱咐相公爱护湘子，今日这般打他，晓得的说是相公教训这不肖子，不晓得的只说相公负了哥嫂嘱咐，不看管他，望相公且饶湘子这一次。"退之哭道："夫人，人家养得儿子，

[1] 炉：内丹家以人体为鼎炉，以炼气化神。

[2] 丹药：即炼成的内丹。

[3] 少艾：年轻漂亮。艾：漂亮，好看。

指望成人，求取功名，改换门闾，我家止有这不肖之子，又不肯读书习上，反学那云游乞丐营生，耽误青春。呜呼老矣，是谁之愆[1]？谚云：‘桑条从小抒，大来抒不直’，怎么教我不打这畜生！”窦氏道：“韩家只有这一点骨血，恨只恨当初错留那两个道人，把他哄坏了。”退之道：“我留那道人，只指望他习文学武，做一个文武全才，替朝廷出力，与韩门争气。谁知这道人哄他出家，误了他终身。如今再休提起这话，只是紧紧的教训他，自然回心转意了。”窦氏道：“相公且省烦恼，待老身慢慢劝他学好就是。”退之方才放手。

湘子回到书房中，闷闷不乐，坐在那里调神运气。两个当值的近前道：“大叔不要愁烦，我们寻些恁么替大叔解闷何如？”湘子道：“世上有什么东西解得闷？”当值的道：“插牌、斗草、打双陆、下象棋、绰纸牌、斗六张、掷骰子、蹴气球，都是解得闷。”湘子道：“这些博戏都要耗散精神，消费时日，我不喜欢去弄它。”一个道：“吃酒可以解得闷。”一个道：“果是酒好，快些拿来，待大叔吃几碗，把那愁都赶了去。”湘子道：“怎见得饮酒可以解闷？”这一个道：“酒是仪狄所造，好者甘香清洌，称为青州从事；恶者浑浊淡酸，号为鬲[2]上督邮。春时有翠叶红花，可以赏心乐事；夏时有凉亭水阁，可以避暑乘阴；秋时有菊蕊桂香，可以手挼[3]鼻嗅；冬时有深山霁雪，可以逸性陶情。趁着四时的景物鲜妍，携樽挈榼[4]，邀二三知己友人，吆三喝五，掷绿推红，履舄杂遝，觥筹交错，那时节百虑俱捐，万愁都卸。这才是：断送一生唯有，破除万事无过，远山横黛蘸秋波，不饮旁人笑我。”湘子道：“酒能迷真乱性，惹祸招灾，故大禹恶旨酒而却仪狄，只有那骚人狂客，借意忘情，取它做扫愁帚，钓诗钩。我却不欢喜吃它。”一个道：“天有酒星，地有酒泉，圣贤有酒德。尧舜千钟，仲尼百瓢，子路嗑嗑，也须百榼。李白贪杯而得道，刘伶爱饮以成仙。从古至今，不要说圣贤君子与它周旋不舍，就是天上吕神仙，也三醉岳阳人不识。从来没有一个是断除不吃的，大叔为何说它这许多

[1] 愆：过失。
[2] 鬲：古代炊具。
[3] 挼：揉搓。
[4] 榼：古代盛酒器。

不好？”湘子道：“你们哪里晓得这酒的不好，古来有诗为证，我且念与你们听着。诗云：

仪狄当时造祸根，迷真乱性不堪闻。
醉时胆大包天外，惹祸招灾果是真。

一个道：“大叔，酒既解不得闷，我们领大叔到秦楼楚馆之中，邀几个知心帮闲的朋友，烹龙庖凤，拆白道绿，低唱浅斟，偎红倚翠，直到那日上三竿，犹自鸾颠凤倒；蝶恋蜂狂，一点灵犀，沁心透骨。真个可解闷也。”湘子道：“若说起色，一发是陷人坑了，如何解得愁闷？古来也有诗为证：

二八佳人体似酥，腰间仗剑斩愚夫。
虽然不见人头落，暗里叫君骨髓枯。

古人又有诗专说这酒色财气四样的不好，我也念与你们听。诗云：

酒色财气四堵墙，多少迷人里面藏。
若有世人跳得出，便是神仙不老方。”

当值的道：“依大叔这般说，人都在愁城中过日子了，怎么得一日快活？”湘子道：“果然人是在愁城中过日子的，有《山坡羊》为证，你们听着：

想人生空忙了一世，攒家财都成何济？看看年老，渐渐把你容颜退。亲的是你儿，热的是你女，有朝一日无常来到，哪一个把你轮回替？伤悲！不回头，待几时！伤悲！叶落归根在哪里？”

当值的道：“大叔小小年纪，哪里去学得这许多说话来？可不辜负了老爷夫人抚养的恩念。”湘子道：“你们且安心去睡，不要在此絮叨。”当值的唯唯而退，背地里商议道：“老爷吩咐我们仔细看守大叔，我们必须小心谨慎，不可托大误事。”一个道：“我和你假睡在门外，听他说些恁么言语，若是他走了出来，就一把捉住了他，通报老爷便是。”这个道：“说得有理，大家小心仔细。”湘子在房中暗忖：“叔父如此严谨，终久误我修行大事。我算起来三十六着，走为上着，此时不走更待何时？”只得捱到二更天气，脱了靴帽衣袍，挽起阴阳双髻，穿上一领布衣，悄悄地走到窦氏房门外，拜辞道：“我韩湘自幼蒙婶娘恩养成人，未曾报答，今日不孝，抛撇了婶娘，不知何年月日，再得相见？”又到芦英房前说道：

"小姐，我虽与你做了三年亲，却是同床不同枕，同席不同衾，有名无实，误你一生。今朝别你修行去，两下分离不要悲。"湘子拜辞已罢，听见谯楼[1]上鼓打三更，欲要往前门走，无奈前门紧闭，只得留诗一首，爬墙而走。诗云：

懒读诗书怕做官，日高兀自抱琴眠。

今朝跳出迷魂阵，始信壶中别有天。

到得天明，两个当值的不见了湘子，抱着他的巾靴衣服，在那里假哭。退之走来，问道："汝两个为何在此啼哭？大叔如今在哪里？"一个道："老爷，不好说得，怪哉，怪哉！虾蟆生出翅来，昨宵稳稳的藏在房里，不知几时轻轻飞出月台？"一个道："稀有，稀有！网巾圈儿会走，昨宵端端正正挂在壁头，今朝光光秃秃，剩得头上一个刷帚。"退之道："汝这两个狗才！我怎样吩咐汝来！汝放大叔走了出去，倒在此支吾搪塞，想是汝得了贼道人的钱财，故此放大叔跟他去了。我只把汝这两个狗才送到官去，查问大叔下落。"两个道："老爷息怒，大叔既逃走出去，我们替了大叔罢。"退之道："大叔怎么替做得？"当值的道："老爷没有公子，小的们原是老爷义男，老爷另眼相看，抬举小的们起来，就是大叔一般了。"退之道："这狗才害疯了！"当值的道："我不疯，婴儿姹女总无功，一个侄儿容不得，如何做得主人翁？"退之闻言，放声大哭道："湘子，你抛家弃产往哪里去了？我五十四岁无男无女，一旦阎君来召，鬼使来催，谁人在我眼前披麻祭扫？岂不痛杀我也！"有诗为证：

两边鬓发似银条，半边枯树怕风摇。

家有黄金千万两，堂前无子总徒劳。

窦氏、芦英听得退之哭声，连忙走出来，看见退之哭倒在地上，窦氏慌忙扶起道："相公为何如此？"退之道："湘子出家去了。"窦氏道："是真是假？"退之道："这巾靴衣服不是他的？脱下在此，爬墙去了。"芦英哭道："他与媳妇虽是恩爱情竦[2]，却是相敬如宾，从来没有一些儿言语。谚云：'女人无夫身无主'，他如今去修行，教媳妇举眼看何人？"窦氏道：

[1] 谯（qiáo）：古代城门上建的楼。

[2] 情竦（sǒng）：感情疏远。

“媳妇且自耐烦。”芦英哭回绣房去了。退之道：“夫人，侄儿负我和你抚养之恩也不必说，只是我看见他的衣服东西，心中便要凄惨，可点火来把这些东西烧了罢。”窦氏道：“烧了却也可惜，不如赏与当值的罢。”退之依言，就赏了张千、李万，差他们到各府州县，城里城外、关津渡口、街坊市井、丛杂去处、山林寺观、幽僻所在，遍贴招帖，寻访湘子。那招帖如何写：

刑部侍郎韩，为缉访事：照得本府原籍永平府昌黎县，不幸今月今日五更时分，有公子韩湘子越墙走出，寻访道师，头挽阴阳丫髻，身穿茶褐衲衣，手敲渔鼓唱清词，脚踏芒鞋多耳。不论军民人等收留，酬谢青蚨；沿途报信到吾庐，百两白金不误。右招帖谕众通知。

招帖虽然各处分贴，毕竟湘子没有踪迹，退之郁闷，不在话下。

且说湘子离了书房，爬过墙头，黑地里奔到城门边。城门还不曾开，那许多做买做卖的经纪，都挨挤在城门口，等候开门。有说家中事务长短的，有说官府贪廉的，有计较生意希图赚钱的，有谈论别人家是非的，也有互答唱和山歌的，也有单唱弋阳腔[1]曲子的，纷纷攘攘，唧唧哝哝，好不热闹。只有湘子宁心定性，坐在石块上，再不做声。内中有一个人，手提着一盏小灯笼儿，在那里走来走去，看见湘子不做声不做气，便叫道：“师父，从古来说得好：‘朝臣待漏五更寒，铁甲将军夜渡关。山寺日高僧未起，算来名利不如闲。’我们为着这几分利己，没奈何早起晏眠[2]，你出家人吃着十方，穿着十方，既不贪图名利，又没有荣辱得丧，这般时候正好在梅花帐内，软草茵[3]中，长伸淌脚，安稳睡一觉，何苦也这般早起来等开门？”湘子未及开言，内中一个人道：“朋友，你哪里晓得这道人的心事？他是冲州撞府，街坊上说真方、卖假药，惯会油嘴骗钱的花子，假装这般模样。据我说起来，他心里有做不得贼，挖不得壁洞的苦，你这朋友怎么把那山中的高僧来比他？”又一个道：“呆朋友，道

[1] 弋阳腔：戏曲声腔之一，起源于江西弋阳县。
[2] 晏眠：晚睡。
[3] 茵：褥子。

路各别，养家一般，你我为利己，难道这小师父是个神仙？他早起晏眠，不过也只为利己心重，如何说他做不得贼挖不得壁洞？”一个道：“他或者是牢狱中重犯囚徒，爬墙上屋，逃走出来的，装做这般模样，恐怕开口露出马脚来，故此夹着这张嘴。”一个道：“他这般小小年纪，想是不学好，被父母打骂一场，气苦不过；或者功名上没缘，羞耻不过；或者是妻子被人搭上了，忿气不过，没奈何装做这忍辱的模样，也不见得。”一个道:“列位老兄，赵钱孙李，各人心里，何苦说人道人，替人担忧。《千字文》上说得好：‘罔谈彼短，靡恃己长。’又有诗云：‘各人自扫门前雪，莫管他家瓦上霜。’开了门，大家跑之夭夭，没要紧在这里讨舌头的便宜。”众人道：“这位老兄说得极是。”大家拍手拍脚笑了一场。湘子目睁口呆，犹如聋哑的一般，不敢回答一句。说犹未了，管城的来开了门，各人抢先跑去了，只剩下湘子一个，寻思道：“我如今是巨鱼脱网，困鸟离笼，此时不去，更待何时！”他口唱道情，趱行[1]前去。词名《桂枝香》：

至今日，便离城，访仙家，做好人。看你为官为宦，图些甚？辞别了六亲，跳出了火坑，把酒色财气都休论，两离分。华堂精舍都不爱，我爱卧松阴。

天清月皎，白云弄巧。脱离了业海波涛，不顾家中老小，把家缘弃了，把家缘弃了。径往山中学道，日勤劳，但得成功就，飞升上九霄。

毕竟不知湘子此去若何，且听下回分解。

[1] 趱（zǎn）：快走。

第六回

弃家缘湘子修行　化美女初试湘子

撇却家园浪荡游，常将冷眼看公侯。文章盖世终归土，武略超群尽白头。冷饭一杯辞野庙，闲愁万古泣新秋。身披破衲蒲团坐，得休休处且休休。

话说韩湘子在路行了两日，少不得饥餐渴饮，夜住晓行，只是不晓得终南山在哪州哪县哪个地方。原来钟、吕两师已是看见湘子越墙逃出，要到终南山寻他，两师恐怕他心里一时翻悔，不能够登真证果，乃按落云头，唤出当坊土地，吩咐道："吾奉玉帝敕旨，临凡度化韩湘。那韩湘也肯随我修行，故弃了家缘，去了眷族，径来访寻我们。只怕立志不坚，难成正果，汝可一路上变化多般，试他三番四转。他若果有真心学道，不为色欲摇动，利害蛊惑，我便一力度他；他若贪恋懊悔，便降天雷，打下阴山背后，永不超生。"那土地老儿躬身喏道："谨遵仙师法旨。"两师吩咐山神土地已毕，依先回终南山去。

土地老儿立起身来，用手一指，化成一所房屋，门前店面三间，一边摆列着时新果品、鲜腊鸡鹅、海错山珍、荤素下饭；一边摆列着麻姑酒、三白酒、真一酒、香雪酒，新醅宿酝，扑鼻撩人。那店柜中间坐着一个及笄女子，生得不长不短，不瘦不肥，眉横春柳，眼漾秋波，两只手柔纤嫩白，一双脚巧小尖弯，穿着的虽没有异锦奇绡，却也淡妆雅致，惊心刮目。真是越国西施重生在苧罗村里，汉朝飞燕再来引射鸟情人。进到里面，有雕阑画栋，绮阁疏窗，绣幕朱帘，彩屏花褥，壁上挂几幅名人诗画，案上摆几件古玩珍奇，纵然赛不过王恺、石崇，也不让陶朱、猗顿。有一个老头儿，青巾布袍，傍着一根过头的拄杖儿，坐在门口曝背。

湘子一路行来，走到他的门首，便向前稽首道："老公公，小道动问一声，终南山从哪一条路上去？"老头儿摇头颤颤的道："小师父，你问终南山的路作何用？"湘子道："小道从昌黎县来，要到那里去寻两位师父。”老头儿摇手道：“去不得，去不得！”湘子道：“怎么去不得？”老头儿道：“此去终南山有十万八千九百八十五里陆路，还有三千里水路不算。一路上，倾岭阻径、回岩绝谷、石壁千寻、嵯峨磊落、蟠溪万仞、潆回澎湃。行者攀缘，牵援绳索。那山中又有鬼怪魔王，毒蛇猛兽，妖禽恶鸟，阗隘吞啮。便是神仙过去，也要手软筋麻，动弹不得。你这个小小的道童儿，不够他一餐饱，如何去得？”湘子道：“老公公偌大年纪，不说些老实话教道后生家，却只把这没正经的话来恐吓人，难道我就听你的说话，半途而废不成？”老头儿笑道：“小师父说话呆了，我偌大年纪，眼睛里不知见了多少，耳朵里也不知听了多少，岂不晓得终南山这条路难走？你说我话不老实，倒是我说的不是了。”湘子道：“不是怪老公公说，只是我道心坚定，不怕那万水千山，也不怕那蛇虎妖怪，只怕世上没有一个终南山，若有这个终南山，就有两位师父了，岂有去不得的道理。”老头儿道：“既如此说，我也不阻挡你，但是天色晚了，且在我家中权宿一宵，明日早行何如？”湘子道：“蒙老公公吩咐，敢不遵命。”便立住了脚，驮着衣包，走进他店中去。那老头儿仍旧坐在店门外椅子上，不走进来。

湘子进得店门，眼也不抬起来，脚趄趄只往里头走。谁知店里那个女子从柜身子边摇摆出来，手里捧着一杯香喷喷的浓茶。口里叫道：“官人来路辛苦，且请吃茶。”湘子接茶到手。那女子便把他的手捏上一下，道：“官人，哪房安歇？”湘子道：“我出家人但得一席之地就够过夜了，哪里管什么房？”女子又低低悄悄叫一声道：“官人，我家有三等房，云游仙长、过往士夫在上房宿；腰缠十万、买卖经商在中房宿；肩挑步担、日趁日吃的在下房安置。”其声音嘹亮尖巧，恰似听莺声花外啭，钻心透髓惹人狂也。湘子道：“娘子宅上虽有几等房，我不好繁华，只在下房歇罢。”女子怒道：“我是一个处女，并不曾嫁丈夫，如何叫我做娘子？”湘子道：“称谓之间，一时错见，是我得罪，姐姐勿怪！”女子嚷道：“你和我素不相识，又非一家，怎么叫我做姐姐？”湘子道：“你未曾嫁人，我差呼你为娘子，所以叫姐姐，哪里在相识与不相识？”女子变了脸道：“出家人不识高低，不生眼色，我只听得行院中人叫做姐姐，我是好人家处女，难道叫不得一声姑娘、小姐，叫我做姐姐？”湘子道：“姑娘，是贫道不是了。”

女子道："奴家也是父精母血，十月怀胎养大的，又不是那瓦窑里烧出来的，你如今才叫我做姑娘，连我也惹得烟火气了。"湘子道："这个姑娘忒也难说话，难为人。"女子带笑扯住湘子道："你这等一个标致小师父，一定是富贵人家儿女，如何到下房去歇？依奴家说，也不要到上房中房去，奴家那堂屋里面，极是幽雅干净的所在，你独自一个在那里宿一宵倒好。"湘子道："小道托钵度时，随缘过日，身边没有半文，只在下房随人打铺，明早就行。"女子道："堂房间壁就是奴家的卧房，从来没人走得到那里的，奴家如今发一点布施心，不要官人一分银子，瞒着老祖公，领官人安歇何如？"湘子道："小道出家人，足不踏人内室，事不瞒心昧己，如何敢到姑娘房前？"女子道："我有一句心腹实话要对你说，你须依我。"湘子道："但说不妨。"女子道："奴家今年十五岁，上无兄与姐，又无弟与妹，只得这个老祖公，九十多岁了，耳无闻，目无见，家中枉挣下这百万贯资财，却没有一个人承管。奴家日逐在此招接往来客商，再没有一个像官人这般少年标致的。奴今对老祖公说过，情愿倒赔妆奁，赘你在家，做一个当家把计的主人公，这正是有缘千里来相会，不是无缘对面不相逢也，不知你心下肯否？"湘子面红耳热，半晌应不出来。女子道："小师父，你休装腔做势，从来出家人见了妇人就如蚂蝗叮血，只管往里面钻的。奴家这般一个黄花女儿，情愿赘你，你为何不应一声？你莫不是家中还有父母尊长，恐怕惹下不告而娶的罪么？古来大舜也不告而娶，你料来不是个大舜，便有这些不是，父母也不责备你，官府也不计较，你纵有恁么官司口舌，奴家拼着几百两银子，包得官府不难为着你，你忧他则甚？"湘子怒道："我只说你是个好人家儿女，原来没廉耻不识羞的淫贱！我叔父是刑部尚书，岳父是翰林学士，娇妻是千金小姐，我都抛弃了来出家，哪里看得上你这样不要脸的东西！"女子道；"世界上只有戳门的毡，没有戳门的毡，你这等一个游手游食，走千家踏万户的野道人，我倒好意不争嫌你，贴些家私赘你为婿，你反骂我没廉耻淫贱，你岂不是没福？"湘子道："我的清福享用不了，哪里稀罕你的腌臜臭钱！"女子道："清不清，享不享，都不在我，我只问你，如今要官休？要私休？"湘子道："恁么官休私休？"女子道："奴家如今扯着你走，若要官休，奴就叫喊起来，说你出家人强奸良家女子，待地方上送你到官，把你打上几十荆条，枷示[1]几处市井，追了度牒[2]，钉回原籍，这便是官休。若肯入赘在奴家，与奴成其夫妇，官人便做个梁鸿，奴家便学了孟光，一句闲言不提，这便是私休。”湘子道：“小道今日出来，就是鼎镬[3]在前，刀锯在后，虎狼在左，波涛在右，我也只守着本来性命，初生面目，哪怕官休私不休，私休官不休！”女子便一手扯住湘子道：“爷爷快来，道人要强奸我！”

那老头儿拄了拐杖儿，颠头簸脑走进来道：“孙儿，怎么说？”吓得湘子魂飞天外，魄散九霄，口里说道:“韩湘前世少你一命，今朝情愿抵还，但凭老公公怎么处治我便了。”老头儿道：“小官儿，你真呆了，你这般小小年纪，正该在人家做个女婿，承管一分家私，生男育女，接上祖先后代，性命又不是盐换来的，为何只说要死？”女子道：“爷爷，他见我独自一个，就搂住我亲嘴，摸我的腰里，因我叫喊起来，假说要死诈我，真比强盗又狠三分。”老头儿道：“我只说你为何要死，若是你看得我孙女儿中意，我便把她招赘你做了孙女婿，承管门前生意，养我老儿过世就是了，何消寻死觅活？”湘子道：“老公公，我离了家远走出来时，就把性命丢在脑后了，如何说不消死得？”老头儿道：“寻死的有几等：上欠官钱，下欠私债，追逼拷打的过不得；衣不遮身，食不充口，饥寒穷苦的当不得；三病四痛，不死不活眠在床上，爬起探倒忍不得；作恶造罪，脚镣手肘，吃苦磨折受不得，方才去寻条死路。若是人家有美貌女子，铜斗儿家私，赘你为婿，肯不肯凭你心里，何消得死？”湘子道：“我一心只愿出家修行，再不要提起入赘的话。”老头儿道：“要知山下路，须问过来人。我少年时节，也曾遇着两个游方的道人，卖弄得自家有掀天揭地的神通，搅海翻江的手段。葫芦内倒一倒，放出瑞气千条，蝇拂上拉一拉，撮下金丹万颗。见我生得清秀标致，便哄我说修行好。我见他这许多光景，思量不是天上神仙，也是蓬莱三岛的道侣，若跟得他去修行，煞强似做红尘中俗子，白屋里愚夫，便背了父母跟他去求长生。谁知两

[1] 枷示：犯人戴枷示众。

[2] 度牒：僧尼出家，由官府发给的凭证。

[3] 鼎镬（huò）：古代大锅。此指残酷的刑具。

个贼道都是些障眼法儿哄骗人的例子，哄我跟了他去。一路里，穿州过县，不知走了多少去处，弄得我上不上，落不落，不尴不尬，没一些儿结果。我算来不是腔了，只得弃了他走回家来。我爹娘只生得我一个儿，那日不见了我在家，好不啼哭，满到处贴招子寻我，求签买卦，不知费了多少。一时间见我回家，好不欢天喜地，犹如拾得一件宝贝的一般。我爹娘背地里商议道：这孩子跟了贼道人走出去许多时节，一定被道人拐做小官，弄得不要了，他心里岂不晓得女色事情，若再不替他讨个老婆，倘或这孩子又被人弄了去，这次再不要指望他回来了。连忙的寻媒婆来，与我说亲行聘，讨了房下，生得一个儿子。巴年巴月，巴得儿子长成，娶得媳妇，刚刚生得这个孙女儿，三岁上我儿子患病身死，媳妇改嫁别人去了。我两口儿千难万难，才养得孙女儿大，房下又在前年辞世，剩下这许多家当，并没有一个房族来承继，故此要赘一个女婿在家里。如今小官儿思量出家修行，想是遇着几个游方的道人，哄动心了，你何苦做这样事情？不如依我孙女说，赘在我家里，接续这支血脉，承当这般家私，岂不两便？”湘子道：“老人家说的话都颠倒了，空教你这人活这一把年纪。我如今只是出店去罢。”女子又作娇声道：“官人！此时已是黄昏，一路上豺狼虎豹，蛇蝎妖魔，横冲直撞，不知有多少，你出我的门，也枉送了性命。就不肯入赘，权在下房歇一宵，到天明起身何如？”湘子道：“蛇伤虎咬，前生分定，好死横死，总是一死，不劳你多管。”老头儿道：“小官人说话一发痴了。你就是要出家去寻师父，也须留着性命，才讨得个长生，若此时先死了，哪里见得出家的长生不死？我有个比方说与你听。”湘子道：“老人家有恁么比方？”老头儿说道：“话有一句，我老人家吃盐比你吃酱也多些，我看书上说，汉武帝闻得君山洞中有仙酒数斗，得吃者便长生不死，乃斋戒七日，觅得此酒。东方朔道：‘臣识此酒，愿先尝之。将酒一饮而尽。武帝大怒，要杀东方朔。东方朔道：‘臣吃的是不死仙酒，今日陛下杀臣，是促死酒了，陛下要它也没用处；若果是仙酒，陛下杀臣，臣亦不死。’武帝笑而释之。可见留得东方朔性命，才是不死的仙酒。小官人指望长生，先投死路，也是自促。死了出恁么家？修恁么行？”湘子道：“随你千言万语，我只是立意要走，不听！不听！”那女子大怒道：“野道人，这般不识人知重，老祖公苦苦把言语对他说，是把热气呵在冷壁上了，快拿条索子来，把他吊在后边梁上，饿死这贼道，料没有亲人来替他讨命。”老头儿道：“他既不知好歹，吊他也没要紧，只是赶他出门，由他自送性命罢了！”女子依言，便把湘子一推，推出门外，口中念道：

十指纤纤来递茶，金盆拥着牡丹花。
痴人不识花王意，辜负临轩莫叹嗟。

湘子出得店门，不胜欢喜，连忙答道：

你说你貌美如花，我看犹如烂冬瓜。
花貌也无千日好，烂瓜撇下不堪嗟。

毕竟湘子此去性命若何，且听下回分解。

第七回

虎蛇拦路试韩湘　妖魔遁形避真火

莫笑荆棘丛，荆棘生芝兰。除却荆棘刺，芝兰掌上看。芝兰近有香，荆棘远勾裳。庭阶植芝兰，荆棘置道旁。

话说湘子被那女子推了出门，正值星月无光，不辨路径，只得凝神定息，坐在一株大树底下，等候亮光。不想那女子在家中埋怨老头儿道："这般一个标致小师哥儿，料是受苦不过的，待我把他吊在后头梁上，他自然赘在我家了，生生的被老祖公赶了他去。倘或路上遇着虎狼，可不咬杀了他，哪里再寻得这样一个标致的小官人来？"一会儿又咒诅湘子道："这个小贼道，不看人在眼里，十分轻慢人得紧，想他是空桑里生出来的，不然也是江流儿和尚淌来生的，今夜出了我的门，不被虎咬，定被蛇伤，又要吃猪拖狗嚼的，只是辜负了我这一点热心肠。"一会儿又叫道："你这般一个标致人，心里岂不聪明，为何硬着肚肠。一些儿也没转变？难道是柳下惠重生，封陟再世？"一会儿又叫老头儿道："祖公公做你不着，快点了火把去寻那小官人转来，不要枉送了他性命。"一会儿又道："你老人家眼昏耳聋，黑地里没寻他处，料他也去不远，我虽然鞋弓袜小，待我自去邀他回来。"这几段娇声细语软款的话儿，被那顺风儿一句句都吹到湘子的耳朵里，只指望打动湘子。谁知湘子这一点修行的念头如金如石，一毫也惑不动，听了这些声音言语，越发不耐烦了，便顾不得天气昏黑，脚步高低，一径往前乱走。走不上三五十步，只闻得风声泣树，水响潺潺，伥鬼[1]高呼，山魈[2]后应，没奈何强跑了二三里程途。远远的望见前面亮烁烁两盏灯，一阵大风随着那两盏灯吼地而起，这灯光直望湘子面前射将来，并不因风摇动。湘子口中自念道："我师父有灵

[1] 伥鬼：古时迷信者所言被老虎咬死、又助虎食人的鬼。

[2] 山魈：山中一种形似猴子的动物。古时视为山怪。

有感，见我黑地摸天走不得路，故远远送两盏灯来照我了。”念诵未已，那灯看看移到跟前，止离半箭之地，原来不是两盏灯，是猛虎的两只眼睛光。那虎见了湘子，便发起威势来，怎见得那虎的威势怕人：

头低尾翘，口中吼吼似雷鸣；腰矗爪爬，地下纷纷起泥土。满身上斑斑点点，丝毛硬比钢针；遍口中截截齐齐，牙齿森排剑戟。山中狐兔，闻其声隐迹潜踪；坞内獐狍，嗅其气藏形匿影。这真是金睛白额兽中王，不让那玄豹黄狮青色吼。

湘子不看见是虎，还说是明晃晃两盏灯笼，远远的望见是老虎的眼睛，不觉惊倒在地上，一些儿也动弹不得。

那只老虎在湘子身边左盘右旋，闻了又闻，嗅了又嗅，却像不吃伏肉的模样，忽地里用只爪把湘子拨一个转身。那湘子方才魂复附体，如梦初醒一般，战兢兢爬起身来，道：“我师父常说有降龙伏虎的手段，我今日弃了家计，万里寻师，难道舍身在老虎口里，死得不明白不成？”当下挣扎向前，斥道：“虎是山中百兽之长，算来也通些人性。我韩湘抛弃父母坟茔，妻孥恩爱，找寻师父，原是舍得身躯，丢得性命的主子，不是那贪生怕死的云游道人！汝今撑开威势，装出头颅，终不然我怕你不成！我又不做那割肉喂鹰、舍身喂虎的老佛，就是我胆怯心惊，被汝这畜生吓杀了，我的师父也不肯饶汝，我也少不得到阎罗殿前告汝，难道平白地就等汝吃了我！”那只虎听了湘子这一篇话，恰像知言识语的一般，把头摇一摇，尾巴翘一翘，往山那边一溜烟跑去了。湘子此时才明心见性，还却本来面目。正是：

莫道无神却有神，举头三尺有神明。
若还少有差池念，猛虎横吞活不成。

湘子见猛虎去了，不免趱行几步，只见腾云冠峰，高霞翼岭，岫壑冲深，含烟罩雾，天色渐渐明朗起来。正欲赶上前去，寻个人家化些斋饭吃了再走，忽然间火光灼烁，云雾晦冥，分明是一条大路，恰是周围无客住，四望少人行。湘子定睛仔细看时，见一条毒蟒，约有庭柱般粗细，七八丈长短，横躺在地上，拦住了湘子的去路。怎见得毒蟒的凶猛，行人不敢近前？有赋为证：

满身鳞甲，似赤龙出现山岗；遍体毫光，如野火延烧岭麓。

> 昂头吐舌，势凶顽钻南落北；凹眼曝腮，形丑恶游东过西。尾末有钩，中之则折；鳞中有足，逢人便伤。料不是白龙鱼服[1]，网堕豫且[2]；亦不比酒影弓形，忧添楚客。斯时也，韩湘子不学得孙叔敖[3]，埋瘗两头，功高阴骘，也须学汉沛公剑诛当道[4]，鼎定三秦。

这蛇望着湘子，喷出一口毒气，湘子往后扑地便倒，正在惊惶，不料那蛇往草丛中游去了。看官，且说这蛇这虎既来赶扑湘子，为何不吃了他，便隐隐寂寂的去了？只因湘子背了叔婶，丢了妻孥，万里跋涉，修行辨道，钟、吕两师怕他道心不坚，人心陡发，难以脱化凡躯，超升天界，故此化这蛇虎来惊吓他，看他生退悔心不生。湘子既无退悔的心，虎蛇自然不敢伤他。

当下钟、吕两师慧眼看见湘子不贪女色，不畏蛇虎，不怕辛苦勤劬，真真是个玄门[5]弟子，意欲度他，还恐他魔障未除，孽根未净，又吩咐一行鬼判："在黄沙树下试他一试，待他吐出三昧[6]真火，方许放他过来见我。他若畏缩退避，便把他射在阴司地府，永不翻身。"鬼判领旨，前去黄沙树下，拦着往来的路头。这鬼判怎般模样？

> 头角狰狞，面目凶恶。头角狰狞，恰似蛟龙离土窟；面目凶恶，犹如哞嗻[7]立庙门。身躯靛染又加红，个个獠牙青脸；手足露筋还见骨，双双赤发钩拳。远望着，顶天席地胜金刚；近看时，横阔扁圆如簸斗。若不是追魂摄魄地府无常，也应是铁脚铜头取经行者。

湘子一见鬼判拦着路口，便忖道："我万里寻师，辛勤跋涉，只指望得见师父以慰夙心，谁知一路来遭这许多障害。不是师父不来救我，只

---

[1] 白龙鱼服：白龙化鱼。
[2] 豫且：春秋时宋国渔人，传说中他射中白龙。
[3] 孙叔敖：春秋时代楚国令尹。
[4] 剑诛当道：相传刘邦初起兵时，道遇大蛇，以剑斩之。
[5] 玄门：此指道教。
[6] 三昧：清除杂念。
[7] 哞（chē）嗻（zhē）：显赫；厉害（多见于早期白话）。

是我道心不坚，所以不得见我师父，我且上前喝问是恁么妖魔，再作计较。”当下湘子挺一挺身子，整一整衣襟，向前喝道：“汝是何方妖怪？恁处邪魔？敢来拦挡我的去路！”鬼判应道：“咱是凛凛威雄，正直无私之帅将；堂堂猛烈，公平有道之神君。占据一方，庙食千载，专啖生人肝胆，血肉身躯。汝小小道童不够咱家一饱，来此何干？”湘子道：“世间只有天帝、神仙、城隍、社令，顺时风雨，保护下民，哪有称为神者纵性贪饕，恣情口腹？据汝说来，不过是妖精鬼怪，假托神灵，妄啖生民，擅干天宪！我韩湘子不辞辛苦，万里寻师，性命脱于蛇虎口中，哪怕汝这邪妖拦挡去路！”那鬼判听他言语，便张起欲焰，煽动情烟，把一个天遮得昏蒙蒙，伸手不见掌；一条大路黑漫漫，似有铜墙铁壁阻挡住的一般。烟焰中间现出许多奇形异状、长长短短、大大小小的怪物，正不知有几千几百，一齐嘻嘻哈哈直迸到湘子跟前。湘子到此地位，犹如鸡堕厕中，万蛆攒簇；膻落地上，千蚁丛扛。颤笃速心忙意乱，似狗丧家；还喜得性定神清，如龙蛰穴。当下直截截立着身子，略不退缩；赤裸裸吐出真火，冲着妖魔。怎见得是真火？

无炉无灶，自丹田透出重楼；没焰没烟，奔泥丸光摇银海。不用硫黄发烛，红灼灼直射斗牛[1]墟；何烦鼓鞴风箱，赤腾腾遥冲霄汉里。当着的头焦额烂，化作飞灰；近着的手慌脚忙，藏无踪迹。正是：灵台[2]有种，何须乞自邻家；绛府[3]滋生，不让咸阳当日。

湘子吐出那三尺三寸真火，真个把那许多鬼判冲得无影无形，不知逃躲在何方去了。湘子才把心来放下，道：“我若不亏师父传授秘诀，口吐真火，冲散邪魔，岂不被他一伙挤落阴山背后。”于是大踏步往前又走。不觉过得几日，平安无事。远远望见前面有一座高山，怎见得那山高处？

苍崖翠岭，千寻矗耸接层霄；赤岸青峰，万仞崔巍连上界。巅顶上，松柏森罗；腰凹里，草芝蕃殖。飞禽有玄鹤、青鸾、黄鹂，

[1] 斗牛：二十八宿中的斗宿和牛宿。

[2] 灵台：谓心。

[3] 绛府：神话中仙人居住的宫府。

练雀；走兽有黑熊、苍鹿、玄豹、灰獐。放鹰逐犬，冬天猎户满张罗；觅静寻幽，随月道人常驻足。真是神仙洞府，蓬岛梯航。

湘子见了这座山，便道："前面高山，一定是终南山了，两位师父必然住在那里。不免奔上山去，寻见师父，方才心满意足。"正是：

得道何愁仙路远，文高哪怕状元迟。

湘子趱步上山，口里说道："怎么走了这许多路，还不见一些影子？不知师父住在哪一个山头？"恰好抬起头来，隐隐的树木丛中，露出一个金字匾额。湘子道："那个去处断然是师父的道院了。"急急攀藤附葛，大踏步走。但见层松饰岩，列柏绮望；方岭云回，奇峰霞举，孤标[1]秀出，罩络群山。遥见石室之中，有一仙人坐石床上，凝瞩不转，恰不见有金字匾额的神仙洞府。湘子左顾右盼，又不见有一条去路，不觉心里焦躁，仰天叫道："师父！韩湘今日走到这个去处，还不得见师父一面，是韩湘道念不坚，师父不肯来接引我耳。我韩湘这一点修行的念头，除死方休，不如就这里寻个自尽，把魂灵去见师父罢。"说犹未了，只听得远远地吹笛响，定睛看时，一个牧童骑着一匹青牛在树丛里过。湘子叫道："牧童哥，你到这边来，我问你一个消息。"牧童答道："那边都是尘罗欲网。你是恁么人，踏在这里面还不转头？我是识得这条筬的，决不踏着这个箍。"湘子哀恳道："牧童哥，没奈何引我一条活路，待我脱离了网罗，自当重重谢你。"牧童道："既然如此，我这青牛到认得路头，待我牵到你那边，同你骑在牛背上，慢慢领你出活路罢。"湘子道："哥，你不要哄我。"那牧童果然骑了牛，直冲过湘子这边来，叫湘子爬上牛背，坐在他的前头，呜呜的吹着笛儿，往前便走。那笛儿吹出来的却是一首诗。诗云：

牛儿呼吼发癫狂，鼻内穿绳要酌量。

若是些儿松放了，尘迷欲障走元阳。

湘子听了笛声，不觉心内有感，便问道："牧童哥，这笛儿是谁人教你吹的？"牧童道："是我师父教我的。"湘子道："你师父是谁？"牧童道："我师父是天上神仙，不是凡夫俗子。"湘子道："莫不是钟离师父么？"牧童道："若说那钟离，他是个贪财尚气杀人不转眼的魔头，不是神仙，

[1] 孤标：孤高的山峰。

不是神仙！”湘子又道：“莫不是吕洞宾师父么？”牧童笑道：“那吕道人三醉岳阳楼，私戏白牡丹，鼎州卖假墨，浔阳卖敝梳，一派都是障眼法儿哄人，一发不是神仙了。”湘子斥道：“你这童儿有眼不识泰山，趁口胡说！我那钟、吕两师父是天仙的领袖，神圣的班头，你不曾认得他便罢，怎敢谤毁他！”牧童道：“我在这山中，哪一日一时不见几个神仙，稀罕这两个鸟道人！我老实对你说，若要见我的师父时，却也有许多艰难。你若只要寻钟、吕两个道人，远不千里，近在目前，我引你去就是。”湘子道：“哥，我只要见钟、吕师父，烦你指引一指引。”牧童拽着那牛的鼻索儿向东就走，这湘子如梦里醒来一般。正是：

分明指与平川路，提起天罗地网人。

毕竟不知湘子走到哪里，且听下回分解。

第八回

菩萨显灵升上界　韩湘凝定守丹炉

牟尼西来佛子，老君东土英贤。算来佛老总陈言，不怕东摇西煽。神定玉炉凝定，心忙丹灶茫然。总来菩萨且登天，哪怕凡人不转。

话说韩湘子与那牧童骑在青牛背上，走上山去。一路里见了些重阜修岩，云垂烟接，青崖点黛，赭石呈红。又到一座风山，有穴如轮，冷气萧瑟冲飚。湘子觉得坐身不定，那牧童全然不怕，在那青牛背上，有若鹰隼迎风，雕鹗展翼一般，招摇快乐。转过东北，行二十里，见一菩萨，珠冠垂映，相貌端严，在于贝多树下，敷[1]吉祥草，东向而坐。湘子心念："仙佛二教，虽有不同，其源则一，我若得果证金仙，菩萨当有灵验。"念已，石壁上即有佛现形，青螺攒髻，满月金容，长三四丈许。复行十五步，有青雀五百飞来，绕菩萨三匝而去。顷之，诸天幢幡[2]接引菩萨上升天界。湘子暗念："是佛显灵，我必得道成仙。"牧童道："五行三界内，唯道独称尊，这菩萨是释迦文佛，昔日我太上老君骑青牛出函关，度化他入中国来，才有此灵异。"湘子道："你缘何认得他？"牧童道："庄严虽别，心境皆同，这菩萨与我师父常常往来，故此我认得他。"湘子道："你既认得他，怎的不跟了他上天？"牧童笑道："我跟了他去，哪个领你去见师父？"湘子道："这正是不因渔父引，怎得见波涛。"说话之间，又过了几个山头，牧童道："韩湘，这便是祖师的洞府，仙圣的瑶坛，你怎的还不奔上前去，倒这般从容自在？莫不起一点怠慢心么？"湘子道："韩湘怎敢怠慢。"牧童道："你既有信心，便须勇猛精进。"湘子依命，跨下牛背，燕跃鹄踊，前奔几里，才到一个去处。只见岩层岫衍，涧曲崖深，翠柏荫峰，青松夹岸，素

[1] 敷：铺。

[2] 幢幡：佛教所用旗子仪仗之类。

湍委练[1]，苍树分绮，飞鸟翔禽，鸣声相和。那两扇洞门，半开半掩，一个小道童站在那里。湘子连忙近前喏道："师兄拜揖。"道童答礼，道："你莫不是苍梧郡湘江岸口的鹤童么？"湘子道："我叫做韩湘，不是恁么鹤童。"道童道："既不是鹤童，我师父不许相见，请别处去罢。"湘子便在门外叫起撞天屈来，道："我万里寻师，得到这里，你怎的这般奚落我？"牧童劝道："哥，你便与他通报一声，但凭师父见不见就是，何苦执滞，不通些疏？"道童道："哥这般说，我便进去报来，若是师父不许你进见，你只索就走，不要在此做赖皮。"湘子唯唯而立，不敢多言。

道童进去，替他禀报钟、吕两师。两师道："韩湘便是鹤童，哪有两个，着他进来。"湘子进到里面，朝着两师拜了八拜，跪倒地上道："师父，你丢得韩湘好苦！韩湘受尽了百难千磨，方才到得这里投见师父，望师父慈悲弟子则个。"钟师道："韩湘，你来迟了，我这里用汝不着。"湘子道："师父临行吩咐弟子说：'若要见我，可到万里外终南山来。'故此弟子抛闪身家，越墙逃走，来寻师父，怎么今日说出用不着弟子的话来？"钟师道："我原叫你快来寻我，汝如今来得迟，我另度了别人，所以用汝不着。"湘子道："弟子背了叔婶，不知路径，从那万死一生中间，脱得这条性命出来，故此来迟了些，望师父方便，救度弟子，真是覆载洪恩。"钟师叫吕师道："我用韩湘不着，你收他做徒弟罢。"吕师道："师父且不留他，吕岩如何敢收。"湘子见两个师父你推我让不留他，他便哭告道："师父既不肯收留弟子，是弟子前世里不曾栽种得，所以该受这般苦楚，说也是徒然，弟子情愿撞石而死，以表白弟子一点诚心也，羞回故乡去见江东父老。"吕师见湘子这般哀苦，便跪告钟师道："韩湘既尔坚心，师父将就留他看守茅庵，也不枉他这场跋涉。"钟师道："既然如此，韩湘且近前来，听我吩咐。"韩湘跪在案前，钟师道："我这终南山从来是仕宦的捷径，有一等妆高的，便隐在此山中，足迹不入城市，不至公门，以博名高。那当道的大人，敬仰他如景星庆云[2]。其实他营营逐逐[3]，终日

[1] 素湍委练：白色急流与曲折的溪水。
[2] 景星庆云：象征吉祥的星辰云彩。
[3] 营营逐逐：追逐名利。

在那里算计着城市中的名利。兜揽得公事去讲的时节，再不说是亲戚朋友来央浼[1]他，又不说出自己得些钱钞，以供酒资，以助放生，祈祝胜会；只说我耳朵里闻得有这件事，心中为他抱不平，素性又戆直，不能隐默，故此敢写这书，为这件事表暴一个明白，那当道的大人看了他的书，便说某老先生颇有澹台灭明[2]之风，他的话句句是真实的，就依他问了。他便暗暗地称心足意，得了谢礼，置买田产，起造房屋。人只说他是好人。这便是如今世上做乡官，把持衙门，嘱托官府的路头。有一等巧宦的，见自己做官有些犯了周折，将次要挂入弹章，他便预先弃了印绶，一道烟跑回家来，躲在这终南山中，说道：'我无意于功名，随人弹劾，我只是不做官了。'那惠文柱后见他弃了官去，弹章上便不写他的名字。过得一年半载，见人上冷落了，不提起他，他却钻谋营干，依先起官去做。见人只卖弄说：'我本无心求富贵，谁知富贵逼人来。'这便是昏夜乞哀，白日骄人的路头。故此，这终南山比不得那蓬莱三岛境界清宁。汝既到此地位，我替汝把那利名关牢拴固锁，任汝横冲直撞，荣享一生罢。"湘子道："怎么叫做蓬莱三岛？"钟师道："蓬莱、方丈在海中央，东西南北岸，相去正等，方丈面各五千里，上广，故曰：昆仑。山有铜柱，其高入天，所谓天柱。围三千里，圆周如削，下有回屋，为仙人九府治所。上有大鸟，名曰'稀有'，南向张右翼，覆东王公，左翼覆西王母，背上小处无羽，一万九千里。西王母岁登翼上之东王公也。故柱铭曰：'昆仑铜柱，其高入云，圆周如削，肤体美焉。'其鸟铭曰：'有鸟稀有，绿赤煌煌，不鸣不食，东覆东王公，西覆西王母。王母欲东，登之自通，阴阳相须，唯会益工。'上有金玉琉璃之宫，锦云瞩日，朱霞九光，三天司命所治处。群仙不欲升天者，皆往来此地。"湘子道："弟子把现成富贵都抛弃如浮云一般，只求师父领弟子到那蓬莱三岛上头，做一个散仙，也是师父莫大的恩，决不学那妆高巧宦的愚人，以图荣享，为子孙作马牛。"钟师道："汝心既坚，我当尽心教汝。"口唱《桂枝香》道：

　　天明月皎，修真学道。今朝领到山中，传汝真经玄妙。汝

[1] 央浼：挽留。
[2] 澹台灭明：孔子弟子，以貌丑不为孔子所重，退而修行，后名闻诸侯。

把无明[1]灭了，无明灭了。戒言除笑行颠倒，把门牢。五岳朝天日，金丹火内烧。

吕师亦点动渔鼓，口唱一词：

心明意皎，工夫不小。只因你宿世根缘，遇着长生正道。把三尸[2]降倒，三尸降倒。形神俱妙且逍遥。慢饮长春酒，方知滋味高。

湘子低头便拜道："弟子有缘，得遇师父。"亦唱一词：

师明法皎，拈香祝告。若得见性明心，才显恩师传教。喜穹苍知道，穹苍知道。心中情表是今朝，乾坤互换，离坎[3]卦中交。"

湘子唱罢，钟师道："湘子，你晓得那九还七返大道玄机么？"湘子道："弟子愚矇，望师指点。"钟师道："金丹者，先天一气交结而成，为母为君，故谓之铅虎。己之真气，后天地而生，为子为臣，故谓之汞龙。殊不知二物虽有异名，而乾坤为二物之体，阴阳为二物之根，龙虎为二物之象，男女为二物之形，铅汞为二物之真，彼我为二物之分，精气为二物之用，玄牝为二物之门。先天混元真一之气，实产于二物之内。汞龙、铅虎，交合神室之中，结成圣胎，神化无方。世人见闻不广，不辨龙虎二物，若井蛙篱鷃，蠡测管窥，安能证无上九极，成太液金丹？"吕师道："《丹诀》云：'神功运火非终旦。'又云：'晨昏火候合天枢。'火为二弦之气，运为作用之符。子时为六阳之首，故曰晨；午时为六阴之首，故曰昏。晨则屯卦[4]直事，进火[5]之候；昏则蒙卦[6]直事，退符之候。一日两卦直事，始于屯蒙，终于既未，周而复始，循环不已。一月计六十卦，一卦六爻，并乾、坤、坎、离四卦，计三百八十四爻，以应一年及闰余之数。乾之初九，起于坤之初六。乾之策，三十有六，六爻计二百一十有六。坤之初六，起于乾之初九。坤之策二十有四，六爻计一百四十有四。总而计之，三百六十，应周天之数。日月行度，交合升降，不出卦爻之内。月行速，一月一周天；日行迟，

[1] 无明：愚暗，缺乏真知。

[2] 三尸：道家认为在人体里兴风作浪的作祟之神，共三个，故称。

[3] 离坎：本指《易经》中离卦、坎卦。比喻人体内元气、元神。亦称外丹为铅汞。

[4] 屯卦：震下坎上。象征一阳生于下。内丹家以晨旦为体内阳气初生时。

[5] 进火：从丹田引气上升。

[6] 蒙卦：喻阳气由盛转微貌。

一年一周天。天枢者，斗极也。一昼夜一周天，而一月一移。如正月建寅，二月建卯是也。故曰‘月月常加戌，时时见破军’。上士至人，知日月盈亏，明阴阳上下，行子午符火。日有昼夜数，月应时加减，然后暗合大道，得成大丹。”湘子道：“蒙师父指教，弟子不敢有忘。”钟师道：“我们暂上天去，汝且静坐在这里，温养丹炉，待过了九日，我们又来看汝。”便引湘子到一个所在，室屋精洁，非常人所居，彩云遥覆其脊，鸾鹤飞翔其上。正堂有丹炉一座，高广径寸，紫焰发光，灼烁窗户。玉女数人，环炉而坐，青龙白虎，分据前后。吕师取一蒲团放于堂内西壁，命湘子向东而坐，谨视丹灶，莫教走泄。两师吩咐已毕，闭门腾空而去。

湘子细视室中，空空洞洞，再无他物，才知此般至宝家家有，不必深山守静孤。彼托为高远者，渺茫无涯；妄加作用者，执着有迹。于是闭兑垂帘，盘膝坐定。不及一时，忽有旌旗戈甲，万乘千骑，遍满崖谷，呵斥声惊天动地。内一人，身长丈余，满身金甲，光芒射人，带领亲卫甲士数百人，拔剑张弓，推门直入，怒声如雷，左右竦剑，前逼湘子。湘子视之，漠然不动。金甲者指挥攫拿，拗怒而去。

俄而猛虎、毒龙、狻猊、狮子、蝮蛇、恶蝎，万有千余，哮吼纷拿，争前搏噬，或跳跃过其头上，或盘据其肩，有顷而散。

既而雷电晦冥，大雨滂注，火轮走掣，飚驭盘旋。须臾庭际水深丈余，其势若山川崩破，淹没座下。瞠目难开，未顷而止。又有牛头狱卒，马面鬼王，枪戟刀叉，四面环绕，抬一大镬，置湘子前，中有沸油百斛，欲取湘子置之镬中。已而执湘子妻芦英小姐，捽于阶下，鞭棰流血。芦英苦不可忍，泣告湘子曰：“妾与郎君恩爱情疏，非妾之罪，是君修行学道，以妾为陋拙耳。今为鬼卒所执，不胜其苦，不敢望郎君匍匐代乞，能不出一言以相救乎？人孰无情，君乃无情若是！”雨泪庭中，且咒且骂。

倏而芦英不见，鬼卒散逸，见十殿阎君，森坐室中，牵系百十罪囚，跪于庭际，湘子父韩会、母郑氏皆跪其中。但闻阎君指挥吩咐，熔铜化铁，碓捣硙磨，使囚备受惨苦，号泣之声无远不届。

未几，天色皎洁，星辰朗然，诸般奇怪，寂不见形。突有一人，自头至足，皆是破烂恶疮，脓水臭秽不可近，强挨至湘子蒲团上头卧倒，要湘子抚摩拂拭，略略停手，便叫喊狂跌，诈死卖命。湘子只得为之抚摩，其脓水浸淫，沾惹手指，斥湘子吮舔干净，方再摩拂。

湘子正在那里服侍这个臭人，忽见吕师携一个美貌女子近前，斥退臭人道："尔是何妖？敢来侮弄我仙家弟子？"臭人惶惧，爬沙遁去。吕师指美女谓湘子道："此女就是白牡丹之流，我若不得白牡丹采补抽添，也不得成仙入道。今汝功行将成，必须得一个补益先天，方得成九转还丹，登瑶台紫府，我故此送这个女子来与你，你好为之，不要使钟师父知道，怪我私心度你。"湘子笑道："弟子心坚金石，念不磷缁[1]，师父也该鉴察愚衷，怎么把白牡丹、黑牡丹的话头来哄弄我？"吕师道："轩辕黄帝，采阴补阳，鼎湖[2]上升，群臣皆从。篯铿[3]娶妻五十三人，生子八十一个，寿至八百，逍遥蓬岛。自古来成仙的，谁不用着美貌女子补益元阳？况《丹经》云：'玄牝之门，是谓天地根。'又云：'生我之门死我户，几个惺惺几个误。'正说女子之阴是真玄牝，只要那学道的人洗心全神，晓得三峰直义，五字秘诀，自然撒手过黄河也。"湘子听了这些说话，面红耳赤，大声斥道："你是何方阴怪？敢假装我师父形象来说这旁门外道，蛊惑世人！"只这一声呵斥，如雷震天庭，炮响空谷，钟、吕两师从空而下，就不见了那个吕师、美女。两师道："湘子历试不回，大丹成矣。"便开炉视鼎，只见蟾朗星辉，帘帏晃耀，珠成黍米，灿烂金花。果然是出世奇珍，万镒黄金无处觅；身中异宝，连城白璧也难夸。当下两师捧置丹台之上，方寸盘中，令湘子遥空礼谢，然后吸入鼻中，升泥丸顶上。他那一股真气，自下元气海中涌将起来，像风浪一般，与此丹翕然相合，方显得凡胎俗骨，一朝改换更移，浊气尘根，今日消磨变化。正是：

学仙须是学天仙，唯有金丹最的然。
二物会时情性合，五行全处虎龙蟠。
本因戊己为媒聘，遂使夫妻镇合欢。
只候功成朝北阙，九霞光里驾祥鸾。

毕竟不知后来若何，且听下回分解。

[1] 磷缁：喻因环境而起变化。
[2] 鼎湖：传说黄帝铸鼎升天处。
[3] 篯铿：即彭祖，古之长寿者。

第九回

韩湘子名登紫府[1]　两牧童眼识神仙

混迹尘寰百二秋，芝田种子喜全收。光生银海天无际，气敛华池水逆流。

金鼎漫藏龙虎[2]象，玉壶分别汞铅[3]头。丹成指日归蓬岛，始信人间别有丘。

话说湘子既得脱化凡胎，超出世界，在那山中逍遥自在，无拘无束。一日，钟、吕两师领了湘子去遨游海外，遍踏名山，参谒那历代仙真，蓬莱道侣。朝游碧落，暮下沧桑;浪迹烟霞，忘形宇宙。潜踪于大地之山，寓目于壶中之景。正是：神游紫府瑶池内，名在丹台石室中也。

忽一日，玉帝升坐龙霄宝殿，钟不撞自鸣，鼓不打自响，聚集上八洞天仙，中八洞神仙，下八洞地仙，并无数散仙，各班齐列，同赴蟠桃大会。钟、吕两师也与湘子同出洞天，先去朝参玉帝，然后到瑶池赴蟠桃大会。谁知把南天门的神将，远远见湘子到来，便将金锁锁住了天门，不放进去。众仙道:“湘子，玉帝怪我等来迟，吩咐把天门锁住，不容进去，如之奈何？”湘子道：“众师请过一边，待弟子用手指开天门，同众师进去。”钟师道：“汝有这般手段么？”湘子乃禹步[4]上前，将先天真气一口吹去，吹落了天门金锁。众仙齐登金殿。但见：

瑶天高邈，玉陛森严，帝王端居，后妃胪列。两下里星辰成行逐队，一望地仙子落后参前。琼英缭绕，瑶台上彩结飘扬；瑞霭氤氲，宝阁内香烟沾惹。凤鸾形缥缈，金玉影浮沉。上排着八宝紫霓墩，都披着九凤丹霞被；中列着几层青玉案，却堆

---

[1] 紫府：道家仙界。

[2] 龙虎：喻元气元神。

[3] 汞铅：原为炼丹所用原料。内丹家以之喻人的阴阳两气。

[4] 禹步：指道士作法的一种步法。

着千花碧甸盆。席上有凤髓龙肝，猩唇熊掌；壶内有珍珠琥珀，紫醴香醪。果然是珍馐百味，般般出自天厨；异果佳肴，色色来从阆苑。

玉帝传旨问道："来者是何等样人，敢闯进我天门之内？"钟师道："臣等是上八洞神仙，来赴蟠桃大会。"玉帝开金口露银牙，问道："上八洞只有七个神仙，今有八个，这一个是谁？"钟师道："臣弟子韩湘。"玉帝道："卿与吕师领旨下凡，度得几人成道？救得几处生灵？"钟师奏道："臣与吕岩奉旨到凡间去，见洪州蛟螭为患，拥水漂泊生灵，吕岩飞剑斩之。西粤蛇妖兴云驾雾，吞啖下民，损伤禾稼，臣运神摄伏，幸获清宁。前往永平州昌黎县，度得韩湘一人，今来见驾。"玉帝问湘子道："朕闻一子登仙，九族升天；若不升天，众仙妄言。卿既登仙，为何不度脱了卿家九族，同来见朕？"湘子道："臣蒙钟、吕两师殷勤点化，屡试心坚，方得成真证果。臣家九族，不蒙恩旨，未得仙师指点，如何便得离脱凡尘，朝参陛下？"钟师奏道："左卷帘大将军冲和子，因三月三日在蟠桃会上与云阳子醉夺蟠桃，打碎玻璃玉盏，冲犯元始天尊圣驾，贬在下方韩家为男子，叫名韩愈，这便是韩湘的叔父。云阳子贬在下方林家为男子，叫名林圭。如今罪限将满，合还旧职，只是无人前去度他。"玉帝道："钟离权既前知五百年之事，后知五百年之事，晓得冲和子罪限将完，何不前去度他成仙了道，证果朝元？"钟师道："臣与吕岩化作道人，三番五次去点化他，只因他现在朝中为官，贪恋酒色财气，不肯回心，所以只度得韩湘一人。这韩湘就是昔年苍梧郡湘江边的鹤童，蒙旨着他去与韩会为子，喜得元神不散，性地明朗，是以臣与吕岩度他来朝参圣驾。"玉帝问湘子道："卿既在家修行，卿叔韩愈怎么不随卿一同修行？"湘子奏道："臣叔父韩愈尝言：'孔子之道，如日中天，周道衰，孔子没，火于秦[1]。黄老于汉，佛于晋、魏、梁、隋之间。而天下之人，不入于黄老，则入于佛。入者主之，出者奴之；入者附之，出者污之。入此出彼，孰从而正之。其所谓道，道其所道，非吾所谓道也。其所谓德，德其所德，非吾所谓德也。弃而君臣，去而父子。禁其相生相养之道，以求其所谓

[1] 火于秦：指秦始皇焚书，毁灭文化之举。

清静寂灭者。其亦幸而出于三代之后，不见黜于禹、汤、文、武、周公、孔子；其亦不幸而不出于三代之前，不见正于禹、汤、文、武、周公、孔子。故不肯同臣修行。臣于半夜三更越墙逃走，寻见钟、吕两师，方才得成正果。”玉帝道：“韩愈虽然不肯修行，卿可下凡度他复职。”湘子奏道：“臣有此心久矣，奈无金旨，不敢擅离洞府。”玉帝道：“朕赐卿三道金书，上管三十三天，中管人间善恶，下管地府冥司，即便前去。”湘子道：“臣去不得。”玉帝道：“朕赐卿金书，如何说去不得？”湘子道：“臣无阴阳变化之神通，正一斩馘[1]之术法，是以去不得。”玉帝道：“朕赐卿头挽按日月的风魔丫髻，身穿紫罗八卦仙衣；缩地花篮，内有不谢之花、长春之果；冲天渔鼓，两头按阴阳二气；两个降龙伏虎的简子。卿可即行。”湘子道：“臣去不得，臣叔父韩愈是当朝大臣，出入在驾前驾后，臣无职事，难以度他。”玉帝道：“封卿为开元演法大阐教化普济仙，卿作速前去。”湘子道：“臣还去不得。”玉帝道：“卿左推右阻，只是说去不得，想是卿不肯去度冲和子么？”湘子道：“臣怎敢违旨不度叔父，只是官府走动百役跟随，神仙走动万灵拥护，臣单身独自，如何去得？”玉帝道：“朕敕马、赵二将在卿左右，听卿调遣。”湘子谢恩领旨，即便参拜王母娘娘，俯伏奏道：“娘娘千岁，臣上八洞神仙韩湘，领玉帝金书宝贝，前往昌黎度臣叔父左卷帘大将军冲和子韩愈成仙了道，特启娘娘讨些职事。”王母道：“我赐卿三面金牌，第一面金牌，纠察三十三天、一十八重地狱，善恶生死；第二面金牌，钤管四海龙王、三十六员天将随身听用；第三面金牌，掌理风云雷雨、各府州县城隍、社令、十殿阎罗天子。卿须用心前去，不得停留。”湘子拜谢毕，随众仙宴罢蟠桃，即便收云揽雾，两袖腾空，降下尘凡。

湘子暗道：“我不怕千人看，只怕一人瞧，倘或有人识得我是神仙，惊动了一郡人民，泄漏天机，我便难度叔父了。”当下收了神仙相貌，摇身一变，变做一个面黄肌瘦、丑恶不堪的道人，在那垂杨树下，盘膝打坐。只见两个牧童，一个叫做张歪头，一个叫做李直腿，正在那青草地上放牛，远远的望见前面一道火光冲天的亮起来，那张歪头道：“李家哥，前

[1] 馘（guó）：古代战争中割掉敌人左耳以计数献功。

面这阵亮光，想是藏神出现，我和你造化到了。”李直腿道：“不是藏神出现。”张歪头道：“莫不是鬼火？”李直腿道：“哥，也不是鬼火，比如大清早晨红红闪闪的光，是日轮初从扶桑[1]推起来，照映得大地光芒灼烁，这叫做晨光。晚间青青荧荧，光在地上移来移去，倏远倏近，才是鬼火。午间有光，黄黄灿烁，直透天庭，便是神仙的瑞气。如今这光黄亮灿烂，直透在天庭之上，恰好是晌午时分，一定有一位神仙在那个去处。”张歪头道：“哥既认得真，我和你竟去寻着他，跟他去求仙访道，岂不是好？”李直腿道：“有理，有理！”两个便将牛丢下在这边，你搀着我的手，我搀着你的手，拽开步上前看时，果然是一个道人，盘膝脚坐在那垂杨树下。这道人怎生打扮？但见：

头戴一顶参朝洞府的青纱包巾，脑后坠着老龙睛磨就赛日月双圈，上垂着两条按阴阳二气绿罗飘带。身穿一领嵌七星、丽北斗八卦紫绶衣。腰系一条九龙须攒织就双穗吕公绦。脚躧着登山走海、蹉云雾八搭鞥鞋[2]。手拿定晃日迎风傲松枝一腔渔鼓。看形象，却便是游手游食的道人；论装束，真是个吸露餐霞的仙侣。

两个牧童近前稽首道：“神仙老爷拜揖。”湘子道：“你怎么认得我是神仙？”张歪头道：“远远望见师父头上霞光万道，瑞霭千重，因此识得师父是位神仙。”湘子暗笑道：“我叔父读诗书，中科第，也不认得钟、吕两位师父是神仙，这小小牧童倒认得我是神仙，真是异事。”便叫牧童道：“我在终南山来，走得饥渴，我那花篮内有金丝玉钵盂一个，你拿往涧下舀些水来我吃，我把真心度你。”李直腿叫张歪头道：“张家哥，我去舀水，你在这里看着神仙，不要放他走了。”张歪头道：“这个使得，你只要来快些便是。”果然立着看守湘子，眼也不转，头也不回。湘子思量道：“他虽然认着我，我且把地上土灰搽在脸上，变做一个老儿，三分似人，七分似鬼，看他还认得也不认得。”便捉着张歪头的空，改了仙容，变成老相。这老儿怎生模样？

[1] 扶桑：神话传说中海外的大桑树。相传太阳从树下升起。

[2] 搭鞥（wēng）鞋：一种带筒的鞋。

> 戴一顶烂唐巾[1]，左偏右折；穿一领破布袄，千补百衲。前拴羊皮，后挂毡片；东漏脊梁，西见胯骨。腰系一条朽烂草绳，又断又接；脚踏一双多耳麻鞋，少帮没底。面似鸡皮，眼如胶葛[2]；鼻涕郎当，馋唾喷出。笑杀那彭祖八百年高，倒不如陈抟千金一忽。

李直腿舀得水来，不见了神仙，只见一个半死半活的老儿坐在那树下，便捶胸跌脚，埋怨张歪头道："费了许多辛苦，取得水来，不见了神仙，把与哪个吃好？"张歪头道："我站在这里头也不动一动，不知被恁么人把这个老儿来换了我们的神仙去，如今把水来与这老儿吃了，也是我和你一件阴骘。"李直腿气忿忿的道："宁可倾坏了，把与他吃，当得恁么数？"张歪头道："你不读书来，敬老慈幼，五霸载在盟书，把这一盂水与老儿吃，也是我们一点热心肠，何苦倾坏了？"李直腿道："神仙便被人换了，这个钵盂也值几分银子，我和你打破了分好，总卖了分好？"张歪头道："哥，不要说那分的话，神仙的东西难得到手的，我们拿回去，一家轮一日，藏在那里，做个镇家宝罢。"湘子见他两个在那里议论，便叫道："牧童，你眼错了，我不是神仙，哪里又有个神仙？"牧童回言骂道："少打，你这老柴头，你人不像人，鬼不像鬼，老而不死是为贼，恁么神仙？"湘子道："牧童，凡人不可貌相，海水不可斗量。孔子云：'以貌取人，失之子羽。'你怎见得我老人家就不是神仙？我且问你，你们要寻那神仙做恁么用？"牧童道："我们情愿跟他去修行，做个逍遥快活的人。"湘子道："方才那个道人也是我的徒弟，你们肯跟我出家修行，我就度你们成仙。"两个牧童拍手笑道："你自己性命也是风中之烛，朝不保暮的光景，倒思量度我们两个，岂不是折福的话？"湘子道："黄梅落地擂三擂，青梅落地烞地碎。我老便老，亏得修行早，修行若不早，今日更烦恼，你怎敢欺侮我老人家？"两个牧童道："你老人家不要絮烦，且请回去安耽坐一坐，待我们过了二三十岁外头，便来跟你去出家。"湘子道："这般年纪不肯修行，更待几时？只怕没我老儿的年纪，岂不错过好光阴？"两个低头叹气道：

[1] 唐巾：一种进士巾。

[2] 胶葛：原指错杂，此形容眼睛混浊不清貌。

“我们真是晦气，一位神仙老爷不见了，倒吃这老头儿在此歪厮缠。”

湘子趁他两个眼错，依然变做先前模样，坐着不动。李直腿低头一看，拍手叫道：“哥，这不是神仙来了，只是那个老头儿不知又被恁么人调了包儿去？”张歪头悄悄地说道：“哥，你不晓得神仙变化之术，神仙看得我们有些仙风道骨，故此变化来试我和你的心，你刚才不该骂这老儿。”李直腿便鞠躬尽礼，捧着水递与湘子道：“神仙受人滴水之恩，必有涌泉之报，我取水与你吃了，不知你怎么度我？”湘子道:“我度你同去出家。”张歪头道：“出家有恁么好？还是保护我做一个官的好。”湘子道：“官倒要与你做，只是你们头蓬蓬不像戴乌纱帽，腰款款系不得黄金带；赤裸裸一双脚蹬不得皂朝靴，黑漆漆两只手捧不得象牙简。只好在软草茵中，黄牛背上，横眠直躺，穿东落西，挽着那牛鼻子，唱那无腔曲。一朝阎君来唤鬼来招，两眼瞪空伸直腰，怎么思量要做官？”张歪头道：“神仙老爷说得是，我情愿跟老爷去出家。”湘子道：“你且不要忙，那边树下又是一个神仙来了。”两个回头望时，湘子化一阵清风，隐形而去。张歪头跌脚叫道：“哥，这个不是神仙，是个白日鬼。”李直腿道：“怎见得是白日鬼？”张歪头道:“若是神仙决不说谎，只有那白日鬼弄着自己空头，趁着别人眼错，不管三七二十一，一味的哄人，哄杀人不偿命哩。”李直腿道：“我们捣了半日鬼，只好依旧去看牛。”正是：

山有根兮水有源，从来老实是神仙。
只因不肯分明说，误却众生万万千。

毕竟湘子隐在哪里，且听下回分解。

第十回

自夸诩龟鹭罹灾　唱道情韩湘动众

得道遥处且逍遥，不学人间两路跑。
赶得东时西已失，未曾南向北先抛。
庄生曳尾轻人爵[1]，列子乘风重草茅。
祸福总缘时下彩，世情争似道情高。

不说湘子隐形在绿杨树下。且说那绿杨树正靠着湘江岸口，正是湘子前世做白鹤的时节，同那个香獐游戏的所在。那香獐被吕师贬谪在深潭底下，已经一十八载，终日服气吞精，指望一个出头日子，又不见鹤童来度他。正在没法，只见岸口有霞光霭气，晓得是神仙经过，便伸头探脑，作起波浪，叫道："弟子今日有缘，凑遇大仙经过，望慈悲方便，救拔则个[2]。"湘子听见声音，明晓得是香獐叫他，故意大声问道："汝是恁么妖怪？敢在深水下面兴风作浪，阻我仙轺？"香獐道："我是一个香獐，十八年前曾与鹤兄结为伴侣，终日在此闲游戏耍。忽然一日，有钟、吕两位神仙在此经过，度化鹤兄去做青衣童子，怪我言语冲突了他，把我贬在这潭水底下。待鹤兄成仙了道，果证飞升，才来度我。我悬悬望眼，再不见鹤兄到来。今日幸遇大仙，实是三生有幸，万望救度弟子，脱离毛畜，超出爱河，再不敢作歹为非，自贻伊戚[3]。"湘子暗想："玉帝不曾有旨着我度他，师父又不曾吩咐我放他，我如何敢自作自是？"便道："我今日奉旨下凡，来得急了，不曾带得金丹，教我把恁么度你？只有交梨、火枣在此，权且与汝二枚。那鹤童已成仙了，不久就来度汝，汝且安心宁耐，不要躁急，又取罪累。"言罢，把火枣、交梨丢下水去。那香

[1] 人爵：指人所授予的爵位，与天爵相对。
[2] 则个：语气词。
[3] 伊戚：悲伤。

獐接得在手，三咽下腹，顿觉境地清凉，五内宁谧，颠头称谢，风恬浪静。湘子遂敛却祥光，依旧坐在那绿杨树下。

话不絮烦。却说那江潭中间，有一个金线绿毛龟，在深凹之处养活，已经百十余年，只是不曾生得腋翅，飞不上天，向来跟着香獐、白鹤，做个小妖儿。自从香獐遭贬，鹤童托胎去后，他便逐日在这潭口晒衣游玩，遇着人来，连忙缩了下去，人也拿他不着。这一日虽值天时炎热，气宇觉得清朗，龟儿恰好浮在水面上，伸出头来，四下里一望，见湘子坐在绿杨树下，他也不认得是旧日主人家，只说是渔翁来捉他的，连忙缩了头，浮浮沉沉的不动。正是：

背负一团瓢，蹄攒四马腰。

风云难际遇，衣晒在江皋。

那龟儿在水里浮来淌去，就是一块浮石一般。湘子欲待点化，怕他不醒头，正在犹豫之际，忽有一只鹭鸶望空飞来，这鹭鸶也是历了百十个春秋，经了百十番寒暑，江潭内的鱼儿、虾儿，也不知被他吃了多多少少，这时正飞来寻鱼虾儿吃，见绿沉沉的一块漾在水面上，他只说是一块石头，茸茸的绿草儿生满在上面，一径展翅停下来，站在他背上吃水。这龟儿觉得背上有些沉重，只道是水蛇儿游来歪斯缠，他便昂起头来一看，见是只白鹭鸶，心中不忿，大声喝道："你是何物？敢大胆立在我背上？"那白鹭鸶吃了一惊，道："清平世界，朗荡乾坤，你是何物，敢作人言？"绿毛龟道："我是一个金线绿毛龟，在此多年，无生无死。你是哪里来的泼鸟，敢吐人言，明来欺我？"白鹭鸶道："我生长在华岳山中，展翅在瑶池碧落，色斯举矣，翔而后集。汝这般龌龊东西，虽能见梦于楚元王，而不免七十二钻之苦，只合藏头缩颈，曳尾泥涂！谁许汝浮沉碧浪，荡漾清波，口作人声，惊人忤物？"绿毛龟道："倮虫[1]三百六十，人为之长；羽虫三百六十，凤为之长；鳞虫三百六十，龙为之长；介虫三百六十，我为之长。汝虽然翔汉冲霄，不过是羽虫之末，有恁么手段，敢说漫天大话？"鹭鸶道："世上只有鹦鹉能言，鸲鹆[2]念佛，再不曾见乌龟说话。"

[1] 倮（luǒ）虫：身无羽毛鳞甲的动物。

[2] 鸲（qú）鹆（yù）：八哥。

龟道:“石言于晋，无情之物且然，况我有灵心，何足为异？”鹭鸶道:“我莫笑你短，你莫说我长，今日结为兄弟何如？”龟道:“各将本身胜处说来，说得过的便是哥。”鹭鸶道：“我占先了。”

“遍体白翎，洒洒扬扬，不让千年朱顶鹤。”

绿毛龟道：

“满身金线，闪闪烁烁，何殊百岁紫衣鼋[1]。”

白鹭鸶道：

“我立水窥鱼，影落寒潭成璞玉。”

绿毛龟道：

“我朝阳向日，壳留池畔赛含珠。”

白鹭鸶道：

“我举翼傍红霞，锦绣窝中添个太真仙子。”

绿毛龟道：

“我挺身浮绿水，藻萍深处现出碧眼胡儿[2]。”

白鹭鸶道：

“我顶有丛丝，谩说江边濯锦。”

绿毛龟道：

“我胸怀八卦，岂非心上经纶？”

白鹭鸶道：

“我若吞一粒金丹，指日丹丘羽化。”

绿毛龟道：

“我若得八仙救度，须臾度脱尘寰。”

白鹭鸶道：

“我立在清水潭边，清白羽毛堪入画。”

绿毛龟道：

“我趴在绿杨树下，绿莎甲胄更惊人。”

两物正在那里角口，不曾见得高下。不想一个猎户一步步挨将近来，

[1] 鼋（yuán）：鳖。

[2] 碧眼胡儿：指北方某些游牧民族。

见白鹭立在那里伸头展翅，就像与人说话的一般，他便兜起金丝弓，搭上狼牙箭，把那白鹭一箭就射倒了。这正是：

左手开弓右手推，穿杨百步有神威。

虽然不中南山虎，白鹭翻身一命亏。

那绿毛龟见白鹭鸶被箭射倒，正叹息间，谁知一个渔翁撑着一只小船，荡在深潭岸口。绿毛龟见船势来得汹涌，连忙伸开四足，望水深处就走。那渔翁看见他走，也不慌不忙，便把铁叉照着龟头上叉将去。那龟被铁叉一下，就叉开了圆壳，流出许多鲜血来。真个是：

一把钢叉丈二长，锋尖铦利[1]胜神枪。

眼明手快无空放，乌龟今日见阎王。

不一时两个畜生都死于猎户、渔翁之手。湘子才现出形来，叹道："一饮一啄，莫非前定。死生有命，富贵在天，信非虚语。"叹息未完，想得起来道："我领了玉帝敕旨，离却金殿去朝参过王母娘娘，就该去辞别两个师父，如何竟自下凡，也不对师父说一声，这是我有罪了。"连忙腾云驾雾，赶到洞府，叫清风、明月禀知钟、吕两师。两师道："湘子领旨去度冲和子，有恁事又转来？"湘子跪告道："弟子奉玉帝敕旨，领了宝贝金书，又蒙王母娘娘赐弟子金牌三面，前往永平州昌黎县度化叔父韩愈，登真了道[2]，证果朝元[3]，特来拜辞师父，望师父指教一二。"两师道："他现做高官，享大禄，如何便肯弃舍修行？汝须要多方点化，不负玉帝差遣才好。"湘子道："叔父若不回心，弟子作何区处？"两师道："汝三度他不回心之时，缴还金旨便了。"湘子道："谨遵严命。"正是：

古洞闲云已闭关，香风缥缈遍尘寰。

神仙岂肯临凡世，为度文公[4]走一番。

湘子下得山来，将头上九云巾捺在花篮里面，头挽阴阳二髻，身上穿的九宫八卦跨龙袍变作粗布道袍。把些尘土搽在脸上，变作一个面皮黄瘦、骨格伶仃、风魔道人的模样，手拿着渔鼓、简板，一路上唱着道情。

---

[1] 铦（xiān）利：锋利。

[2] 了道：得道。

[3] 朝元：朝见天皇。

[4] 文公：韩愈。

且说那道情是何等样说话？有《浪淘沙》为证：

贫道下山来，少米无柴。手拿渔鼓上长街，化得钱来沽美酒，自饮自筛。

渔鼓响声频，非假非真。不求微利与鸿名，一任狂风吹野草，落尽清英。

湘子打动渔鼓，拍起简板，口唱道情，呵呵大笑。那街坊上人不论老的、小的、男子、妇人，都哄拢来听他唱。见湘子唱得好听，便叫道："疯道人，你这曲儿是哪里学来的？再唱一个与我们听。"湘子道："俗话说得好，宁可折本，不可饿损。小道一路里唱将来，不曾化得一文钱，买碗面吃，如今肚中饥了，没力气唱不出来。列位施主化些斋粮与小道吃饱了，另唱一个好的与列位听何如？"众人齐声道："酒也有，斋也有，只要你唱得好，管取你今朝一个饱罢。"那湘子便打着渔鼓、简板，口中唱道：

〔遍地锦〕十岁孩童正好修，元阳不漏可全周。金丹一粒真玄妙，身心清净步瀛洲。

二十以上娶浑家[1]，活鬼同眠不怕她。只怕金鼎走丹砂，撞倒玲珑七宝塔。

三十以上火烟缠，却似蚕儿茧内眠。浑身上下丝缠定，不铺芦席不铺毡。

四十年来男女多，精神耗散损中和。思量若是从前苦，急急修来也没窠。

五十以上老来休，少年不肯早回头。直待元阳都耗散，恰似芝麻烤尽油。

六十以上老干巴，孙男孙女眼前花。哪怕个个活一百，皂角揉残一把渣。

七十以上顷刻慌，妻儿似虎我如羊。若有喜来同欢喜，若有忧愁只自当。

一个老儿七十七，再过四年八十一。耳聋眼瞎没人扶，苦在人间有何益？

[1] 浑家：妻子的俗称。

众人听罢，个个夸奖说好。也有递果饼与他吃的，也有递酒肴与他吃的，也有出铜钱银子与他，说道："风师父，你拿去自买些吃。"也有递尺布、寸丝、麻鞋、草履之类，说道："与师父结个缘。"湘子一一都接了，只吃几个果子，其余酒肴并铜钱、银子、布丝、鞋子之类，随手又散与市上乞丐。众人便向前劝道："这些物件，是我们布施与你的，如何就与了乞丐？莫不是嫌我们不好，不识人知重么？"湘子道："贫道出家人，全靠施主们喜舍，怎敢憎嫌多寡轻重？只是从古至今，酒色财气这四个字是人近不得的东西，贫道怎敢饮酒受财，以生余事？"便又点动渔鼓，唱一套《玉交枝》道：

贪杯无厌，每日价泛流霞[1]潋滟。子云[2]嘲谑防微渐。托鸱夷彩笔拈，季鹰[3]好饮豪兴添，忆莼鲈[4]只为葡萄酽，倒玉山恁般瑕玷。又不是周晏相沾，糟腌着葛仙翁，曲埋着张孝廉。恣狂情谁与砭？英雄尽你夸，富贵饶他占。则这黄垆畔有祸殃，玉缸边多危险。酒呵！播声名天下嫌。

么待谁来挂念？早则是桃腮杏脸，巫山洛甫[5]皆虚艳。把西子比无盐。哪里有佳人将四德兼？为龙鳌衾枕是干戈渐，锦片似江山着敌敛。可曾悔恋了秾纤？碎鸾钗，闲宝奁，这风情怎强谵[6]？眼见坠楼人，犹把临春占。笑男儿，自着鞭；叹青娥，藏刀剑。色呵！播声名天下嫌。

么富豪的偏俭，奢华的无过是聚敛。王戎、郭况心无厌，拥金穴，握牙签，可知道分金鲍叔廉？煞强如牢把铜山占。晋和峤也多褒贬，恰便是朱方聚歼。有齿的焚身，多财的要谦。斗量珠，树系缣，刑伤为美姝、杀伐因求剑。空有那万贯钱，到底来亡沟堑。财呵！播声名天下嫌。

[1] 流霞：酒名。
[2] 子云：西汉哲学家、文学家扬雄。子云是字。
[3] 季鹰：西晋人张翰，因思念家乡的莼鲈而弃官归隐。
[4] 莼鲈：一种水草和鲈鱼。
[5] 巫山洛甫：美女的代称。
[6] 强谵（zhān）：胡说妄语。

么英雄气焰，貔虎般不能收敛。夷门[1]燕市皆为僭。空僝僽[2]，枉威严。探丸厉刃掀紫髯，笑谈落得填沟堑。尽淋漓，一腔丹慊[3]，惹旁人血泪横沾。冷觑王侯暖，守兵钤，发冲冠，雄猛添。惊惶博浪椎[4]，寂寞乌江剑。恁忘了？泡影与河山，算相争都无餍。气呵！播声名天下嫌。倒不如我道人呵！

〔醉乡奉〕打渔鼓高歌兴添，采灵芝快乐无厌。大叫高呼，前遮后掩。腾云驾雾，霎时间游遍九天。一任旁人笑我颠。

众人听罢，尽皆喝彩道："这道人虽然有些害疯，恰是博古通今，知文达理，不比那街坊上弄嘴头哄骗人的野路货。"那递酒与湘子的道："师父，你若不吃我的酒，难为我买来这片心。况且酒是人间之禄，神仙祖代传留下的，就是刘伶、阮籍因之而得道成仙。享天祭地，也用着太羹玄酒。师父今日便吃几杯，也不为害。"湘子被他劝不过，只得吃上几杯，不觉醺醺佯醉，倒在地上。众人见他醉了，便问道："疯道人，你家在哪里？安身何处？这般醉倒，谁人扶你回去？"内中有一个人道："这个道人倒也有趣，我们问他一个的确，做个手轿儿抬了他去罢。"湘子见众人唧唧哝哝的碎聒，便踉踉跄跄，立起身来，呵呵大笑，唱《浪淘沙》道：

酒醉眼难开，倒在长街。人人笑我不咍咳。动问先生居何处？家住蓬莱。

众人见他唱，一齐拍手笑道："师父道情虽是唱得好，你想是苏州人么？"湘子道："我是永平州昌黎县人，不是苏州。"众人道："原来是本地人，怎的不老实，惯说空心话。"湘子道："列位施主在此，贫道不打诳语不瞒天，句句说的是实话，为何说我空心？"转身就走。人人都道："你看这疯子！"一下里跟着他跑去。正是：

世上肉眼欠分明，当面神仙认不真。
虎隐深山君莫问，安排牙爪便惊人。

毕竟不知湘子走到哪里去，且听下回分解。

---

[1] 夷门：城东门。

[2] 僝（chán）僽（zhòu）：折磨。

[3] 丹慊（qiè）：诚心。

[4] 博浪椎：秦末张良曾与力士在博浪沙处用铁椎狙击秦始皇。

第十一回

湘子假形传信息　石狮点化变成金

贫者衣中珠，本自圆明好。不会自寻求，却数他人宝。

数他宝，终无益，只是教君空费力。

争如认取自家珠，价值黄金千万镒。

不说湘子走去。且说长安街上有一个淌老儿，家中也有几贯钱钞，只因不做生意，坐吃箱空，把这几贯钱钞都用尽了。没奈何，穷算计，攒凑些本钱，要开一个冷酒店。拣着这月这日这时，挂起招牌，开张店面。恰好湘子拍着渔鼓简板唱将来：

日月转东西，叹人生百岁稀，总不如我头挽一个双丫髻，身穿领布衣，脚穿双草履。许由瓢[1]是俺随身计，待何如，云游海岛，谁似俺犹夷[2]。

湘子唱到淌老儿门首，见店面上挂着花红，晓得是新开酒店。便近前一步道："不化无缘化有缘，莫把神仙当等闲。老施主，今日新开酒店，小道化一壶酒，发个利市。"那淌老儿见湘子走来，连忙的回转了头，只做眼睛不看见，耳朵不听见，不理他。湘子见淌老儿这个模样，又走近前一步，敲着渔鼓唱道：

老公公，我看你两鬓白如绵，你今日开了酒店，只为要赚些钱，因此上，老少们不得安然。俺化你一壶香醪饮，保佑你买酒的闹喧喧。你若是肯欣然，俺替你做一个利市仙，包得你一本儿增出一倍钱。

那淌老儿道："我今日才做好日，开得这店，你这道人就走将来要化酒吃，难道我开的店是布施店不成？"湘子道："有本生利，我出家人

[1] 许由瓢：此指所拿化缘用瓢。许由，传说中尧时隐士。

[2] 犹夷：此为逍遥，无拘束。

怎敢要老人家布施？只是今日是个吉日，你老人家也该舍一壶酒，做利市钱。”淌老儿道：“你这样人忒不知趣，我开下店，还不曾卖一分银子，怎么叫我先把一壶酒舍与你做利市？”湘子道：“和合来，利市来，把钱来。你一毛不拔，也叫你做个人？”淌老儿道：“我老人家苦苦凑得本钱，做好日开这酒店，卖一壶酒恰像卖我身上的血一般，好笑你这师父，蛮力骨碌[1]要我布施！”湘子道：“不是贫道硬要你老人家布施，只因你老人家新开店，酒毕竟是好的，贫道也讨一个出门利市耳。”那淌老儿吃湘子缠不过，低着头想了一会，就颤簌簌拿起一个酒盏儿，兜了大半盏酒，递与湘子，道：“师父，我舍这一盏血与你吃，你吃了快些去，省得又惹人来缠我。”湘子道：“你家酒果然好，我吃这盏就醉，若吃不醉，就是你的酒淡了。说恁么人来缠不缠？”淌老儿道：“我白白地舍与你吃，你倒来揭跳我。你这样人也来出家，请燥跸！”湘子拍手大笑，唱道：

> 堪叹那人心不足，朝朝暮暮，只把愁眉蹙。凡夫怎识大罗仙，胡言乱语多诋触。笑你年高犹自不修行，开张酒店空劳碌，人心待足何时足！

唱罢便走了去。那淌老儿道：“你看这人好不达时务，我刚刚开得店，你就来布施，我连忙布施你一盏酒，还不足意，倒说我轻薄他。我若是一滴不破悭[2]，倒是没得说。”旁边人说道：“淌老官，你快快不要言三语四。这道人也不是好人，你既舍与他，落得做一个囫囵人情。”淌老儿道：“列位请坐。我淌某今庚七十三岁了，这般的道人不知见了若千若万，哪里稀罕他这一个人。比如我家对门韩尚书老爷家里一位公子，好端端的在馆里读书，平空地两个道人说是终南山上来的神仙，把他公子一拐就拐了去，经今许多年代没有寻处。那韩老爷、韩夫人好不烦恼得紧，终日着人缉访，再没一些儿踪影。今日不是我老淌捏得主意定时，也要被这道人骗坏了。”旁边人道：“虽然如此，只这一盏酒，怎么骗得你老人家？”一递一句，说了一遍。

湘子也不管他，一径走到退之门前。正值婶娘窦氏坐在房中打盹。

[1] 蛮力骨碌：谓十分蛮横。

[2] 破悭：不吝啬。

湘子慧眼观见窦氏未醒，便遣睡魔神托一梦与窦氏。待窦氏醒来，着人寻他，他才乘机去点化她。那窦氏果然梦见湘子立在面前，叫她一声，她惊醒转来，心中好生不快。唤芦英出来商议，要着人去寻湘子。芦英道："这是婆婆心思意想，所以有这个梦，叫人哪里去寻他？"窦氏又叫韩清道："我儿，你哥哥湘子方才在这里，叫我一声就不见了，你快去寻他来见我！"韩清道："哥哥出家许多年，知他在哪里地方，叫我去寻得他着？"正说话间，那湘子坐在街上，把渔鼓简板敲拍一番。窦氏隐隐听见，便道："韩清，这不是敲渔鼓响，怎地说没处寻你哥哥！"韩清道："是一个道童坐在门外马台石上打渔鼓唱道情，簇拥着无数人在那里听。哪里是哥哥。"窦氏道："你去叫他进来，待我问他，或者晓得你哥哥的消息也不见得。"韩清连忙走到门外，看见这许多人挨挨挤挤，伸头探脑，侧耳踮脚，人架着人在那里听。便说道："你这伙人也忒没要紧，生意不去做，倒在这里听唱道情。他靠着唱道情抄化过日子，难道你们也靠得这道情过日子不成？"这许多人见韩清这般说，打了一声号子，都四散跑了去，只剩下湘子坐在石头上。韩清便走近面前，叫道："道童，我夫人叫你进来，和你说话！"湘子只是坐着不应他。韩清骂道："贼道童，好生无礼！我是韩尚书府里相公，好意叫你，你怎敢大胆坐着不起身？"湘子忖道："我当初在富阳馆中读书，叔父见我自抱书包，怕人笑话，讨得张家孩子张清，改名韩清，跟我读书。想因我出家修行，叔婶没有亲子，抬举他像儿子一般。如何就叫起韩相公来，岂不好笑。待他再来叫我，我把青淄泥[1]撒他一脸，看他如何说话。"只见韩清又说起那着水官话[2]，搬起那富阳呔[3]声，嚷道："你这贼道，真个可恶！若再不起身，叫手下打你这贼狗骨头！"湘子道："我出家人又不上门布施你的钱钞，又不拦路冲撞着你；你怎么就骂我，平白地又要打我？"手拿青泥，一把照脸撒将去。

韩清气忿忿跑进家里，叫人去打他。窦氏看见他变了脸乱跑，便叫住他道："我使你去叫那打渔鼓的道人，你怎的做出这一副嘴脸来？"韩

[1] 清淄泥：黑泥。

[2] 水官话：拿腔作调，造作的官话。官话，通行的语言。

[3] 呔（tǎi）：方言。说话带外地口音。

清只得立住脚，回复道："孩儿去叫那贼囚，他身也不立起来，倒拿把青淄泥撒我一身。我如今叫人去拿他进来，吊在这里，打他一个下马威，才消得我这口气。"窦氏道："必定是你倚家主势，打那道童，道童才敢将泥撒汝。汝快快进去，不要生事，惹得老爷不欢喜。"韩清只得依言走了进去。窦氏唤叫张千道："门外那敲渔鼓的道童，你好好地叫他来见我，不要大呼小叫，吓坏了他。"张千果然去叫湘子道："小师父，我府中夫人请你进来唱个道情，散一散闷。你须小心上前，不可撒野放肆。"湘子便跟了他进来见窦氏，道："老夫人，小道稽首[1]。"窦氏道："童儿，你是几岁上出家的？如今有多少年纪了？"湘子道："小道是十六岁出家，也历过几遍寒暑，恰忘记了年庚岁月。"窦氏道："出家的囊无宿钱，瓮无宿米，东趁西讨，有恁么好处？你小小年纪，便抛撇了父母妻小，做这般勾当。"湘子道："夫人有所不知，小道有诗一首，敢念与夫人听者。"诗云：

一钵千家饭，孤身万里游。
为求生死路，乞化度春秋。

窦氏道："千家饭有黄白生熟不均，烂湿干燥各别，吃在口中，有恁么好处？少年孤身一个，东不着庵堂，西不着寺观，飘荡荡似浮云孤鹤一般，饱一餐，饥一日，有恁么好快活？想起当初一时间差了念头，抛撇了家属，走了出家，就像我湘子一般行径，只怕如今也悔之晚矣！"湘子道："小道并无悔心。只为着要度两位恩养的父母，故此暂离山洞，到这里走一遭。"窦氏道："你从哪一山来的？"湘子道："小道是从终南山来的。"窦氏问张千道："天下有几个终南山？"张千答道："十五道三百五十八州府，只有一个终南山。"窦氏又问湘子道："你那山到我这里有多少路程？"湘子道："陆路有十万八千七百八十五里，还有三千里水路不算。"窦氏道："你走几时才到这里？"湘子道："不瞒夫人说，小道今早巳时在山上辞别了师父，午时就到长安。"窦氏笑道："先生这般说，莫不是驾云来的？"湘子道："云便不会驾，略略沾些雾露儿，故此来得快。"窦氏道："先生既腾云跨雾，往来霄汉之间，这一定是一位神仙了。"

[1] 稽首：古代一种跪拜礼。

湘子道:“我头顶泰山，脚踏大地，手托日月，腰拓青天，四壁上没有遮拦，下没有阻隔，森罗万象总徒然。怕无端漏泄。筑基炼己，功行满三千；降龙伏虎，不让大罗仙。”窦氏道：“先生上姓？”湘子道：“姓卓名韦。”窦氏道：“先生，你既是从终南山来，我要问你一个消息。”湘子道：“夫人问什么消息？”窦氏道:“数年前，有两个道人将我侄儿拐上终南山去，至今没有信息。不知他生死存亡，朝夕悬挂，所以要问先生一声。”湘子道:“夫人侄儿叫恁么名字？”窦氏道:“名唤韩湘，小字湘子。”湘子道：“山上是有两个湘子，只不知哪一位是夫人的侄儿。”窦氏道：“他两个约有多少年纪？”湘子道：“大湘子是海东敖来国长眉李大仙的徒弟，约有一千多岁了。”窦氏笑道:“先生错说了，大湘子敢只有一百岁。”湘子道：“小湘子是永平州昌黎县人氏，山上钟离师父、两口先生[1]的徒弟，还不满三十岁。”窦氏道:“据先生所言，小湘子是我的侄儿了。可怜！可怜！我侄儿几时才得回来？”湘子道：“我听得他说不回来了。”窦氏道：“他身上衣服何如？日逐吃些恁么物事？”湘子道：“那湘子效三皇圣父，身穿草衣，口餐树叶，苦捱时光，像小道一般模样。”窦氏哭道：“湘子儿，你在他乡外郡，受这般凄凉苦楚，只你自家知道，你叔父腰金衣紫[2]，哪一日不想着你来！”湘子道：“夫人不必啼哭，小道几乎忘了，今早小道起身时节，小湘子曾央我寄有一封家信在此。”窦氏道：“谢天谢地，有了信息，就好着人去寻他了。先生，我侄儿书信如今在哪里？拿来我看，重重酬谢先生。”湘子假向腰间摸了一摸，道：“咳！小道因今日起得早了些，在那聚仙石上打个盹，倒失落了小湘子的家书，如何是好！”窦氏道:“我侄儿千难万难，寄个家信，如何把来失落了？这可是受人之托，误人之事的了。”湘子想一想，道：“书信虽已失落，小湘子写的时节，我曾见来，还记得在此，小道便念一遍与夫人听罢。”窦氏道：“书是怎么样写的？你快念来，省得我心里像半空中吊桶，不上不落。”湘子道:“他写的是《画眉序》一首，夫人听小道念来：

[1] 两口先生：两口为吕，指吕洞宾。

[2] 腰金衣紫：唐朝官制，三品以上服紫，佩金符。

儿封母拆书，霜毫[1]未染泪如珠。幼年间，遭不幸，父母双徂[2]。多亏叔婶抚遗孤，养育我二八青春富。虽然娶妻房林氏芦英，抛撇了去，出家修行不顾。算将来六载有余，炼丹砂碧天洞府。谨附书拜覆，婶娘万勿空忧虑，万勿空忧虑！”

窦氏听念书中说话，号啕大哭。正是：

世上万般哀苦事，无过死别与生离。

今朝忽闻湘子信，高堂老母愈悲啼。

这湘子见窦氏号啕大哭，便打动渔鼓简板，唱一个《浪淘沙》道：

贫道乍离乡，受尽了凄惶；抛妻恩爱撇爹娘，万两黄金都不爱，去躲无常[3]。

窦氏道：“我看先生身上衣服也没一件好的，甚是苦恼，没要紧去出家。”湘子又唱道：

身穿破衣裳，百衲千行；手中持钵到门旁。上告夫人慈悲我，乞化斋粮，乞化斋粮。

曹溪水茫茫，上至明堂；胎元十日体生香。身外有身真人现，怕甚无常，怕甚无常。

窦氏见说，呵呵笑道：“这般一个艰难道人要化斋粮度日，兀自说嘴夸能。自古来有生必有死，就是佛也不免要涅槃，老君也不免要尸解，你怎躲得那‘无常’二字？”湘子道：“偏有小道躲得‘无常’。”窦氏道：“孔圣留下‘仁义礼智信’，老君留下‘金木水火土’，佛家留下‘生老病死苦’。你且把佛家那五个字，唱一个与我听。”湘子轻敲渔鼓，缓拍简板，唱《浪淘沙》道：

生我离娘胎，铁树花开，移干就湿在娘怀。不是神天来庇佑，怎得成孩？

窦氏道：“人生在世，老来如何？”湘子唱道：

白发鬓边催，渐渐猥衰[4]，腰驼背曲步难移，耳聋不听人言

[1] 霜毫：白色未染墨的毛笔。

[2] 徂：同“殂”，死去。

[3] 无常：佛家谓世间一切事物不能久住，都处于生死成灭之中。

[4] 猥衰：衰老。

语，眼怕风吹。

窦氏道："老来得病如何？"湘子唱道：

得病卧牙床，疼痛难当，妻儿大小尽惊惶。晓夜不眠连叫苦，拜祷医王。

窦氏道："死去如何？"湘子唱道：

人死好孤凄，撇下夫妻，头南脚北手东西，万两黄金将不去，身埋土泥。

窦氏道："死去受苦如何？"湘子唱道：

死去见阎王，痛苦彷徨，两行珠泪落胸膛。上告阎王慈悲我，放我还乡。

瓜子土中埋，长出花来，红根绿叶紫花开。花儿受尽千般苦，苦有谁哀？

窦氏道："卓先生，那浮世上光阴，你道如何？"湘子道："浮世上急急忙忙，争名夺利，皆为着一身衣食计，儿女火坑，牵缠逼迫，何日得个了期！古语云：'百岁光阴若火烁，一生身世水泡浮。'寻思起来，人有万顷良田，日食一升米；房屋千间，夜眠七尺地。何苦把方寸来瞒昧天地，不肯修行，就是那夫妻子母恩爱，也有散场的时节。徒然巴巴急急，替人作马牛，有何益哉！"窦氏道："卓先生，我侄儿不肯回来，我如今助你些盘缠，劳你捎一个信儿与他，叫他早早归家，以免我们悬望。你肯捎去否？"湘子道："书信替夫人捎去，盘缠小道却用不着。"窦氏道："你衣不遮身，食不充口，拿些盘缠去，也省得一路上抄化，为何用不着？"湘子道："小道有诗一首，呈上夫人。"诗云：

不事王侯不种田，日高犹自抱琴眠。
起来旋点黄金用，不使人间作孽钱。

窦氏道："怎么叫做作孽钱？"湘子道："官吏钱，都在那滥刑枉问棒头上打来的；僧道钱，都是哄那十方施主、三宝面上骗来的；经纪担头钱，都是那抠心挖颡[1]，算计得来的；新鲜腌腊行里钱，都是那戕生好杀，

[1] 颡（sǎng）：脑门，额头。

害物性命换来的；赌坊、衏衏[1]人家钱，都是那没廉耻、没礼义拐来的。这都叫作孽钱。小道那里用不着。”窦氏怒道：“我好意要助你盘缠，你倒说出这许多唠叨浑话来。”湘子又吟诗一首道：

怕做公婆懒下船，饥时讨饭饱时眠。

风雷雨雪都堪卖，石化金银土化钱。

窦氏怒道：“风雷雨雪都是天上神物，如何随你变卖？石头泥土，乃至贱东西，如何可点化作金银？张千，可赶这野道童出门去！”张千禀道：“夫人息怒，那卓先生说会点石成金，夫人何不叫他点些看看。若点不成时，送到五城兵马司，问他游手骗财，惑世诬民，大大的罪名，他也甘心瞑服。”窦氏道：“也说得是。”便叫湘子道：“先生，你既说会点金，可把石头点些与我看？”湘子道：“夫人快着人取石头来，小道自有点化。”窦氏叫张千：“去睡虎山前取几块大石头来！”张千便叫众人同去。众人道：“哥，你叫我们何处去？”张千道：“那道童说会得点石成金，夫人叫我去拾些石块来与他点。你们都去拾些来，待他点成了，讨回家去也是好的。”众人听说，恨不得挑一担来。热烘烘一阵都望睡虎山前跑去。

湘子暗道：“婶娘叫人去取石头，我不放些手段出来，他也不信我是神仙。且吹一口气去，把那山前山后的石块都遮藏不见，看他如何处置。”当下，湘子显出神通，把气向睡虎山一口吹去，果然大大小小石头一块也没有了。张千同众人满山前后去寻一遍，要鸡蛋大石子也没一块，惊得呆了。道：“这山上石头被谁人都搬了去？若不是神偷鬼运，定然是这道童点化不来，故弄些法术遮藏过了。”只得回复窦氏道：“各处寻转，没有一块石头。”窦氏道：“山边既没有石头，可叫人夫去抬那石狮子来。”湘子道：“不消人夫去抬狮子，只用阳犀手帕一条，净水一碗，夫人焚香下拜，小道叫那石狮子自家走来。”窦氏就叫张千快取手帕、净水、香炉。张千忙取来时，湘子将阳犀手帕盖在狮子身上，窦氏拜跪上香。湘子用仙气一口吹去，那石狮子就如活的一般，望里面跳将进来，这狮子如何模样：

头上毛旋螺卷起，眼眶内露出金睛。遍身毛片似铜针，五爪攫拿不定，牙齿森排剑戟，舌尖风卷残云。山中虎豹尽心惊，

[1] 衏（háng）衏（yuàn）：妓院。

只怕普贤拴定。

窦氏见狮子跳跃进来，惊得坐身不定。湘子斥道："畜生住脚！不要惊动贵人。"狮子就住了脚，依然是一个守门的石狮子，没有些儿活动。窦氏道:"我虽是个女流，也晓得些道理。你既要点石为金，必须用些药物。快快说来，我好着人置办。"湘子道："点石成金非容易，只要夫人着眼观。"那湘子仍用阳犀手帕盖在狮子身上，向葫芦内倾出一粒金丹，将来放在狮子口内，含水一口，向他一喷，口中念念有词，把右手一指，喝道："西山白虎正猖狂，东海青龙势莫当。两手捉来临死斗，化成一块紫金霜。畜生不变，更待何时！"猛然间，天昏地暗，有一个时辰。只见霞光掩映，瑞气缤纷。揭起手帕看时，变做一个金狮子。有《西江月》为证：

本是深山顽石，良工雕琢成形。崚嶒气象貌狰狞，镇守门庭寂静。

今日有缘有幸，皮毛色变黄金。劝君莫笑巧妆成，世情翻掌变，总是这般情。

窦氏看了，道："真是金狮子。"张千禀道："狮子外面见得是金，里面端只是石头。夫人不要信他！"窦氏叫湘子道:"卓先生，这金是假的。"湘子道："夫人凿一块看，便见真假。"窦氏便叫张千："取锤凿来，看是金是石。若是金，方信这先生是神仙。"张千连忙拿锤凿，把狮子凿下一只脚爪。打一看时，里面比外边更紫黄三分。吓得张千目瞪口呆，倒退三步。窦氏道："果有这般奇事。"张千跪禀窦氏道："这神仙变得好金狮子，夫人赏他些酒饭吃也好。"窦氏便叫厨下安排一桌斋来与卓先生吃。张千抬桌面去摆在书房里，才来请湘子。湘子本待不去吃他的，晓得张千、李万要偷他葫芦内仙丹，不好说破他，只得随他到书房里坐下。他两个站在一壁厢。湘子道："这许多酒肴，我吃不了，两位长官不憎嫌贫道，同坐吃一杯，何如？"张千道："我也吃不多的。"李万道："贫穷富贵，都是八字所生。先生是位神仙，我们有缘得遇，再添些酒，陪奉先生一醉。"湘子道："我也量浅，三五杯就醉了。"他两人果然又拿些酒，对着湘子，你一杯、我一盏，吃了个不亦乐乎。

湘子略吃几杯，假推沉醉，故意倒在地上，鼾睡如雷。那张千就手去解他那葫芦。李万道："葫芦没了，他醒来时，左右寻着我两人，少不得要还他。不如偷他些丹药，拿来点些金子用，倒是便益。”张千依了李万的话，在葫芦内倾出一丸药来，上得手时，变做一块火，张千丢也丢不及。李万不肯信，也去倾出一丸来，只见一条花蛇盘住手掌，惊得他两个魂飞魄散，丢在地上。那蛇与火依然向葫芦口钻进去了。恰好湘子醒来，假问道："长官，你们为何在此喧闹？"张千道："师父睡了，我们不曾去回复得夫人，怕夫人见责，故在此计较。"湘子便同往谢窦氏。

窦氏道："我门前还有一个石狮子，先生索性也点成金子，待我相公回来，献与朝廷，讨一个官与你做。"湘子见说，微微笑道："官有恁么好？小道不要做它。有诗在此：

为官不甚高，纸绳作系绦。

干时空好看，下水不坚牢。"

窦氏道："这野道人甚不中抬举！你怎敢句句伤我？我也回你一首诗。诗云：

为官身显达，功名四海扬。

你是枯杨树，岂能作栋梁？"

湘子道："杨树虽枯，逢春便发。贫道再献诗一首，夫人听取。诗云：

杨树虽然死，还堪作栋梁。

为官运限到，败落势难当。"

窦氏听了大怒，便叫张千赶他出去。湘子暗道："婶娘偌大年纪，还不知死活，贪心不止，如何是好？我今日且去，再作理会。"正是：

酒逢知己千盅少，话不投机半句多。

毕竟不知湘子还来否，且听下回分解。

第十二回

退之祈雪上南坛　龙王躬身听号令

黄芽白雪不难寻，达者须凭德行深。
四象[1]五行全借土[2]，三元[3]八卦岂离壬[4]？
炼成灵质人难识，消尽阴魔鬼不侵。
欲向人间留秘诀，未逢一个是知音。

不说湘子出门去了，且表唐宪宗皇帝登极以来，田禾丰熟，万民安堵[5]。不料这二年旱魃[6]为灾，雨雪不下，井底无水，树梢生烟，百姓俱不聊生。乃传旨谕诸大臣道："朕即位四年，禾生两穗，麦秀双岐。二年以来，朕躬不德，上天示警，以致树木焦枯，井泉干涸，野无青草，户绝炊烟。尔文武百官，谁人肯领我旨，去南坛祈求雨雪？若在半月之内，祈得雨雪下来，官上加官，职上加职；若求不下来，是天绝朕命，情愿搭起柴棚，身自焚死，以谢下民，以答天谴。"退之道："臣韩愈愿领旨到南坛祈雪。若祈不雪来，臣甘自焚，以谢陛下。"林学士道："臣林圭愿领旨监坛。若韩愈祈不雪来，臣甘同焚，以报陛下。"宪宗见说，龙颜大喜："二卿用心前去，以副[7]朕怀。"退之与林圭两个出得朝门，便叫张千吩咐长安县整备五方旗帜，点拨执事人员，俱在南坛伺候；一应官民人户，各各焚香点烛，向空祈祷。张千吩咐已毕。

那湘子在云端内听见这个言语，便道："原来叔父与岳父要往南坛祈

[1] 四象：指四方。
[2] 借土：凭借于土。五行以土为首。
[3] 三元：古代以六十甲子配九宫，上、中、下三甲子为三元。
[4] 壬：天干第九位。
[5] 安堵：安宁。
[6] 旱魃（bá）：旱神。指旱灾。
[7] 副：合乎。

求雨雪。这般天气，如何得有雪下来，我明日就到那里去度他一番，再作计较。”又道：“凡夫肉眼，不识神仙妙用。”即便改变形容，脱换衣服，把花篮悬在手腕上，渔鼓简子拿在手中，一路里唱着道情，到南坛去。远远望见五凤楼前彩旗高挂，香案端严；户户门前供奉龙王牌位，小缸满贮清水，四围插下柳枝、树叶、香花、灯烛，摆列停当。街坊上老的、小的都在那里仰天而告。湘子便走近前，假意的高叫道：“列位贤良，贫道稽首。你众人摆着香案，莫不是迎接我大罗仙么？”众人抬头，看见湘子面黄肌瘦，丑陋不堪，便道：“小道童，快休说这般大话！你也晓得‘一句非言[1]，折尽平生之福’么？如今天气亢旱，民不得生，皇上差韩老爷、林老爷上坛祈求雨雪，故此摆列香案，祷告天地。”用手一指，道：“兀的不是韩老爷来也！”湘子闪在一边看时，那退之朝衣象简[2]，端端肃肃坐在马上，前面头踏，一对对呵喝而来，十分齐整。那林学士也是朝衣象简，恭恭敬敬，迤逦随后。湘子看了一会，乃走上酒楼，沽一壶美酒，自斟自饮，自唱自歌。他唱的是一阕《雁儿落》：

看青山绿水沉，见松柏常依旧。石崇万贯财，彭祖千年寿；究竟来归何有！我每日常安乐，朝朝得自由，快活无愁，万事皆成就。舒展那自由，饮数杯长生不老酒。

湘子饮酒中间笑道：“叔父，叔父，你是个凡人，如何祈得雪来？却不枉费朝廷钱粮，百姓辛苦。我且过几日去代他祈一天雪，显出手段与他看，才好度他。”

果然这韩退之同林学士在南坛上虔诚祈祷，昼夜加修，荏苒已过十有二日，不要说雪，就是云，天上也没有一点半片。退之忧闷倍增，林圭焦烦愈甚。没法处置，只得张挂榜文，通行晓谕。那榜如何写的？但见：

刑部尚书韩

翰林学士林

为祈祷事：照得天时亢旱，泉水焦枯；土著居民，旅游商贾，俱各逃生，不安故业。见今祈祷，无法感通。为此榜示：

[1] 非言：冒犯的话。

[2] 象简：象牙所制手板，朝官所执。明以前，一至五品执象简。

不论仕宦军民、行商坐贾、云游僧道、居士山人，真有德行法术，会祈雨雪者，当率文武百官，礼请登坛。如果应验，奏闻给赏。

右榜谕众知悉

榜文张挂方完，东门外有一个老儿，姓王名福，立在榜边，看得明白，转身回去。恰好湘子抱着渔鼓，歌唱而来。简板上写着“出卖瑞雪”。这王福走得眼花乌暗，抬头看见湘子的简板，便扯住湘子道：“师父，你有雪卖？卖些与我。”湘子道：“你真要买？兑下银钱，我便叫他飞下来卖与你。”王福道：“你这道人，想是疯癫了。这般大旱，皇帝命百官在南坛祈祷了十多日，还不能勾一点雪来，你敢说叫他飞下来卖与我，岂不是疯癫的说话！”湘子道：“我倒不疯，风云雪月都在我两袖中。只怕那官儿祈不下雪，唐皇发怒不相容。”王福道：“既有如此手段，便到南坛祈一天大雪。待韩老爷奏准朝廷，敕封你做个国师，起造一所道院与你居住，岂不是一场富贵？”湘子道：“我不要封做国师，起造道院，只要韩老爷千万两黄金，一百斛明珠，便替他祈一天大雪。”王福道：“师父，瓶儿罐儿也是有耳朵的，那韩老爷一清如水，哪里得有这许多金珠送你！”湘子道:“他既然清廉，没有钱，我便做个舍手传名的事，只要他率领百官，一步一拜，请我登坛，包得扬手是风，合手是雪。”王福道：“韩老爷奉皇上圣旨，为万姓痌瘝，便一步一拜，他也是肯的。只怕师父没有这般手段。”湘子道：“手段倒有，只是没人去对韩老爷说，叫他一步一拜来请我。”王福道：“师父，你是哪里来的？姓恁名谁？说得明白，我好去报与韩老爷知道。”湘子道:“我是终南山来的，唤做卓韦道人。”王福道:“终南山离我京师有多少路程？”湘子道:“十万里多些儿路程。”王福道:“师父一路里抄化将来，也走了几个月日？”湘子道:“我早来早到，晚来晚到，哪消几个月日。”王福道：“我只听得人说，世上有乘云驾雾的仙人，眼睛实不曾见。师父这般小小年纪，难道会得驾云？”湘子道:“我云不会驾，只是足下生云。”王福道：“师父休要取笑，我老人家吃盐比你吃酱还多，你怎么把那没巴臂的话来哄我？”湘子道：“我从小儿老实，再不会说一句谎的。”王福便乃吩咐街坊上众人道：“列位上下，仔细看着这位师父，安排些好酒好食款住他，不要放他走了。待老拙跑去报与韩老爷知道，便来请他。”街坊人众道：“老尊长请自便，只要走快些，不要逢人说话、着处生根才好。”王福吩咐已罢，拽开脚就跑，一径跑到南坛门处。正是：

一心忙似箭，两脚走如飞。

王福跑得面红气喘，立脚不牢，一堆儿蹲在地上。那南坛外把门的职官，见王福这般模样，便拦住他问道：“老头儿，急急忙忙跑到这里，要见哪一位老爷，告恁么状？这两日各位老爷斋戒，一应词讼都不准理。你空跑这一个角直了。”王福喘吁吁的答应道：“我也不告状，我也没有词讼。只因朝廷洪福齐天，文武百官造化，这方黎庶灾星该退，感动得上天降下终南山一位道童，头挽双丫髻，身穿粗布衣，手持渔鼓，简板上写着‘卖雪’，年纪不上二三十岁，他说上坛之时，扬手是风，合手是雪。小老儿不敢隐藏，特特跑来禀过众位老爷，快去请他来做法师。”把门官问道：“你老头儿叫做恁么名字？”王福道：“小老儿叫名王福。”把门官便领了王福，直到厅阶下面，跪着禀道：“上老爷，方才张挂榜文，这老儿来说长安街市上有一个道童，简板上写着‘出卖风云雨雪’，老儿问他果有手段没有，那道童说：‘请我上坛，包得就有雪下’，故此这老儿来见老爷。”退之听说，十分欢喜，便问王福道：“道童如今在哪里？”王福上前应道：“是小老儿留在家中。”退之就叫锦衣卫官同一员旗牌官去请湘子。

他两个同王福出了南坛，来到东门外，看见有百十余人围定着湘子。他两个分开众人，打一看时，吃了一吓，扯扯王福道：“南坛中见有许多法官，一个神充气壮、道行高强的，还没有手段法术祈得雪来，这般一个道童，性命也活不久长的，哪里有恁么手段！你保举他？”湘子听见锦衣官的说话，便呵呵笑道：“官长休得小觑人，那坛中枉有许多法官，把与小道做徒孙也用他不着。”锦衣官转口道：“众位老爷着我二人来请先生上坛祈雪，救济万民，望先生早行动些，以免悬望。”湘子道：“既来请我，我岂不去？官长请先行，我随后便至。”锦衣官道：“这是脱身之计了。”开口未完，湘子化阵清风就不见了。锦衣官惊得面如土色，一把扭住王福道：“老官人，不是我得罪，来说是非者，便是是非人，今日这场祸事，你自去见韩老爷分说，我们不替你担这干系。”王福合口不来，只得跟他两个同走。一路上，如牵羊入市，一步不要一步，扯扯拽拽，才到南坛。

不想湘子先坐在大门上。锦衣官看见湘子坐在那里，便指与王福道：“那坐的不是道童？真好古怪。”王福把手揩一揩眼睛，近前一步道：“师父从哪里先走了来？把老拙魂灵都吓得不在身上。”湘子道：“老官人不必担忧。我出家人走动如风，哪里比得你们摇摆。我说一是一，决无虚言。官长放这老官人先回去罢。”锦衣官依言，便放了王福的手。那王福如脱网的鱼、离笼的鸟，不顾着脚步高低，性命死活，一径跑了回去，不在话下。

湘子问锦衣官道：“官长，这三座门为何一高二低，侧首又开这扇小门？”旗牌官道：“中间那座高的是龙凤门，皇帝御驾来，才从此门进去，一年只开得一次；两边低的，是文武百官走的甲门。”湘子道：“长官，我今日从哪一门进去？”旗牌官道：“师父，三座门都不是你走的。我领你从侧首小门里进去。”湘子道：“我出家人左肩青龙[1]，右肩白虎[2]，前有朱雀[3]，后有玄武[4]，岂可从小门里走动？你开中门，我才进去。”锦衣官大惊失色，道：“礼部尚书专管辖天下僧道的，也走不得中门，你不过是一个方士道童，谁敢开中门放你进去？”湘子道：“僧道也有贵贱，岂可繁华一例看？若不开中门，我便走了回去，哪个敢阻挡得我住！”锦衣官暗道：“手段不知若何，且是要四司六局，待他祈不得雪来，然后去奈何他，不怕他走上天去。”当下吩咐旗牌官道：“你们仔细看着他！我进去禀过老爷再处。”那锦衣官直到里面禀道：“终南山道童已请在门外，只是胆大得紧，小官不敢说。”退之道：“他怎么样胆大？说来我听。”锦衣官道：“他到得门首，便立住了脚，问：‘这三座门为何中间高，两边低，旁边又开这扇小门儿？’小官说：‘中间是上位爷爷行走的，故此高；两边是文武东西各位老爷出入的，故此比中间略略低些；这扇小门乃是杂色人往来的。如今师父要从小门里进去，见各位老爷。’那道童说：‘开了中门，我才进去上坛。’若不开中门，他决不进来。叫老爷另请别人祈雪。小官不敢擅便，但凭列位老爷上裁。”退之听说，怒从心上起，恶向胆边生，喝叫左右：“去拿那道童进来！着实打他四十大棍，追他度牒，解还

[1] 青龙：原为东方星宿名。后代指东方。此指道教所信奉的东方之神。
[2] 白虎：原为二十八宿中西方七宿的合称。此指道教所奉西方之神。
[3] 朱雀：二十八宿中南方七宿的合称。此指道教所奉南方之神。
[4] 玄武：二十八宿中北方七宿的合称。指北方之神。

原籍去。”林学士拱手说道：“韩大人不必发恼。那道童敢出大言，必有大用，如今正是要紧用人时节，何必琐琐[1]与他计较？俗语说得好：‘杀私牛，卖私酒，不犯出来是高手。’学生与亲家奉着圣旨，为着万民，今日私开禁门，请他进来祈得一天好雪，就是皇上见罪，也自甘心，况且文武官员都在这里看见的，又不瞒了哪一个，谁人敢在上位面前道个不字？但若皇上知道见罪，都是学生承当。”退之依了林学士言语，叫张千：“去揭下封皮，开了中门，放那道童进来。”

张千走到门外，去请湘子。看见湘子十分丑陋，不像一个神仙，便道：“先生，一来今日用人之际，二来你的造化到了，众老爷特特开了中门，等你爬进去。”湘子道：“我又不是乌龟，怎么说爬进去？”张千道：“先生年纪小，身材短，这中门门槛高得紧，怕先生跨不过去，故此说个‘爬’字，休要见罪。”湘子道：“长官，贫道住在山中，多见树木，少见人烟，哪得福分在禁门[2]内出入！烦长官去请众位老爷出来，接我一接。”张千道：“出家人吃一巴二，肯开中门许你出入，已是过分了；又思量要各位老爷出来迎接，岂不是自讨死吃！”湘子笑道：“你老爷来求我，不是我来求见，若迎接我进门祈下雪来，也是你老爷的造化，怎么说我自寻死路？”张千只得又到厅前，禀退之道：“那道童无福走大门，要众位老爷去接引他进来。”退之又大怒道：“恁么野道童敢装出这许多模样，快把铁链去锁押他来见我！”林学士道：“韩亲家不消动气。禁门且开了让他走，我和你接他一接，也不过是为国为民，哪里便打落了我们纱帽翼翅？岂不知汉时韩信不过是胯下辱夫，高祖筑坛拜他为将，然后逼得项羽乌江自刎，田横海岛身亡，成就了汉朝三百余年基业。那道童虽比不得韩信，我们也须学周公一饭三吐哺[3]，一沐三握发，礼贤如渴的意思才妙。今日便屈抑这一遭儿，有何妨害？”退之听言，只得与林学士同走出坛门外头，去迎接湘子。两边厢排列着百十员文武官僚，丹墀[4]内齐站着千余辈法师僧道。旗牌官跑上前，叫湘子道：“师父好造化，韩老爷出来接你。你

[1] 琐琐：琐碎貌。

[2] 禁门：皇宫之门。

[3] 三吐哺：三次吐出口中的饭。据说周公为接待贤才，一顿饭要停下三次。

[4] 丹墀（chí）：宫廷中台阶。

快快起身接上前去。”湘子全然不理，直待退之与众官走近面前，他才起身说道：“列位大人，贫道稽首。”林学士并众官各还他一礼。退之只做不见，不还他礼。湘子指着丹墀下问道：“这许多僧道在此何干？”林学士道：“这都是祈雪的法官，先生休轻觑他们。”湘子鼓掌笑道：“这伙人睡卧也不知颠倒，饮食也不知饥饱，怎么也来祈雪？”林学士道：“因这伙人祈不下雪来，故此启请先生上坛。”湘子道：“大人几时要雪？”林学士道：“圣上限在半月之内要雪，学生们祈祷也是十三日了，只在明日下雪便好。”退之道：“玄门有二十四样祈祷，你是哪一门法术？”湘子道：“贫道是五雷天心正法。”退之道：“要备办哪几行物件？”湘子道：“大人，贫道只用新桌子十张，黄旗十把，执旗童子十人，瓦瓮十个，芦席十条，摆列坛前听用；再用猪头一个、酒一坛，馒头十个，待贫道登坛取用。”退之道：“一坛神将，怎么用一个猪头祭他？”湘子道：“大人休管，祭得祭不得，只要雪下便罢。”退之道:“若求得雪来，我奏准朝廷，另排筵宴，重封官职，决不慢你。”湘子道：“贫道久住山林，只吃惯黄齑淡饭[1]，吃不得御宴糟食;只晓得擎拳拘讯[2]，不晓得谄媚足恭[3]。”退之怒而又笑道：“这道童只说些伤时言语。”便留湘子在坛内斋房歇息。

到得次日，诸色物件俱已齐备。果然退之与林学士率领百官，礼请登坛。湘子吩咐：“把桌子按五方摆下，每方两张桌子，叠做高的，上面放一只瓦瓮，下面也放一只瓦瓮，瓮中满贮清水，把芦席盖在上头。”两个道童，各按方色执定旗号，立在桌子旁边，听候湘子行持法事。那湘子行行然走上坛去，把两袖卷起，将酒满饮一杯，又将猪头、大馒头扯碎了，虎食狼吞，吃一个罄尽[4]。众官僚及僧道法官人等，只说湘子自家吃了，谁知他暗里赏了天将。湘子开口道：“贫道酒醉食饱了，要新席子一条、枕头一个、大被一床，待贫道稳睡一觉起来，与大人祈雪。”退之道：“列位大人请看，这道童只有骗酒食的手段，哪里会得求雪！”林学士道：“亲家且不要忙，只问他几时有雪就是。”退之便问道：“先生睡了，

[1] 黄齑（jī）淡饭：指粗劣的饭食。

[2] 扪讯：问讯。

[3] 足恭：媚态。

[4] 罄（qìng）尽：完全吃完。

几时得有雪下来？”湘子道:“巳时起风，午时有雪，直下三尺三寸才住。”退之道：“既然如此，请先生稳睡。”大家暗笑不止。

哪知湘子不是要睡，乃是睡功祈祷。睡在席上，鼾声如雷，汗出如雨，阳神直到南天门外。把门天将问道：“韩神仙，你去度冲和子，度到哪里了？”湘子道：“早哩，早哩，还不曾有影哩。”天将道：“你此来有何事故？”湘子道：“有件紧急公文，要见玉帝哩。”天将乃引湘子直上灵霄宝殿,朝参玉帝。湘子把退之南坛祈雪的事备奏一遍。玉帝忙传旨意，宣四海龙王、雨师、风伯都随着湘子，要扬手是风，合手是雪，不得违误。湘子便领了众神，同到南坛听候指使，不在话下。

且说退之一行官宰并许多法师，只等巳时起风，午时下雪。看看日已傍午，湘子犹然鼾睡，不见风起，大家叮叮噇噇[1]，唠唠叨叨，都在那里说笑。那些法官道:“我们自幼学习五雷天心正法，还求不得一点雪来。他这模样，又不见书符念咒，红皎皎这轮日头，须得寻一个大鹏金翅鸟来遮住了他，不然纵是神仙，也不能够午时下雪！”说笑中间，忽然湘子醒来，立在坛上，叫退之道:“韩大人可同众人退在廊下，向西北方跪着，等候东海龙王送雪来。”退之道：“从古以来，彤云布，朔风旋，方才像下雪的光景，这般日色皎洁，玉宇清明，风也没有一阵，如何能够有雪？”湘子道：“大人你说没风，要风打恁么紧！”便在西首童子手中拽一把旗来，向西北角一招，叫道：“西海龙王敖英，怎的不起风？”叫声未罢，只见半空中彤云霭霭，冷气飕飕，东南云长，树枝剪剪摇头，西北雾生，尘土纷纷扑面。那西海龙王敖英躬身喏道：“韩神仙，这不是风？”刮喇喇[2]一阵卷将过来，真好大风。排律为证：

刮刮走埃尘，飕飕过树林。海翻银浪阔，山滚石头沉。骏马嘶长道,兰房[3]坠绣针。飞鸢落双翮,池水逆游鳞。黄叶蟠空舞,青山扫见根。泥神吹倚壁,金殿响悬铃。行路难回首,疏帘挂不成。这般风作雪，哪怕不缤纷。

---

[1] 叮叮噇（dōng）噇：即叮叮咚咚，象声词。

[2] 刮喇喇：风声。

[3] 兰房：闺房。

又诗云：

一阵西风万叶飘，园林树木折枝腰。

上方刮倒娑婆树，下方吹倒赵州桥。

风过处，湘子问道："列位大人，这风是哪里来的？"退之道："圣上的洪福，天地的灵感，众人的造化，方才有这阵风。"湘子笑道："早是未曾下雪，就把我的功劳先涂抹了。"林学士道："日将过午，有风无雪，如之奈何！"湘子又在东首童子手中拽一把青旗，向东南角上招飐[1]，叫道："东海龙王敖闰，怎的不送雪来？"只见那青旗展处，白茫茫，蝴蝶群飞，扑簌簌，鹅毛乱洒。东海龙王近前喏道："韩神仙，这不是雪？"果然好一场大雪。有赋为证：

柳絮漫漫，梨花片片。四下里乱煽鹅翎，一地里碎剪冰纨。投林鸟迷离[2]，满目瑶瑶[3]；出洞蛟错认，五湖窄浅。玉碾就，白玉楼台，银妆成银丝亭阁。压得梅花不放稍，埋了多少无名草。妆狮子，势雄豪，叠弥勒，开口笑，果然是，日月无光冷气生，撒开铅汞盖红尘。寒江冻合渔舟道，掩上柴扉撇却春。

又诗云：

片片舞悠悠，空中落未休。马蹶轻粉地，车碾白泥沟。公子高楼赏，经商旅邸忧。光摇银海日，冻合使人愁。

那雪下够有半日，就像下几日的一般，堆山积海，塞井填河。众人见了，无不欢天喜地，顶戴湘子。湘子道："雪有三尺三寸，尽够用了。"林学士便叫张千取尺来量一量，看有多少。张千笑对湘子道："师父，量得少了，你须没了功劳。"果然张千拿一条尺来，望高处插下去，分毫也不多；望低处插下去，巧巧的分毫也不少。都是三尺三寸。众官道："这雪是哪个祈来的？"退之道："是皇上德荫，众姓虔心，感得上苍降这大雪。"湘子道："这雪是贫道呼唤龙王送来的，怎的不带挈贫道说一声？"退之道："龙王在哪里？眼前就掉这般大谎！"湘子道："龙王现在空中，

[1] 招飐：招展。
[2] 迷离：迷乱。
[3] 瑶瑶：洁白色。

大人不信，我唤他现出真身，与众位一看，只怕惊了列位大人。”退之道：“有恁么惊！若龙王不现出身子来，我把你送上柴棚，活活烧死你，以杜左道妖术，惑世诬民！”湘子便把黄旗望空中一招，喝道：“四海龙王，速现真身，毋得迟误！”喝声未绝，只见半空中四个龙王齐斩斩盘旋飞舞，两旁虾精鳖将、蟹帅鱼侯不计其数。城内城外的百姓，老老小小，没一个不看见，惊得乱窜，呐起喊来。把这文武百官吓得痴呆懞懂，脚也移不动一步。湘子笑道：“韩大人，这是龙王不是？”林学士道：“龙王这般模样，倘或作起风波，岂不害了百姓？先生是上界大仙，怎与凡人斗气，快请龙王退去罢！”湘子依言，又把黄旗一摇，喝声道：“去！”只见一天光皎洁，万里静风烟。退之自觉惭愧，便叫张千取十匹大布送与湘子。湘子道：“贫道用他不着，请大人留下凑赏守边将士。”退之道：“拿去做件衣服遮身，煞强如吊着羊皮树叶。”湘子道：

“贫道衣破人不破，饥时吃饭饱时做，少柴无米不忧煎，宽袍大袖倒难过。”

退之道：“你既不要布，待我奏闻朝廷，重加旌赏。”湘子道：“我也不图旌赏，只要大人弃官，跟我修行学道，心愿足矣。”退之大怒，叫人拿他来打。湘子道：“不消打贫道。大人不肯修行也罢，只怕他日大人遇着的雪比今日还大哩！须牢记取，后日是大人寿辰，贫道当来相贺，万勿见拒。”退之道：“道不同，不相为谋。我也不做生辰，你也免劳下顾。”湘子拍手呵呵，踏着大雪而去，不在话下。正是：

今朝祈下漫天雪，显得君臣福寿齐。

毕竟不知湘子去庆生日否，且听下回分解。

第十三回

驾祥云宪宗顶礼　论全真湘子吟诗

不识玄中颠倒颠，争知火里好栽莲。
牵将白虎[1]归家养，产个明珠[2]似月圆。
漫守药炉看火候，但安神息任天然。
群阴剥尽月成熟，跳出凡笼[3]寿万年。

话说退之与林圭回朝复命，湘子也到。退之奏道："上叨陛下洪福，下赖众官诚意，请得终南山一位全真，祈下三尺三寸瑞雪。但见雪满山林，泉流川泽，沟浍[4]皆盈，草木复茂，百姓们无不欢娱歌舞，尽祝皇图万万年。全真见在朝外候宣。"正是：

圣天子独把朝纲，诸宰官共成燮理[5]。

宪宗大喜，道："全真既在这里，可宣来见朕，朕有旌赏。"当驾官忙传圣旨。不一时，湘子宣到。他也不嵩呼[6]，也不拜跪，直立在金銮殿上，不行君臣之礼。宪宗怒道："普天之下，莫非王土；率土之滨，莫非王臣。朕为天下之主，上自卿相臣僚，下至苍黎黔赤[7]，见朕者无不嵩呼拜跪。汝不过一游方道人，生养在王土之内，何敢如此无礼！"湘子道："贫道身住阆苑蓬莱，不居王土；口吸日月精华，不餐火食。不求闻达，不恋利名，天子不得臣、诸侯不得友者，贫道也。陛下为何要贫道嵩呼拜祝，行人间俗礼乎？"宪宗道："汝在天坛祈雪，庵观栖身，而今站立金銮殿上，

[1] 白虎：指炼丹用铅。
[2] 明珠：指炼成丹药。
[3] 凡笼：如笼子般受束缚的世俗社会。
[4] 沟浍（kuài）：小河沟。
[5] 燮理：协调治理。
[6] 嵩呼：祝颂帝王，高呼万岁。
[7] 黔赤：指平民百姓。

难说不居王土。”湘子道：“不要贫道立在地上，有何难哉！”举手一招，一朵彩云捧住湘子，腾空而起。湘子叫道:“请问官家，贫道是王臣不是？”宪宗见湘子起在云中说话，惊得面如土色。走下龙床[1]，招湘子道：“师请前来，朕愿为师弟子。”退之奏道：“自古至今，哪里得有神仙？秦皇、汉武，被徐福、李少君愚弄了一生，终无所益。这个全真不过是些小法术，惑世欺民，料不是真神仙，陛下以师礼相待，岂不长他志气，灭己威风？”宪宗道：“这般大旱，万物焦枯，他祈下一天大雪，朕言含讽，他腾身立在虚空，不是神仙，如何有这般手段？”退之道:“久旱雨雪，天道之常。这全真想是晓得天时，乘机遘会[2]，凑着巧耳。若腾云驾雾，乃是旁门邪术，障眼瞒人，取猪狗秽血一喷，这全真登时坠下，粉骨碎身矣，有恁奇处。”宪宗道：“卿且暂退，朕自处分。”退之羞惭满面，忿忿出朝。那湘子方才立下地来，道：“贫道暂回荒山，异日再来参见。”宪宗道：“秦皇、汉武竭财尽力，不得一见神仙。朕今有缘，得师下降，忍不出一言以教朕耶？”湘子道:“陛下富贵已极，欲求何事？”宪宗道:“朕求长生不死。”湘子道:“长生不死，乃清闲无事的人抛弃家缘，割舍恩爱，躲在那深山穷谷之中，朝修暮炼，吐故纳新，方得长生不老。陛下以四海为家，万民为子，自有正心诚意之学，足以裨益斯民，保护龙体，岂可求长生之道，置万几于丛脞[3]乎！”宪宗道:“朕躬多病，药饵罔功[4]，求师一粒金丹，苏朕宿恙。”湘子道：“陛下日逐逐于爱河欲海，疲神耗精，乃欲借草根树皮以求补益，譬如以囊贮金，日以铁易之，久而金尽铁存，空无用矣；乃欲点铁成金，岂易易哉！”宪宗道:“师言诚有理，朕请从事，唯师教之。”湘子道:“贫道山野顽民，不能绳愆纠缪[5]，补阙拾遗。自今以后，陛下唯清心寡欲，养气存神，当有异人来自西土，保圣躬于万祀[6]，绵国祚[7]于亿年也。”宪

[1] 龙床：皇帝座位。
[2] 遘会：利用机会。
[3] 丛脞（cuǒ）：琐碎。
[4] 罔功：无功。
[5] 绳愆纠缪：改正过错。
[6] 万祀：万代。
[7] 国祚（zuò）：国运。

宗道:"其人若何?"湘子道:"其人虽死,其骨犹存,宝其骨而什袭[1]藏之,自有灵异。"言毕辞去。宪宗苦挽不住,自叹无缘。正是:

有缘千里神仙会,无缘对面不能留。

不说湘子辞了出朝。且说退之过得数日,正当寿旦。那五府六部、九卿四相、十二台官、六科给事、二十四太监,并大小官员,齐来庆寿。有《驻云飞》为证:

寿旦开筵,寿果盘中色色鲜。寿篆[2]金炉现,寿酒霞杯艳。嗏,五福寿为先。寿绵绵,寿比罔陵,寿算真悠远。唯愿取,寿比南山不老仙。

寿霭[3]盘旋,寿烛高烧照寿筵。寿星南极现,寿桃西池献。嗏,寿鹤舞蹁跹,寿万年。寿比乔松,不怕风霜剪。唯愿取,寿比蓬莱不老仙。

寿祝南山,万寿无疆福禄全。寿花枝枝艳,寿词声声羡。嗏,海屋寿筹[4]添,寿无边。寿日周流,岁岁年年转。唯愿取,寿比东方不老仙。

寿酒重添,寿客缤纷列绮筵。寿比灵椿[5]健,寿看沧桑变。嗏,得寿喜逢年,寿弥坚。寿考惟祺,蟠际真无限。唯愿取,寿比昆仑不老仙。

这一日,退之请众官在厅上饮酒。虽无奇珍异果,适口充肠,却也品竹调丝,赏心悦目。当下吩咐张千、李万,同着一干人役,把守大门、二门,不许放一个闲人来搅筵席。湘子在空中听见,既按下云头,手执渔鼓简板,一径来到退之门前,望里面就走。张千拦住道:"我老爷好打的是佛门弟子,好骂的是老氏师徒。喜得今日寿筵,百官在堂上饮酒,不曾见你,不然也索受一顿打骂了。你快去了倒是好的。"湘子道:"你老爷为何怪这两样人?"张千道:"老爷先年也是好道的,只因数年前有

[1] 什袭:把物品层层包起来。

[2] 寿篆:祝寿时点起的香烟。

[3] 寿霭:瑞祥的烟气。

[4] 寿筹:寿命。

[5] 灵椿:传说中一种长寿的灵木。

终南山来的两个野道人把老爷侄儿拐了去，因此上老爷闭了玄门，再不信这两样人了。”湘子笑道:“我贫道不是老、佛之徒，乃是辟[1]佛家的宗祖，距老氏[2]的元魁，只因读书没了滋味，过不得日子，胡乱打几拍渔鼓，唱几阕道情，装做道人形状。今日既是你老爷寿辰，劳长官替我禀一声，待我化些酒饭充饥，也是长官的阴骘。”李万道："放你进去不打紧，只是连累我吃打没要紧。”湘子道:“你说终南山那个卓韦道人要求见，决不累你就是。”张千道:“李家哥，这道童从终南山来的，认得公子也不见得。我和你今日不替他禀一声，倘或老爷入朝出朝时节，他拦马头告将来，那时老爷查起今日是谁管门，我和你倒有罪了。不如进去禀过老爷，见不见但凭老爷自做主张，何如？”李万道:“哥说得是。”张千便慢慢地走在筵前，捉空儿禀退之道:“外面有一个道童，说是终南山来的，要见老爷。”退之道:“莫不是那祈雪的卓韦道人？若是他，不要放他进来。”张千道:“面貌语言敢不是那祈雪的。”退之道:“是不是且休理论，只是我早上吩咐你们，谨管门户，不许放一个闲人来搅酒席，你怎么又替这道童来禀我？该着实打才是！姑饶你这初次。”张千呆着胆，低低又禀道:“老爷吩咐，张千怎敢乱禀？但自古说‘五行三界内，唯道独称尊’，今日是老爷寿辰，这道人从远方来求见，明明说老爷独称尊了。”退之听说，便起身拱手道:“列位少坐，学生去打发了一个道童就来奉陪。”

张千飞星跑到大门首，道:“老爷出来了。”又扯扯湘子道:“我耽了无数干系，替你禀得一声，那板子滴溜溜在我身上滚过去，若不是我会得说，几乎被你拖累了。如今老爷出来，你须索小心答应。倘有些东西赏你，也要三七分均派，不要独吃自屙！”说话未完，众人见退之出来。大家闪在两边，齐齐摆着，倒把湘子推落背后。湘子暗道:“可怜，可怜，人离乡贱，物离乡贵，我昔年在府里时，谁人不怕我？今日竟把我推在他们背后。”只见退之开口叫道:“终南山道童在哪里？”只这一声，众人便把湘子一推，推得脚不踮地，推到退之面前。退之看见湘子，就认得是祈雪的道童，便道:“你家住何处？为何从终南山来？”湘子道:

[1] 辟：批判。

[2] 老氏：指老子。

"我家住北斗星宫下，闲戏南天白玉楼。昔年跟着师父在终南山修行，故此从那里来。"退之笑道："这道童年纪虽小，却会说大话，想我湘子流落在外，也是这般模样。"湘子早知其意，便道："大人，公子身上衣服还不如贫道哩。"退之道："我且问你，修行的人，百年身后无一子送终，有恁么好处你去学他？"湘子道："人家养了那不长进的儿女为非作歹，垫他人的嘴唇，揭祖父的顶皮，倒不如我修行的无挂碍。况且亲的是儿，热的是女，有朝一日无常到，那一个把你轮回替。"退之道："据我看起来，还是在家理世事的长久，哪见修行得久长？"湘子道："大人，日月如梭，光阴似箭，青春不再，白发盈头，你可晓得'老健春寒秋后热，半夜明灯天晓月，枝头露水板桥霜，水上浮沤山顶雪'，都是不长久的么？"退之道："汝且立在门外，我说一言与你听。你若答应得来，便有酒饭与你吃；若答应不来，急急就去，不要在此胡缠。"湘子道："愿闻！愿闻！"退之道："相府问全真，来此有何因？"湘子道："能卜天边月，会点水底灯。"退之道："石上无尘怎下稍？"湘子道："浑身铁攥几千条。"退之道："炉中有火常不灭？"湘子道："扳倒天河往下浇。"退之悄悄吩咐张千道："你头上可戴两根草，去二门上，坐在木头上，看他如何说。"张千依命，头戴两根草，坐在门栓上不动。湘子看了，往里面就走。李万扯住道："你到哪里去？"湘子道："韩大人请我吃茶。"退之只得笑了一声，转到席上坐下。湘子随了进来，立在阶前。吟诗道：

茅庵一座盖山前，脱却金枷玉锁缠。
潇洒林泉真自在，一轮明月杖头悬。

吟罢，执着渔鼓，唱一阕《黄莺儿》：

明月杖头悬，论清闲，谁似俺。苍松翠柏常为伴。看岩前野猿，听枝头杜鹃，青山绿水真堪羡。向林泉，心无挂念；山涧下，自留连。

唱罢道情，向前问讯道："列位大人，贫道稽首。"林学士慌忙出席还礼。退之道："亲家，有哪一位宰官公子来与学士上寿，劳列位大人出席迎接？"林学士道："与这道人见礼。"退之道："亲家有失观瞻了。"叫左右："将金钟满斟在此，但有举荐道人者，先饮三杯！"林学士道："亲家今日有三喜，列位大人知否？"退之道："学生有哪三喜？"林学士道："这般大旱，百姓惊惶，亲家在南坛祈了瑞雪三尺三寸，圣上大悦，升为礼部尚书，岂不是一喜？”退之道：“这是天子洪福，众大人虔心所致，韩愈何功之有。”林学士道：“亲家今日寿辰，除圣上一人外，其余亲王国戚、五府六部、九卿四相、三法司、六科、十三道、五城执事、十八学士、二十四监，都来与大人上寿，乃二喜也。”退之道：“蒙列位大人错爱，韩愈感谢不尽。”林学士又道：“列位大人祝寿才罢，影墙上便有一位神仙唱一声‘明月杖头悬’，走将下来，岂非三喜？”退之道：“古来王母蟠桃，八仙庆寿；单丝不成线，孤木不成林，一个道人说什么神仙不神仙！”林学士道：“亲家久叩玄关[1]，可解得‘明月杖头悬’么？”退之道：“学生不晓得。”林学士道：“明者，日月并行，昼夜不息；杖者，乡老拄的拐杖，和尚拄的禅杖，老子拄的仙杖；悬者，挂也。昔日老子将‘明月’二字摘将下来，悬挂在那仙杖上头，骑青牛出函谷关，东度大圣成仙，西度胡人成佛，南答孔子问礼，方才引出历代的神仙。学生有诗夸扬他的好处。”诗云：

明月杖头悬，逍遥出洞天。青鸾飞宛转，白鹤舞蹁跹。

酒泛金杯艳，花开玉树鲜。祝公多福寿，不让古籛铿。

退之道：“林亲家忒过誉了。”湘子又近前一步，向退之道：“韩大人稽首。贫道敬来庆寿。”退之道：“你做出家人也不达时务，不识进退？因汝前日祈下瑞雪，我特奏闻今上，讨旌赏[2]与汝，汝再三不要，今日酒席之间，都是天子门前客，皇王驾下臣，哪里所在容得汝这出家人？汝难道不晓得天下的道士、和尚都要在礼部关给度牒么？我说汝听：

山中蒿草蓬蓬发，淡饭黄齑活苦杀。

饶你神仙做道人，也应伏着礼部辖。”

湘子道：“韩大人休要夸口，虽然天下的僧道都伏礼部管辖。贫道恰是王母筵前客，玉皇殿内臣，人爵不如天爵贵，大人如何管得贫道着？贫道也有诗一首，试念与大人听：

唐朝天子坐金銮，鹭序鸳班[3]两下编。

[1] 玄关：玄妙的理论。

[2] 旌赏：赏赐。

[3] 鹭序鸳班：形容上朝时百官排列的队形。

五行僧道伏官管，凡夫焉敢管神仙。”

退之道:“从来神仙非同小可，有三朝天子分，七辈状元才，眉目清秀，两耳垂肩，神王气全，精完体胖，才是神仙。汝这等面黄肌瘦，丑陋不堪，不过是一个没度牒的云游道人，怎敢说这等大话？”湘子道：“贫道还有几句大话说与大人听：

转背乾坤窄，睁睛日月昏。手心天柱列，脚底海波平。山岳为牙齿，苔芹是发根。恒河沙作食，毛孔现星辰。抬头只一看，少有这般人。”

退之道：“这都是那讨饭教化头的话，我懒得听他。”湘子道：“蒙大人叫贫道是教化头，只是贫道当这三个字不起。”退之道：“教化头三个字有恁么好处？说当不起。”湘子道：“只有太上老君在初三皇时化身为万法天师，中三皇时号盘古先生，伏羲时号郁华子，神农时号大成子，轩辕时号广成子，少皞[1]时号随应子，颛顼时号赤精子，帝喾时号录图子，尧时号务成子，舜时号尹寿子，禹时号真行子，汤时号锡则子。汤甲时分神化气，寄胎于玄妙玉女，八十一年，方诞于楚之苦县濑乡曲仁里李树下，遂指李为姓，名耳，字伯阳，谥曰聃。周武王时为守藏吏，迁柱下史[2]；昭王时过函谷关，度关令尹喜，后降于蜀青羊肆，会尹喜同度流沙胡域；至穆王时复还中夏。平王时复出关，开化苏邻诸，复还中夏。灵王二十一年，孔子生，敬王十七年，孔子问道于老君，退有犹龙[3]之叹。烈王时过秦，秦献公问以历数，遂出散关。赧王时飞升昆仑。秦时降峡河之滨，号河上丈人，授道安期生。道尊德贵，代代不休，才是教化头。小道身居浊世，口出浊言，与这些凡胎俗骨周旋，怎敢当教化头之称？”退之道：“吉人之词寡，躁人之词多，中心漓者，其辞枝。汝明明是一个花嘴贫子，快些去罢！”湘子道：“古圣先贤也曾化饭，怎么叫贫道不化斋粮？”退之道:“几曾见圣贤化饭来？”湘子道:“仲尼领了三千徒弟子、七十二贤人，周流天下，在陈绝粮，难道那个时节，圣贤不去化饭吃？”

---

[1] 少皞（hào）：传说中上古帝王。

[2] 柱下史：掌管纠察，为周秦时官名。相传老子曾任此职。

[3] 犹龙：孔子曾称赞老子似龙般变化莫测。

退之道："我再问你，天地间何为道？何为人？"湘子道："包罗天地之谓道，体在虚空之谓人。若说起人之一字，铺天盖地，也无一个。"退之道："列位大人，这道童是个疯子。"湘子道："我不疯。"退之道："满席间朝官宰执，若干人在这里，汝既不疯，怎么说无一个人？"湘子道："人虽然有，都是假人。"退之怒道："我们是假，哪个是真？"湘子道："只有贫道是个真人。"退之道："真假在哪里分别？"湘子道："我来无影，去无踪，散成气，聚成形。抱金石而无碍，与天地同休。石烂海枯，权当顷刻；阎君鬼判，拜伏下风。岂不是真人？若说众人，一口气为千般用，一日无常万事休，纵是身荣家富客，哪个能人会接头？岂不是假人！"这一篇话，说得众官无言可答。退之又问道："何为全真？"湘子道："精气不耗，阳神不散，补得丹田，开得胃户，一生无病，千岁长春，这便是全；冬不炉，夏不扇，寒暑不能侵，水火不能害，这便是真。"退之道："鸟之飞，鱼之潜，以为有心乎，无心乎？"湘子道："有心则劳，必堕矣，沉矣；无心则忘，亦必堕矣，沉矣。有心无心之间，是谓天机[1]之动。不动不足以为机[2]；机之自动者，天也，万物皆动乎机，忘乎机，而各任其天。"退之道："这道童年纪虽小，倒会说几句话。"林学士道："先生此一来为何？"湘子道："来与韩大人庆寿，众大人化斋。"退之道："汝既来化斋，怎么见列位老爷，头也不磕一个儿？"湘子道："贫道因昨日大醉回去得迟了，赶不上南天门，又赶不到蓬莱三岛，又赶不上桃源洞，到得陕西华山朝阳沟，洞门闭了，清风、明月两闲人不放我进去，连忙又走到武当山，投碧霞洞，半路上遇见碧霞元君命驾他出，只得又走回南天门，在七星石上盹睡片时。走得辛苦，折了腰，因此磕头不得，大人休罪。"退之道："疯道童，你会吟诗么？"湘子道："幼年间也曾读书，吟得几句。"退之道："汝把仙家的事吟来我听。"湘子吟道：

桑田变海海成田，这话教人信未然。

驾雾腾云哪计日，餐霞服气[3]不知年。

---

[1] 天机：造化的奥秘。

[2] 机：智慧。

[3] 服气：吸收新鲜空气。为道教修炼方法之一。

月移花影来窗外，风引松声到枕边。

长剑舞罢烹茗试，新诗吟罢抱琴眠。

林学士道："韩亲家，这诗倒也有致。叫他再唱一曲道情，打发斋与他罢。"湘子把渔鼓简板轻敲缓拍，唱道：

韩大人不必焦躁，看看的无常来到。我吃的是黄齑淡饭，胜似珍肴；你纵有万贯家财，也难倚靠。想石崇富豪、邓通[1]钱高，临死来也归空了。总不如我闷把瑶琴操，弹一曲鹤鸣九皋，无荣无辱无烦恼。逍遥慢把渔鼓敲，访渔樵，为故交。

又诗云：

衮衮[2]公侯着紫袍，高车驷马逞英豪。

常收俸禄千钟粟，未除民害半分毫。

满斟美酒黎民血，细切肥羊百姓膏。

为官不与民方便，枉受朝廷爵禄高。

退之怒道："这疯道童说的话句句不中听，张千，可把他叉出门外，再不许放他入来！"湘子道："我虽是疯魔道人，唱个道情，也劝得列位大人的酒，如何要叉我出去？"那张千、李万，不由他分说，连推几推，推出门外。正是：

酒逢知己千盅少，话不投机半句多。

毕竟不知湘子去否，且听下回分解。

---

[1] 邓通：西汉文帝时受宠爱的内臣，曾自铸钱，富超王侯。后失宠穷饿而死。

[2] 衮衮：众多。

第十四回

闯华筵湘子谈天　养元阳退之不悟

三五一都三个字，古今明者实然稀。
东三南二同成五，北一西方四共之。
戊巳自居生数五,三家相见结婴儿。
婴儿是一含真气，十月胎圆入圣机。

湘子被张千推了出门，影身往里面就走，又立在筵前。退之道："我打发你出去了，如何又走进来？我且问你，世上有三样道人，你是哪一样？"湘子道："大人，我是五湖四海云水道人。"退之道："常时来的道人，我问他'云水'二字，都讲不出来，你且把这二字讲来我听。"湘子道："大人先讲，贫道后说。"退之道："我说天上的黄云、黑云、青云、白云、红云、祥云，就是云。"湘子道："这都是浊云。"退之道："我说天上下的雨水、地上有的井泉水、五湖水、溪涧水、四海水，便是水。"湘子道："大人说的云都是浊云，水也是浊水。"退之道："你讲云水来我听。"湘子道："我这云水，出在海东敖来国，有一个白猿，收在石匣中，吹一口仙气出来，我将肉身坐在那上边，一时间东风刮得西边去，北风吹得往南行，心似白云常自在，意如流水任西东。"退之道："天下水皆东流，如何说西流？"湘子道："孽水只东流，我这仙水可以东流，亦可以西流。"退之道："云散水枯，归在何处？"湘子道："云散月当空，水枯珠自现。"退之道："你闲游海上，淘得几句说话在肚里？我也不问你了，你快些去罢！"湘子道："贫道为化斋充饥而来，与列位大人说了这一日，却不曾得些斋饭，怎么就打发贫道去？"退之道："张千，取一碗冷饭赏他！"湘子道："蹴尔而与之，行道之人弗受；呼尔而与之，乞人不屑也。大人不舍得斋便罢，怎么说个赏字？"林学士道："这是韩大人不是了。"张千叫湘子道："先生，饭在此，快些吃了去罢，不要只管胡缠！"湘子道："既蒙赐饭，再赐一葫芦酒何如？"退之道："酒乃出家人所戒。既与汝饭，又思量要酒，岂不是贪得无厌？”湘子道：“不瞒大人说，我师父在碧霞洞修炼，化些酒与师父止渴。”退之道：“张千，再与他些酒。”湘子道：“既然有酒，再化桌面一张。”林学士道：“韩亲家，便把一张桌面与那道人。”退之叫张千、李万抬桌面与湘子。湘子道：“长官，烦你再说一声，既有了桌面，没有一个立着吃的道理，须与一个座儿。”张千禀退之道：“疯道人说有了桌面，还少一个座儿。”退之道：“你去拿金钉马凳来，看他坐也不坐。”张千便取马凳，递与湘子。湘子道：“贫道只求一把交椅，不要这凳。”退之叫张千道：“你取那虎皮交椅与他，看他敢不敢坐。”张千连忙掇了张交椅，放在湘子背后。湘子见是虎皮交椅，晓得是退之公座上坐的，就挺身坐在上面。拍动渔鼓，唱一个道情道：

衲头[1]胜罗袍[2]，腰间金带不如我草绦[3]。我在蒲团上拍手呵呵笑，大人早朝，丹墀拜倒。双丫髻胜似乌纱帽，我逍遥清闲快活，终日乐淘淘。

退之道：“汝上不拜君王，下不养父母，游手游食之徒，飘零浪荡之子，穿一领破衲衣，遮前遮不得后，掩东掩不得西，怎敢这般无状？”湘子道：“大人休笑我这件衲袄，我有个《古衲歌》，唱与列位大人听：

这衲头，不中看，不是纱罗不是绢，不是绫紬不是缎。冬天穿上暖如绵，夏天穿着如搧扇。也不染，也不练，不用红花不用靛[4]，功到自然成一变。线脚八万四千行，补丁六百七十片。不拆洗，不替换，不怕风吹雪扑面，烧不焦，浸不烂，不怕刀枪不怕箭。严霜骤雨总一般，风寒暑湿皆方便。乾三连，坤六断，九宫八卦随身转，曾与天地成功干。阴是里，阳是面，中间星辰朗朗排，外头世界无边岸。舒里直，横里宽，穿在身上宝样看。不在州，不在县，一切经商不敢贩。披一边，挂一片，内中自有真人现。也曾穿到广寒宫，也曾穿赴蟠桃宴。休笑吾穿破衲头，飞升直上龙霄殿。”

---

[1] 衲头：破旧的衣服，这里指出家人穿的衣服。

[2] 罗袍：绸制外袍。指官服。

[3] 草绦：草编的带子。此指草腰带。

[4] 靛：青蓝色染料。

退之道："疯道人，众大人牵羊担酒与我上寿，你穿了这件破衲头，只管在此胡诌，是何道理？"湘子道："牵羊担酒稀什么罕！我自有仙羊、仙鹤可以上寿。只要哪一位大人肯弃了功名，跟我出家的，我就唤那仙羊、仙鹤下来。"林学士道："三百六十位大人在此，你要度哪一位出家？"湘子道："大人，贫道要度那坐主席的大人出家。"退之道："自家一身尚且如此凄凉，敢说度人出家的话。张千，快叉他出去！"湘子拍手大笑，口唱《折桂令》，出门去了：

想人生不得十全，便十全，嗟叹难言。一年四季，少吃无穿。享富贵，先亡命短，有一等，受贫穷，松柏齐年。暗想当初，多少英贤，仔细思量，万事由天。

正是：

相逢不饮空归去，洞口桃花也笑人。

到得次日，退之重排筵席，请百官饮宴。不想湘子又走来道："列位大人稽首。"退之道："昨日被汝搅了一日，众大人都不欢喜，为何今日又来？"湘子道："来度大人出家。"退之说："我官居二品，立在一人之下，坐在万人之上，与汝玄门大不相同，怎么只管说那度我的话？"湘子道："我仙家有许多好处，大人若不信时，有诗为证。诗云：

青山云水窟，此地是吾家，
午夜流丹液，凌晨咀绛霞。
琴弹碧玉调，炉炼白丹砂。
金鼎存金虎，芝田养白鸦。
一瓢藏世界，三尺斩妖邪。
解造逡巡酒，能开顷刻花。
有人能学我，同去看仙葩。"

退之道："这道人只会说大话，何曾见一些儿手段？"湘子道："不是没有手段，你若坚心跟我出家，自然有仙鹤、仙羊来与大人庆寿。"退之道："汝果有仙鹤、仙羊，我情愿跟你出家。"湘子道："大人若朝天立一个誓愿，我就叫仙鹤、仙羊下来。"退之指天立誓道："我若不肯跟汝出家，三尺雪下死，七尺雪内亡。"湘子暗道："叔父，叔父，今日立誓，只怕你后悔晚矣！"便仰面叫道："天神将帅，四直功曹，快去蓝关山下勾销明白！”退之道："我誓愿已立，又不见你恁么仙羊、仙鹤，明明是弄楦头[1]。”湘子道："快取一个捧盘来。”退之叫人拿雕红盘一个，递与湘子。湘子接在手内，就吐了一盘，腌腌臜臜[2]，放在地下。众官都掩面道："好腌臜道童，一些规矩也没有。”退之大怒，叫张千连盘拿去丢坏了，李万赶道童出门，再不许放他进来！喝声未绝，旁边闪出一只犬，把盘中吐的吃得干干净净。湘子捶胸跌脚，赶打犬时，那犬就地打一个滚，化成一只仙鹤，腾空而起。湘子道："这不是仙鹤？”众官向退之拱手道："大人，学生们曾闻古圣说，仙人的金丹，人吃了成仙，鸡吃了变凤，狗吃了变鹤。却不曾听得说犬吃了道人吐的东西也会变鹤。如今这犬变仙鹤，道童岂不是神仙？”退之道："这都是邪术，有恁么稀罕。”便叫湘子道："道童，这鹤飞上天，哪辨真假？汝依先叫他下来，与列位大人一看，才见汝手段。”湘子听这说话，把手向空一招，道："仙鹤，快些下来，同度韩大人出家。”只见那鹤盘空鸣舞，落下地来。众官见了，笑道："果有这等异事，真是神仙。”退之道："这等仙鹤，学生睡虎山前也有一二十对，何足为奇。”湘子道："大人的仙鹤就有一千对也换不得我这仙鹤身上一根毛。”退之道："怎见得你的仙鹤好处？”湘子道："我这仙鹤有些本事。”退之道："鹤的本事，不过是蹁跹飞舞，唳彻九皋[3]，哪有十分本事？”湘子道："鸣舞有恁稀罕，我这鹤知觉运动，尽通人性，诗词歌赋，无不通晓，随大人吩咐他，他都会做出来与大人看。”退之道："若会得做诗歌，我便算他是仙鹤。”湘子道："说便是这般说，匾毛畜生怎么会吟诗作赋？”退之道："方才说凭我吩咐，他都会得做，如今又说不会得，一味的胡遮乱掩，诳语欺人！吾谁欺，欺天乎？”湘子道："大人且莫忙，试叫他一声，吩咐他一遍，看他肯答应否？”退之道："仙鹤，道童说你会得说话，我今出一对与你对，若对得来，我就信这道童是个神仙，你若对不来，我便把这道童拿下，问他一个欺诳的罪名！”只见那仙鹤两脚挺立，双眼圆睁，看着退之，把头颠三颠，既当三拜，垂翅展颈，嘹嘹亮亮的应道："请大

[1] 弄楦头：卖弄不实之词。
[2] 腌腌臜臜：肮脏不堪。
[3] 皋：深远的水泽地。

人出对。”众官见鹤口吐人言，吓得魂不附体，都暗暗埋怨退之。退之道：“鸟翼长随，凤可谓众禽之长。”那鹤望着退之答道：“狐威不假，虎难为百兽之尊。”众官无不喝彩。退之又道：“你吟诗一首与我听。”仙鹤道：“我吟一诗一歌，请大人听，诗云：

白鹤飞来下九天，数声嘹亮出祥烟。

日月不催人已老，争如访道学神仙。

又歌云：

你既为官兮，尚不知人事；你既为人兮，反不如畜类；埋名隐姓兮，免遭凶祸。大人，岂不闻张良弃职归山去，范蠡游湖是见机。你今若不回头早，只怕征鞍雨湿，蓝关[1]路迷，进退苦无依！”

退之道：“你特来与我庆寿，再不见你说一句长生不老，安富尊荣的话，只把那不吉利的山歌唱出来，正气是匾毛畜生，不识一毫世故。”湘子道：“仙鹤之言，日后自有征验。为何倒说是不吉利？”退之道：“为人在世，眼下尚且顾不得，说恁么日前日后？”湘子道：“仲尼说得好：‘人无远虑，必有近忧。’大人的心，只是见小。”退之道：“我的话也不是见小，只是世间哪里有个早得知？你今日说话不中听，我也不计较，你快些去罢！”湘子道：“大人肯跟我出家，小道就去；若不肯跟我，小道决不出去。”退之听了这句话，怒喝手下：“叉他出去，再有放他进来的，决打四十！”湘子便使出一个定身法来，那伙人把湘子推的推，扯的扯，莫想动得一步，退之道：“道童，你怎么把那定身法来欺我？”湘子道：“大人，贫道只会驾雾腾云，不会使定身法。”退之道：“你既会驾雾腾云，因何来我府中化斋？”湘子打动渔鼓，唱一词道：

〔上小楼〕我今日单来度你，你快撇了家缘家计。我和你挽手挨肩，抵足谈玄理，再休执迷。速抽身，躲是非，隐姓埋名，一地里在首阳山[2]，寿与天齐。

退之道：“五行自有生成造化，寿夭修短，俱从受生时定下来的。你

[1] 蓝关：关名。在陕西蓝田县东南，即秦之峣关。

[2] 首阳山：山名，相传伯夷、叔齐饿死此处。

不是神仙，怎得寿与天齐？”湘子道:“我不是神仙，世上更有谁是神仙？”退之道:“你既是神仙，才说有仙鹤、仙羊，怎么只见有鹤，不见有羊？”湘子道:“仙羊一来，就要走了，不要看得这般容易。”退之道:“羊也不曾见，先说他会走？”湘子道:“列位大人谨守元阳[1]，待贫道唤他出来。”便用手招道:“仙羊，快快走下来！”说声未罢，只见一只羊骨碌碌从那辘轳夹脊[2]，转过双关，跑上泥丸，直下十二重楼，踏着丹台，往那丹田气海之中，一溜烟跑将出来。众官见了，都道:“这羊红头赤尾，白蹄青背，花花绿绿，果是一只好羊。你原养在何处，叫得一声就来？”湘子道:“这羊是从小养熟的，远不千里，近在目前。”退之道:“出家人养鹤养鹿，是本等的事，羊岂是出家人养的？”湘子道:“养鹤养鹿，不过是闲游嬉耍，供一时之玩好；羊乃先天种子，龙虎根基，若养得他完全，就发白返黑，齿落更生，长生不死，正是出家人该养的。”退之道:“我府中也养得有羊，因时喂饱，随心宰杀，只用其粪壅田壅地，并不听见说有这许多好处。”湘子道:“大人府中养的是外羊，吃野草，饮泥浆，只好供口腹之欲；贫道养的是内羊，饥食无心草，渴饮玉池浆，收藏圈子里，不放出山场，非同容易养得的。”退之道:“这羊要多少钱？卖与我吧。”湘子道:“昔日汉武帝要买这只羊，肯出连城七十二座，还不够羊一半价钱。大人不过是一位尚书，莫说买我这只羊，就是一根羊毛，也买不起哩！”退之道:“一只羊重得多少斤两，敢笑我没力量买他？”湘子道:“大人有了羊，也不会得养他。”退之道:“你说一个养的方法，我照依你养就是了。”湘子道:“我家有个《养羊歌》，说与大人听。歌云:

养羊之法甚简易，也不拴，也不系。饥食无心草上花，渴饮涧下长流水。羊饱任颠狂，不放闲游戏，一般头角共毛皮，偏能参透人间意，不野走，也不睡，左右团团不出市。呼得来，唤得去，用之不用弃不去。我若卖时无人买，拿着黄金无处觅。高打墙，独自睡，女娘如狼心也醉。吃尽羊羔不口酸，吞却元阳没滋味。人不惺，畜倒会，哪个识得其中意。我今学得任逍遥，

[1] 元阳：阳气。
[2] 夹脊：身体穴位名，在脊背处。

你们不会参同契[1]。鬓边白发几千茎，阎王帖到拘[2]将去。饶君法术果通神，泄了气时成何济[3]。”

湘子歌罢，说道：“列位大人，这是养羊之法，须牢记取。”

林学士道：“先生，此羊有恁么本事？”湘子道：“也曾作歌吟诗。”退之道：“你叫羊作歌来我听。”湘子用手指道：“羊不作歌，等待几时？”那羊把身子抖一抖，头儿仰一仰，口吐歌云：

堪叹世人不养羊，争气贪财道我强。酒色太过神气散，百病临身不提防；腰疼痛，泪眼汪，咳嗽不止卧牙床。请师巫，唤五郎，许斋许醮[4]许猪羊。求神拜佛俱无效，针灸浑身尽是疮。不省悟，怨上苍，寻思日夜怕无常。早知弄巧翻成拙，何不当初学养羊。要养羊，费思量，拜明师，求妙方，养羊精气补肾堂。羊饱癫狂防走失，昼夜不睡看守羊。紧扎篱，高筑墙，有狼有虎要提防。若还被狼拖羊去，一场辛苦枉劳张。不惺惺，倒呆装，色心引在鬼门乡。因甚少年君子头白了，损了丹田走了阳。有人解得养羊法，便是长生不死方。

仙羊作歌已罢，众官道：“韩大人，道童若不是神仙，如何这羊会说话？”退之道：“这羊说的都是道童的话，众大人不要听他。”湘子上前把袍袖一拂，羊与鹤俱不见了。退之道：“众大人，你看他这一件破衲衣袖子，把羊与鹤都遮藏得没踪影，岂不是障眼法儿？”林学士问道：“先生，羊在哪里去了？”湘子道：“羊被狼来咬了去。”退之道：“我们明明白白坐在这厅堂上，几曾见有狼来？”湘子道：“厅后坐着那两个穿红袍的，恰不是狼？”退之怒道：“一个是老夫人，一个是我侄儿媳妇芦英小姐，怎说是狼？这道童眼也花了，还说是神仙！”湘子道：“正是狼，大人有所不知。”便弹动渔鼓，唱道情道：

〔山坡羊〕将羊儿长收在圈儿里，休惹得狼来戏。饱了怕癫狂，

[1] 参同契：又名“周易参同契”，相传为东汉人魏伯阳作。以周易、黄老、炉火相参同，借周易爻象附会道家炼丹修养之说，被奉为“丹经之祖”。

[2] 拘：押。

[3] 何济：有何帮助。

[4] 醮：道教祭神的仪式。

癫狂防走失。问大人，知不知？这消息谁省得，你养的婴儿姹女[1]，尽都是你元阳气。吁嗟！亡精又败髓。伤悲！粉骷髅是追命的鬼，粉骷髅是追命的鬼！

〔清江引〕将羊儿养在丹田里，休教狼偷去。你恋美娇娃，损你真元气。这样玄言说与你，这样玄言说与你！

将羊儿养在圈儿里，休等狼驮去。财是杀人刀，色是偷羊鬼。问大人，这消息可曾知未？这消息可曾知未？

江儿里海儿里都是这水，哪讨一块闲白地，走又走不得，行又行不去。劝大人，寻一个稳便处，寻一个稳便处。

走遍了天下知音少，料有几个通玄妙？买的无处寻，卖的没人要。因此上，把好光阴虚度了。

又有绝句一首：

三角田儿在下方，朝耕暮耨不提防。

有朝一日元阳走，髓竭精枯一命亡。

退之听了，怒发如火。唤左右："把他叉将出去！"那张千、李万便把湘子推出大门外，紧守着二门。湘子忖道："叔父不听良言，如何是好？"正是：

不肯修行不学仙，任君万语复千言。

忽然鬼使来相促，两脚登空两手拳。

毕竟湘子还来度退之否，且听下回分解。

[1] 姹女：小女，美女。内丹家指元阴之气。

第十五回

显神通地上鼾眠　假道童筵前畅饮

人生南北如歧路，世事悠悠等风絮。造化小儿无定据。翻来复去，倒横直竖，眼见都如许。

伊周[1]事业何须慕，不学渊明便归去。坎止流行[2]随所寓。玉堂金马，竹篱茅舍，总是无心处。

话说湘子收了仙鹤、仙羊，出得门去，思量不曾度得退之，难以缴旨，只得又转到门首叫道："长官开门，开门！"张千、李万大家拦住道："老爷吩咐，放你进去，要打我们二十板。你怎么不怕没意思，只管来缠？若不看出家人面上，我们先打你一顿，又送你到兵马司问罪。"湘子道："长官休啰唣[3]，古人说，僧来看佛面，怎么就说个打？我也不怕你打。我有句话与列位商议，列位休得执拗。"李万道："老爷不肯跟你修行，你想是要度我们哩。不是轻薄说，宁可一世没饭吃，没衣穿，冻死饿死，也情愿死在家里，决不肯跟你去修行，免开尊口。"张千道："你就肯送我门上钱，要我放你进去，我也决不放的，不消商议得。"湘子道："我也不来度你们，也没门上钱送你们，只是你老爷吩咐说，放我进去就打你们，我思量起来，放我进去，倒未必打你们；不放我进去，你两个决然吃打二十板。"张千道："我不放你进去，如何打得我着？不信，不信！"李万道："我又不是三岁半的小孩子，被你倒跌法弄得动的，不信，不信！"湘子道："你敢说三声不信么？"张千道："莫说三声，就是三百声，待何如？"湘子道："既然如此，你说，你说！"众人齐声说道："不放，不放，断然不放！"

[1] 伊周：指商朝开国功臣伊尹与西周周公旦。代指开国元勋、执掌权柄、治理有方的宰辅。

[2] 坎止流行：随境遇或退或进。

[3] 啰唣：啰嗦。

湘子就显出神通，把袍袖一展，一跤跌在地上，头枕着渔鼓，鼾睡不动。他那元神[1]却一径走到筵前，道："列位大人在上，小道又来了。"退之一见湘子，怒发冲冠，心头火发，道："你从哪里进来的？"湘子道："从大门首进来的。"退之道："张千、李万都在哪里？"湘子道："贫道已去远了，他两个说，大人要与我说话。故此又转来。"退之道："你且去耳房坐着，我另有处。"湘子依言，坐在厢房里面，弹拍渔鼓。只见退之叫张千、李万问道："那道童去了不曾？"张千道："那道童醉了走不动，睡在门外地上。"退之道："你矗起驴耳朵听，那打渔鼓的是恁么人？"张千道："小的不晓得是恁么人。"退之喝道："你这狗才，恁般可恶！一个道童放了进来，还说他睡倒在外面地上，眼睁睁当面说谎，每人各打二十！"两边皂甲[2]呐一声喊，拖的拖，拽的拽，把张千、李万拖翻在地上。他两个苦苦告道："现今一个道人睡在外面地上，老爷如不信时，请众位老爷一看，便见明白，不要屈打了小的。"众官道："这两个虽然可恶，道人恰有些古怪，真不要错打了他。"

退之便同众官走出门前去看，果然有一个道人睡在地上，鼾声如雷，里面耳房内又有一个道人在那里打渔鼓，唱道情。众官都道："人虽有两个，面庞衣服恰是一般，明明是分身显化的神仙，韩大人不可怠慢他。"退之便对这道人说道："你这出神的术法不为奇特，只好去哄别人，怎么来哄我？我一把火把你那躯壳先烧化了，看你元神归于何处？"说犹未了，只见那厢房内的道人走将出来，地上睡的道人醒将起来，两个合拢身来，端只一个道人，哪里去寻两个？

众官见了这个光景，人人倒身下拜，说："我等今日幸遇神仙，万望救度。"退之连忙扯住众官说："列位休得眼花缭乱，落了拐子的圈套。"湘子道："韩大人，我也不是拐子，我和你沾亲带肉，不忍你堕落火坑，所以苦苦来度你。我魂归地府，魄散九霄，一点元神，常存不坏，你那凡火如何烧得我着？"退之道："你明明是游方野道，我与你有恁么亲？"湘子道："亲不亲，故乡人；美不美，故乡水。山水尚有相逢日，人生何

[1] 元神：此指湘子的魂灵化身。
[2] 皂甲：听差人的首领。

地不相逢？怎么就说出绝情绝义的话来？”林学士道：“韩大人几次要责罚你，众位再三劝饶了。你既是神仙，何不高飞远举，使人闻名不得见面。为恁的苦苦来打搅他家的酒席，蒿恼[1]我等众宾，是何缘故？”湘子道：“贫道在山中闻韩大人九代积善，三世好贤，府中有好馒头，特此来化些上山，与师父充饥。”退之道：“早说要化馒头，你便尽力拿了些去，何必言三语四，叫出这许多把戏来。”便叫张千去厨房中取几分馒头，打发他去。

张千领湘子到厨房内，说道：“馒头凭你要几分，恰把恁么家伙来盛了去？”湘子道：“我有花篮在此。”张千道：“这小小花篮，盛得几个馒头，我布施你一分银子，雇一个脚夫来挑一担去何如？”湘子道：“我哪里吃得有数，只装满这花篮也够了。”张千就把馒头抬一笼来，凭湘子去装。湘子使出一个除法，装了一笼又一笼，不多时，把他那三百五十六分馒头尽数装在花篮里面，还装这花篮不满。张千见没了馒头，惊得上唇合不拢下唇，慌忙把手扭住湘子，叫喊起来。湘子把袍袖一展，足踏花篮，腾空而起，空中飞下一张纸来。

张千仰天叫道：“你这道人忒也欺心，把花篮装了我家这许多馒头，也不去谢谢老爷，倒丢下一纸状子，待要告谁？难道我再赔一个花篮与你不成？”湘子便立下地来，道：“我和你同去见老爷。”张千又扯住了湘子叫屈。退之问道：“你为何扯住道人这般喊嚷？”湘子道：“他全不遵大人吩咐，反扯住贫道叫喊。贫道倒也罢了，只是韩大人辖伏[2]不得两个手下人，如何去管辖朝廷大事？”张千将纸递上退之，禀道：“老爷吩咐赏那道人几分馒头，那道人把三百五十六分馒头都装在小花篮内，那花篮还不曾满，倒写状子要告小的们，故此小的扭他来见老爷说个明白。”退之接到手看时，乃是一首诗，单道花篮的妙处。诗云：

一根竹竿破成篾，巧匠编来实奇绝。

外形矮小里边宽，装却乾坤和日月。

退之看罢诗句，便道：“你这道人着实无礼，我那三百五十六分馒头要请众位大人吃的，好意赏你几分，你怎么弄出那除法来，将我这许

[1] 蒿恼：麻烦，打扰。

[2] 辖伏：制服。

多馒头都骗了去？”湘子道：“大人不要小器，馒头都在花篮里，若不舍得，依先拿出来还了大人。”退之道：“这一点点花篮儿，如何盛得我三百五十六分馒头？”张千道：“外看虽然小，里面犹如枯井一般深的。”湘子道：“大人休小觑这篮儿，有《浪淘沙》为证：

小小一花篮，长在桃源。玉皇殿前一根紫竹竿，王母破篾三年整，鲁班编了整十年。这花篮，有根源，乾坤天地都装尽，也只一篮。”

退之道：“你卖弄杀花篮的好处，也不过是障眼法儿，我决不信。”湘子道：“大人信不信由你，只是贫道再问你化些好酒。”退之道：“我已赏了你酒与桌面，如何又说化酒？”湘子道：“不瞒大人说，我师父在山中煎熬万灵丹，缺少好酒，故此再求化些。”退之道:“万灵丹我也晓得煎，不知你用多少酒？”湘子道：“只这一葫芦就够了。”退之道：“一葫芦有得多少，如何够煎万灵丹？”湘子道：“大人不要小看了这个葫芦，有诗为证。诗云：

小小葫芦三寸高，蓬莱山下长根苗。
装尽五湖四海水，不满葫芦半截腰。”

退之道：“你不要多说。张千，快把酒装与他去。”张千道：“师父，你的竹筒在哪里，拿过这边来，把酒与你。”湘子道:“竹筒上绷了你的皮，做渔鼓了，只有个葫芦在此。”张千道：“有心开口抄化[1]一场，索性拿件大家伙来，我多装几壶与你。这个小葫芦能盛得多少，也累一个布施的名头。”湘子道:“我要不多，只盛满这葫芦罢。”张千把酒装了十数缸，这葫芦只是不满，便道:“又古怪了，怎的还不见满？”湘子道:“再装几缸，一定就满了。”他便打起渔鼓，拍着简板，唱道：

小小一葫芦，中间细，两头粗。费尽了九转工夫，堪比着那洞庭湖。你们休笑我这葫芦小，装得你海涸江枯。

张千禀退之道：“小的有事禀上老爷，这道人又用那装馒头的法儿来装酒，酒都装完了，尚不曾满得他的葫芦。”退之道：“道童，有来有去，才是神仙；有去无来，不成大道。你这般法儿只好弄一遭，如何又把我

[1] 抄化：募求零星财物。

的酒也骗了去？”湘子道：“大人不消忙得，但凭抬几只空缸来，我一壶一壶还与大人，若少一滴，愿赔一缸。抬几个竹箩来，还大人三百六十五分馒头，若少一个，愿赔一百。何如？”果然，张千抬了空缸、竹箩放在厅前。只见湘子卷拳勒袖，轻轻的把葫芦拿来，恰像没酒的一般，望缸内只一倾，倾了一缸又一缸，满满的倾了十数缸，一滴也不少，那葫芦里头还有酒，正不知这许多酒，装在葫芦内哪一搭儿[1]所在。众官见了，人人喝彩，个个称强。退之只是不信，道：“总来是些茅山邪法[2]，只好哄弄呆人，岂有神仙肯贪饕酒食，卖弄神通的理？”湘子听得退之这等言语，便又显起神通，从花篮里摸出三百五十六分馒头，一个也不少。众官齐声道：“这般手段，真是人间少有，世上无双。”赞叹不已。

一霎间，湘子又把酒与馒头依先收在葫芦、花篮内，暗差天神、天将，押到蓝关山下，交付土地收贮，等待来年与退之在路上充饥御寒。当下手拍云阳板，唱一阕《上小楼》：

人道我贪花恋酒，酒内把玄关参透。花里遇神仙，酒中得道，自古传留。炼丹砂，九转回阳身不漏。只管悟长生，与天齐寿。

退之道：“你这人只是夸口，我承列位大人盛情，也要识论些国家大事，你连连来此缠扰，不当稳便，也不是你出家人与人方便的念头。”叫手下：“快与我叉他出去！”湘子道：“不消叉得，再斟几杯酒与贫道吃了，就再不来搅大人。”退之笑道：“你有多少酒量？”湘子道：“只管贫道一醉，不要论量大小。”退之道：“你吃得一百大杯么？”湘子道：“五十双半醉。”退之道：“据你这般说，酒量也是好的了。如今三百五十六位大人在此，每人赐汝一杯，汝先从我面前吃起。”湘子道：“谨遵严命。”退之叫人斟上酒来。湘子刚刚吃得三杯，便沉醉如泥，跌倒在地上。退之道：“列位大人，看这道人吃得三杯酒就醉得这般模样，只是大言不惭，哪里是恁么神仙？张千、李万，可抬他出去，丢在大门外头，不要理他。”张千、李万用尽平生气力，一些儿也抬不动。退之看了，恼怒得紧，喝叫：“多

[1] 哪一搭儿：哪一边。

[2] 茅山邪法：指道教法术。茅山在江苏句容，相传汉人茅盈与其弟茅固、茅衷得道于此。

着几十人，把这野道倒拖出去！”张千果然唤过两班皂甲来拖湘子。这湘子倒也不像个醉倒的，就像生铜生铁铸就的一般，一发拖不动了。退之怒道:“你这些狗才，都是没用的。且由他睡着，待他醒来，不许他开口。竟自叉他出去！”

张千众人喏喏而退。

谁知湘子睡过半个时辰，一骨碌爬起来道：“大人，贫道酒量何如？”退之道：“吃得三杯就醉倒不起来，还说恁么酒量？”湘子道：“贫道酒量原不济，不能奉陪列位大人。贫道有一个师弟，果是不辞千日醉，酩酊太平时，请他来陪奉一杯何如？”退之道：“他是恁么人出身？如今在哪里？”湘子道:“出身在窑里，藏身在府里，吃酒在肚里，醉死在路里。大人若许相见，贫道招他便来。”退之道：“汝去招他来。”湘子道：“贫道站在这里叫他，自然来。”

当下湘子弄出那仙家的妙用，把手向空中一招，叫道：“师弟快来。”只见一朵祥云捧着一人坠地。那人怎生打扮，有《西江月》为证：

> 黑魆魆的面孔，光溜溜的眼睛。铳头[1]阔口巨灵[2]形，露齿结喉相应。巾戴九阳一顶，腰缠穗带双根。脸红眼睖[3]醉翁形，李白、刘伶堪并。

这道人立在阶前，朝着众官唱个喏道:“列位大人稽首。”退之道:“师兄说汝会饮酒，汝实实吃得多少？”道人道：“大宾在座，司酒在旁，揖让雍容，衣冠济楚[4]，席不暇暖，汗浃沾背，小道可饮二三升。知己友朋，呼卢掷雉，红裙执罩，玉手擎杯，一曲清讴，当筵妙舞，自旦至暮，可饮二三斗。宴至更深，酒阑客散，主人送客，独留小道，引坐密室，灯烛交辉，裙袂连帷，履舄杂沓，玉体贴于怀抱，主人兴浓，不知小道，小道酣极，忘却主人，斯时也，小道可饮二石。”退之道：“出家人怎说那淳于髡[5]狂夫的话，可恼，可恼！我这里用汝不着，汝快去罢。”林学

---

[1] 铳（chòng）头：斧状头。

[2] 巨灵：古代传说中劈开华山的河神。相传其体魄巨大。

[3] 眼睖（dìng）：此指眼神迷乱。

[4] 济楚：衣着整洁。

[5] 淳于髡（kūn）：战国齐人，以博学、滑稽、善辩著称。

士道："我也不与汝讲闲话，只顾尽量吃酒与我们看，若吃得多，才见汝师兄荐举的光景；若吃不多，连汝师兄一体治罪。"道人道："大人若是这般说，可取酒来，待小道吃。"退之便叫张千、李万打了两三坛好酒放在他面前。他一壶不了，又是一壶，一壶不了，又是一壶，一连吃了十数壶，方才咀嚼些儿果品，把腰伸一伸道："好酒！"吃不上一个时辰，把这三坛酒吃得罄尽，觉道有些醉容。退之对林学士道："亲家，这酒量才好。"林学士道："汝像是醉了，还吃得么？"道人道："但凭大人拿来，小道再吃。"退之又叫张千、李万抬一大坛来。这道人也不用壶，不用碗，将口布着坛口只情吃，一霎时又吃尽了，一跤跌在地上，动也不动。湘子道："师弟醉了，睡在地上不成礼体。韩大人有被借一条盖覆着他，待他酒醒，好同回去。"退之叫取条被盖了这道人，便对湘子说道："汝弄了许多楦，都是假的，只这吃酒的人是真本事，我不计较汝了，急忙回去，不可再来。若再来时，我当以王法治汝。"湘子道："王法只治得那要做官的人，贫道不贪名利，不恋红尘，不管那兔走乌飞，哪怕这索缚枷梏。"退之道："若再胡言，我斋戒沐浴，作一道表章奏闻玉帝，把汝这贪饕酒食，惑世诬民的贼道，直配在阴山背后，永堕轮回。"湘子暗笑道："只说我会说大话，夸大口，原来叔父也会弄虚头说空话。玉皇大帝只有我去见得他，你这凡胎俗骨，怎么上得表文到他案下。这般大帽儿的话，不要说吓我不动，连鬼也吓不动一个的。"正是：

从头彻尾话多般，话说多般也枉然。

伶俐尽从痴蠢悟，因何伶俐不成仙？

毕竟不知湘子后来若何，且听下回分解。

第十六回

入阴司查勘生死　召仙女庆祝生辰

真幻幻真真亦幻，幻真真幻幻非真。

本来面目无真幻，一笑红尘有幻真。

且说湘子先前饮得三杯酒，睡倒在地上，人人都说他酒醉跌倒了，恰不知道湘子出了阳神，径住阴司地府去。看官，且说湘子为何这等时候，忙忙地去见阎罗天子，有恁事故？只因玉帝敕旨，着他去度韩退之成真复职，他见退之禀性迂疏，立心戆直，贪恋着高官大禄，不肯回头，恐怕一时间无常迅速，有误差遣，因此上一径到阴司阎君殿上，查看退之还有几年阳寿，几时官禄，待他命断禄绝的时节，狠去度他，庶不枉费心机，这正是：

钦承朝命出南天，直往阴司地府前。

查勘韩公生死案，度他了道证金仙。

当下湘子那一点元神来到鬼门关上，三十六员天将前遮后拥，七十二位功曹[1]、社令[2]沿路趋迎。白鹤双双，青鸾对对；幢幡旌节，缭绕缤纷，只见毫光现处，照彻了黑暗酆都[3]；神气氤氲，冲破了刀山地狱。吓得那牛头马面胆战心惊，鬼卒阴官手忙脚乱。地藏佛忘拿了九环锡杖，谛听神空撇下两耳聪灵。打扫的不见了笤帚，殿宇堆尘；焚香的消煞了沉檀[4]，金炉冷淡；左判官倒捧善恶簿，寿夭难分；右判官横执铁笔管，死生未定。当下牛头击鼓，马面撞钟，聚集那秦广王、楚江王、宋帝王、五官王、阎罗王、平等王、泰山王、都市王、卞城王、转轮王十殿阎罗天子，齐来迎接湘子。只是一个个衣冠不整，礼度仓皇，装哑推聋，蹑足附耳，都不知上八洞神仙下降阴司有何事故。

[1] 功曹：官名，掌管考察记录功劳。

[2] 社令：土地之神。

[3] 酆都：指阴间地狱。

[4] 沉檀：沉香与檀香。

那湘子展开袍袖，摆踱[1]逍遥，手捧金牌，口宣玉旨，对阎君道："山中方七日，世上已千年；人间一昼夜，阴司十二年。我无事不来冥府，劈破幽扃[2]，开通地府，止因玉帝差我度化叔父韩退之成仙了道，证果朝元，我度化几次，叔父略不回心，倔强犹昔。我恐怕行年犯煞，禄马归空，一旦鬼使来催，枉费辛勤跋涉，因此上，径来查勘俺叔父还该几年阳寿官禄？以便下手度他。"那阎罗天子听言才罢，便唤鬼判："快把报应轮回簿拿来，待神仙亲自查勘。"左判官忙忙将簿呈上湘子。湘子接到在手，展开看时，第一张是晋公裴度，第二张是皇甫镈[3]，第三张是李晟。第四张上面写着："永平州昌黎县韩愈，三岁而孤。后登进士第，为宣城观察推官，迁监察御史，贬山阳令，改江陵法曹参军。元和初，擢知国子博士，分司东都，改都官员外郎，即拜河南令；迁职方员外郎，复为博士；改比部郎中，史官修撰，转考功知制诰，进中书舍人；改太子右庶子为淮西行军司马，迁刑部侍郎，转兵部侍郎，升礼部尚书，上表切谏佛骨，贬为潮州刺史，一路上豺狼当道，雪拥马头，饥寒迫身，几陨性命；得改袁州刺史，召拜国子祭酒，复为京兆尹，吏部侍郎。"湘子看完道："原来叔父还有这许多官禄，所以不肯回心。我如今把他官禄一笔勾销，除去他的名字，省得善恶簿中轮回展转，生死账上解厄延年。"正是：

阎王殿上除名字，紫府瑶池列姓名。

那右判官慌忙捧笔，饱掭[4]浓墨，递与湘子。湘子即便把退之这一张尽行涂抹了。揭到第五张，恰好是学士林圭的终身结果。湘子道："岳父是云阳子转世，叔父复了原职，岳父也要归天回位，索性一笔涂抹了，免得又走一遭。"那十殿阎君齐齐拱手问道："六道轮回，天有神而地有鬼；五行变化，生有死而死有生。因阴阳以分男女，合聚散而别彭殇[5]，故南斗注生，北斗注死。小圣谨守成案，不敢变易。今神仙不行关会，一概涂抹，只上帝得知，见罪小圣。"湘子道："俺叔父韩退之是卷帘大将军冲和子，

[1] 摆踱（duò）：踱步。

[2] 扃（jiōng）：门户。

[3] 镈（bó）。

[4] 掭（tiàn）：用毛笔蘸墨在砚台上弄均匀。

[5] 彭殇：指寿夭。彭，彭祖；殇，短命儿。

学士林圭是云阳子，俱因醉夺蟠桃，打碎玻璃玉盏，冲犯太清圣驾，贬谪下凡，不是那俗骨尘躯，经着轮回，魂销魄散，如今谪限将满，合还本位。玉帝怕他迷昧前因，堕落轮回恶趣，差俺下来度他二人，故此先除名字，省得追魂摄魄，勾扰滋烦。”那十殿阎罗天子各各躬身下礼道:“小圣有所不知，故尔唐突，幸得神仙明诏，心胸豁然。”当下随着湘子，送出阴司。这许多牛头鬼卒、马面判官，青脸獠牙，靛身红发，都齐斩斩摆列两行，匍匐跪送。湘子捧着渔鼓，拥着祥光，离了阴司，复来阳世，假装酒醒转来的光景，但凡人不识得耳。

却说湘子问退之讨被，盖了那小道人，复与退之说了半晌，又上前一步道:“韩大人，有酒再化几杯与贫道吃。”退之道:“汝方才吃得三杯就跌倒在地上，那小道人睡至此时还不曾醒，又化恁么酒？”湘子道:“贫道不是酒醉跌倒，乃是到阴司地府阎罗天子案前，去看一位大人的官禄寿数，故此睡着了。那陪酒的师弟，贫道适与大人说话的时节，已辞去多时了，怎么大人说他还不醒？”退之道:“好胡说！汝师弟若酒醒去了，那被下盖的是恁么人？”湘子道:“大人揭起被来一看，便见端的。”退之叫张千把那被揭起看时，不见那吃酒的道人，只见一只大缸盖在被底下，满贮着一缸好酒，倒吃了一惊，走上前禀退之道:“道人不见了，只有一只缸，满满盛着好酒。”退之道:“我只说这吃酒的人是真酒量，原来也是障眼法儿。”便开口叫湘子道:“野道人，我且问汝，汝到阴司去查哪一位大人的官禄寿数？”湘子道:“列位大人中一位。”退之道:“在席有三百五十六位朝官，是张是李，索性说个明白，日后也显得汝的言语真实。若这般含糊鹘突[1]，谁人肯信汝的说话？”湘子道:“单查礼部尚书韩大人的官禄寿数。”退之道:“你查我做恁？”湘子道:“我要度大人修行，恐怕大人阳寿不久，故此到阴司去查勘一个明白。”退之道:“我今庚五十七岁了，你查得我还有几十年阳寿？几十年官禄？若说不着，一定要处置你这大言不惭、妖言惑众的贼道了。”湘子道:“大人莫怪贫道口直，你若要做官，明年决遭贬谪。寿算只有一年多些；若肯跟我修行，可与日月同庚，后天不老。”退之道:“我自幼年到今日，算命、相脸的

[1] 鹘突：糊涂。

不知见过了多少，哪一个不说我官居一品，独掌朝纲，寿活百年，康宁矍铄。汝怎敢如此胡说！”湘子道:“延寿命虽然难算,恰也要大人自去延,若不修行，便是自投罗网了。”退之道：“你不过是一个游方道人，既不是活无常在世，又不曾死去还魂，哪里得见阴间的生死簿子？”湘子道：“贫道身卧阶前，神游地府，那鬼门关上阎君、鬼判、狱卒、阴兵，哪一个不来迎接？我坐在森罗殿上，取生死簿从头一查，见大人名字在那簿子上，注着今庚五十七岁，五十八岁丧黄泉，字字行行，看得真实。若说那死去还魂的，自家救死且不暇，哪得功夫去查别人？”退之道：“这话分明是活见鬼，我不信，我不信！”湘子道：“大人不信也由你，只怕明年要见贫道时没处寻了。”退之怒发如雷，喝叫张千推湘子出去。

湘子出门一步，又转到门首叫道：“长官，我要进去见你老爷，说一句紧要的话。”张千道：“你这道人脸忒涎了，莫说老爷要恼，连我们也厌烦了，快些去倒是好的。”湘子道：“你们怎么也厌烦我？这叫做狗咬吕洞宾，不识好人了。”张千道：“圣人说得好：‘未见颜色而言谓之瞽’。你又不是双盲瞎子，看了老爷这般发怒，赶打你出门，你只该识俏去了罢，只管在此油嘴㑇舌，讨没趣吃，也没要紧。”湘子道：“我是笋壳脸，剥了一层又一层，极吃得没意思的。你只做个囫囵人情，放我进去对老爷说一句话，就回去了。”李万道:“你要骂就骂我一场，要打就打我一顿,若要我放你进去，实是使不得。你就是做我的爷和娘，只要挣饭养得你,也不替你吃这许多没趣。”湘子见他们这般说，便用仙气一口吹到张千、李万的脸上去，他两个如醉如梦，昏昏沉沉睡着了。

湘子闪进里面，打起渔鼓。退之道：“这野道人又来搅我，真是可恶！”叫手下：“拿他去打四十板，枷号在门首，以警这些游方僧道！”手下人一齐动手来拿湘子。湘子不慌不忙，把仙气一口吹在林学士看马的王小二身上，那王小二就变作湘子模样站在那里。退之看见这些人乱窜，便喝道：“你这一干人眼睛都花了，明明一个道人站在那厢，不去拿他，倒在这里胡诌乱扯！”手下人见退之发怒，便一下子把王小二拿将过来，揿[1]在地上，用竹片打他，却看不见湘子。这王小二被揿住了打，

[1] 揿（qìn）：用手按住。

发狠的喊叫道："我是林老爷家的王小二，为何打我？"林学士道："叫的是学生小仆，不知亲家何事打他？就是小仆触犯了亲家，也须与学生说明，打他才是。俗云：'打狗看主面'。为何这般没体面，就把小仆乱打？"退之道："亲家勿罪，方才叫人打那贼道人，如何敢打尊使王小二！想是贼道人用寄杖法，寄在尊使身上。"林学士道："贼道这般可恶，如今在哪里？待我拿来打一顿还他。"湘子挺身道："贫道在此。"林学士喝道："汝来搅扰韩大人的酒筵，故此韩大人要打汝。汝受不得这样羞辱，吃不得这样苦楚，只合急急去了，才是出家人的行径，为恁么苦苦在此缠扰，倒把我的人来替你打？"湘子道："大人勿罪，这是金蝉脱壳，仙家的妙用。尊使该受这几下官棒，贫道才敢借他替打，与他消除灾难。"林学士道："王小二没有过犯，白白的受这顿打，还说替他消除灾难。我算汝的灾难，目下断难躲过，何不先替自家消除一消除？"王小二道："我和你都是父娘皮肉，打也是疼的。你慷他人之慨，风自己之流，不要忒爽神[1]过火。"退之道："这样奸顽贼道，不要与他闲说，只是赶他出去，大家才得安静。"湘子道："俺偏生不去。"退之道："汝不肯去，待要怎么！"湘子道："大人肯跟贫道出家，贫道就去了。"退之道："肯出家不肯出家，凭着人心里，汝十分强劝，谁肯听汝？"湘子道："不是贫道不识进退，强劝大人，只是这回错过，万劫难逢，贫道不好去缴金旨，大人从此便堕轮回。去而复来，皆贫道不得已的心。"退之道："缴恁么金旨？堕恁么轮回？这些话忒惹厌了。我且问汝，从我生辰至今日，也是四五日了，汝逐日来搅扰我筵席，今朝也说是仙家，明朝也说是仙家，但见汝说这许多不吉利的言语，再不见汝拿出一件仙家的奇异物件来与我上寿，岂不可羞？"湘子道："大人说得有理，我有一幅仙画献于大人，愿大人万寿无疆！"退之道："我家有无数好画，少也值百十两一幅，怎见得汝的画就是仙画？"湘子道："大人虽然有许多好画，都是死的。贫道这一幅画恰是活的，要长就长，要短就短，人物都是叫得下来的，只怕大人府中没有俺这样一幅。"退之道："如今在哪里？有多少长短？快拿来挂在中间，与列位大人赏鉴一赏鉴。"湘子道："直有丈二，横有八尺，恰好挂在大人这间厅上。"退之道：

[1] 爽神：谓得意。

“张千，取画叉来，将那道人的画儿挂起我看。”

张千拿了画叉，道：“先生，画儿在哪里？”湘子道：“在我袖中，待我取出来。”张千道：“你说直有丈二，横有八尺，如今说藏在袖中，可不道手长衣袖短。”湘子道：“长官休得取笑，我拿出来便见分晓。”那湘子从从容容在袖子里面抽出一幅画儿，递与张千。张千接过手中，用画叉挂将起来。果然直长丈二，横阔八尺，上面画着许多美女，一个个就像活的一般，好不动人。有诗为证：

斜倚雕栏拂翠翘[1]，名花倾国惜妖娆。
娥眉扫月横双黛，云髻堆鸦压二乔。
洛浦瑶姬[2]留玉佩，凤台仙子[3]赠琼箫。
写真纵有僧繇笔，隔断巫山去路遥。

退之道：“画倒也好。”林学士道：“你既来庆寿，怎么不画些寿意？单单画这许多美人，莫不是把韩大人比做石季伦么？”湘子道：“韩大人正色立朝，直己行道，怎比那铜臭愚夫，守钱贱虏。我因韩大人寿诞，特到终南山碧霞洞碧霞真人那里，借这八洞仙姬来与他庆寿。”退之道：“美人画得好，不过是传神得法，图绘入神，恁么碧霞洞的仙姬？”湘子道：“贫道一心要度大人出家，故借仙姬来与列位大人递酒。”退之道：“汝叫得下来，我才信是仙姬。”湘子道：“这个有何难哉！”用手向画儿一指，叫声：“仙妹，下来劝列位大人的酒。”那画儿上美女果然走下两个。怎见得仙女的美处？

金钗斜軃[4]，掩映乌云；翠袖巧裁，轻笼瑞雪。樱桃口，浅晕微红；春笋手，轻舒嫩白。纤腰袅娜，绿罗裙微露金莲；素体轻盈，红衲袄偏宜玉腕。脸堆三月桃花，眉扫初春杨柳，香肌曲簌瑶台月，翠鬓笼松楚岫云。

这两个仙姬近前道：“列位大人万福。”众官看了，真个是天姿国色，绝世无双，便道：“韩大人，这不是月殿嫦娥，定是蓬莱仙子。道人若不

[1] 翠翘：妇女头上所插戴的翠鸟尾状头饰。
[2] 洛浦瑶姬：洛水女神。
[3] 凤台仙子：秦穆公之女弄玉。在凤台与萧史乘鹤归去。
[4] 斜軃（duǒ）：斜垂的发髻。

是真神仙，如何请得他下来？”湘子打动渔鼓，叫道：“仙妹唱一个《步步娇》，奉列位大人一杯。”仙女唱道：

苦海茫茫深万丈，今古皆沦丧，英雄没主张。特驾慈航[1]，稳载尔离风浪。今日里若不悟无常，凡鱼终堕青丝网[2]。

〔新水令〕你若肯一朝挥手谢君王，脱朝衣，把布袍儿穿上，早离了金銮殿，即便到水云乡[3]。两袖飘扬，两袖飘扬，觅一个长生不死方。

两个唱毕，忽然隐形去了，那画儿上就不见了两个。湘子又用手招画儿上仙姬道：“仙妹，再请两位下来。”只见袅袅娜娜，摇摇摆摆，又走下两个来。有诗为证。

八幅罗裙三寸鞋，妖娆体态是仙胎。

九天玉女临凡世，为度文公去复来。

仙女缓步上前，道了万福。湘子便拍动云阳简板，叫道：“仙妹，列位大人在此庆寿饮酒，你唱一阕《寄生草》何如？”仙女捧上一杯酒，递上韩退之，口中唱道：

叹富贵风中烛，想浮名水上泡。劝你把包巾换了乌纱帽，衲衣渔鼓祥云罩。仙家妙境谁能到？只这个五湖四海恣遨游，煞强如王家一品花封诰。

〔煞尾〕风急浪花浮，鼠啮枯藤倒。便从此撒手，回头犹欠早，莫等到席冷筵残人散了，一沉苦海中，永劫难捞。但灵消难认皮毛，鬼窟翻身知几遭？平生意气豪，只争一些儿不到。这时节，哪里寻贵王公官品高？

湘子道：“仙妹唱完，请归洞府，再请两位来祝寿筵。”霎时间就不见了这两个仙姬。另有两个舞向筵前。众官抬头看时，比先前来的更觉得娉婷娇媚。怎见得她的娉婷娇媚？但见：

髯松云髻，插一枝碧玉簪儿；袅娜纤腰，系六幅绛绡裙子。

[1] 慈航：佛道称济世救人，使人脱离苦海。

[2] 青丝网：喻永堕轮回。

[3] 水云乡：谓天上仙境。

素白单衫笼雪体，淡黄软袜衬弓鞋。娥眉紧蹙，惺惺凤眼赛明珠；粉面低垂，细细香肌欺瑞雪。若非月窟嫦娥女，也是湘皋洛浦妃。

这仙姬回旋飞舞，口中唱道：

叹人生空自忙，不觉的两鬓霜。你便积下米千担，攒黄金万万两，晓夜枉思量，费心肠。恨不得比石崇家私样，王恺富豪强，孟尝君食客成行。总之一身难卧两张床，一日难餐二斗粮。有一日大限临在你头上，哪一个亲的儿，热的女，替得你无常？有钱难买不死方，有钱难买不无常。你就有李老君的丹，释迦佛的相，孔夫子的文章，周公八卦阴阳，卢医[1]扁鹊仙方，他也一个个身亡。世间人谁敢和阎王强？假如你做了梁王，置买下田庄，留与儿郎；或生下不成才破家子，出头来一扫儿光。桃花开时三月天，家家在荒郊外挂纸钱。百般挑列在坟前，孝子泪涟涟，亡人几曾沾？你如今有得吃，有得穿，速回头去学仙，过几年得自然。若还不肯抽身早，免不得北邙山里稳稳眠。

退之道："换来换去，总是这两个女子，没什么奇异；说来说去，只说我为官的不好，也不十分新鲜。今后再有说着做官不好的，就先打嘴巴十下，连那道童也不饶他。"仙姬道："大人何须发恼，我有个《黄莺儿》唱与大人听：

劝大人莫猖狂，烈烈轰轰总一场。吉凶祸福从天降，站立在朝堂，谁人敢相抗。哪个高官得久长？细推详，君王怒发，遣戍在他方。"

退之喝道："我正直当朝，清廉律己，有恁么罪过，遣戍得我？连这些女子也胡言乱语了，左右，快与我叉她出去，不许在此絮烦！"湘子道："大人息怒，又有一个仙姬来劝酒了。"

〔混江龙〕位冠群僚，官居极品身荣耀。果然是清廉律己，正色当朝。殿上待君悬玉带，家中宴客续兰膏[2]。自恃雄豪，名

[1] 卢医：古代良医，即扁鹊，因家在卢国，故名。

[2] 兰膏：泽兰炼成的灯油。

扬八表[1]，从古官高祸亦高。船行险处难回棹。只恐怕一封朝奏，夕贬不相饶。

退之大怒，叫左右："把这女子拿下，送到法司，问她一个捏造妖言、侮慢官长的罪名。"湘子道："大人既做过刑部侍郎，难道不晓得女子有罪，罪坐夫男？这女子不过是说官高必险的意思，又不曾唐突了大人，她又没有夫男在这里，如何送她到法司拟罪？且请息怒，又有一个仙姬来了，大人试听他唱一个《皂罗袍》何如？"林学士道："亲家不必性躁，她这伙人是笼中鸟，釜中鱼，要拿就拿住的，怕她走在何方去？且听这个女子唱些恁么来？"湘子拍响渔鼓，仙姬唱道：

软弱的安闲自在，刚强的惹祸招灾。闲争好斗是非来，闭口藏身无害。安然守分，愁眉展开。光阴有限，青春不来，功名得意终须耐。

林学士道："这一曲唱得好，再饮一杯。"退之道："这女子劝人凡百忍耐，倒也有理。你再唱一曲，我重重赏你。"仙姬道："六月披裘不是拾遗，浪子千金不易，宁甘曳尾泥涂。咱在阆苑寄栖，蓬莱暂住，既无利心混扰，亦无妄念牵缠，大人怎么说个重赏来？"湘子拍动渔鼓，仙姬又唱道：

劝大人且从容，春花能有几时红？堆金积玉成何用？叹金谷石崇，笑南阳卧龙，今来古往都成梦。细研穷，归湖范蠡，他倒得安荣。

退之道："这般言语，总是那野道人一派传来的，可恶，可恶！我这里一句也听不得，快叉他出去！"

退之说得一声叉出去，那张千、李万许多人蜂拥也似赶来叉仙女。这仙女化一阵清风，又不见了。壁上刚刚剩得一幅白纸，不见一个仙姬，也不见有诗歌、山水，犹如裱褙铺里做的祭轴一般，挂在那里。激得退之三尸神暴跳，五脏气冲霄，恶狠狠的道："这贼道明明欺侮下官，做出这般不吉利的模样，可恨！可恼！"这正是：

甜言送客三冬暖，恶语伤人六月寒。

毕竟不知退之恼怒若何，且听下回分解。

[1] 八表：八方之外。

第十七回

韩湘子神通显化　林芦英恩爱牵缠

变幻神通不可当，牵缠恩爱最难防。

心猿意马牢拴定，一任东风上下狂。

话说退之发怒，喝湘子道："你这羊、鹤、女子，都是那撮弄幻术，不足为奇。你先前说解造逡巡酒[1]，能开顷刻花[2]，如今一发做出来与我看，我便信你是个仙人。"湘子道："逡巡酒、顷刻花是开天地阴阳之橐籥[3]，夺鬼神造化之枢衡，不是容易得见的。若大人肯随我出家，我就卖弄出来，与列位大人看。"退之道："不要多言，做得出来，才见手段。"湘子就问张千讨了一个空壶，口中念道：

一尊佳酝试新开，不是庖牺置造来。

琥珀光浮香味好，莫辞沉醉饮三杯。

念罢，喝声道："疾！"只见那空壶内便有酒满将起来。湘子叫道："列位大人看酒。"众官见了，无不惊讶。湘子捧着酒壶，从首席起，直斟到退之主席方止，共有三百五十六杯，都是这一把壶内斟出来，竟不晓得这壶能得几多大？却盛得这许多酒。众官各各吃了一杯，都道："好酒！"只有退之不肯吃，道："这酒不过在我家里摄出来的，有恁么好歹？"林学士道："亲家不要错认了，此酒乃天边甘露，紫府琼浆，比府上酒大不相同。"

退之叫湘子道："你一发把那顷刻花开出来，与列位大人看，才见你真实本事。"湘子道："先朝则天皇后，不过是一位篡窃的后主，他吟诗到上苑，也催得百花烂漫，何况我仙家运化机于掌内，夺天巧于眼前，

[1] 逡（qūn）巡酒：顷刻之间所酿成的酒。

[2] 顷刻花：立刻开放的花。

[3] 橐（tuó）籥（yuè）：古代冶炼时鼓风吹火的装备。

有何难处？只是大人看了花，心中不要添烦恼就是了。”退之道：“看眼前花，见眼前景，有恁么烦恼？”湘子便指着阶前石砌上，口中念道：

一朵鲜花顷刻开，不须泥土苦培栽。

神仙自有玄微妙，却向蓬瀛布种来。

念声才罢，只见石砌上长出几枝绿叶，中间透出一干心，心上黄丛丛、鲜滴滴开着一朵金莲花。众官都喝彩道：“果然是顷刻花。”

大家近前一看，那花瓣上有两行金字云：“云横秦岭家何在？雪拥蓝关马不前。”退之看了这两句诗，便问道:“这一联是恁么话头？为何写在花瓣上？”湘子道：“这是大人日后的结果，不必问他。贫道只劝大人早早随我出家，免得他年懊悔。”退之大怒道：“泼道无知，恁么逡巡酒、顷刻花，不过是障眼法儿，拐钱钞的例子。张千，快把猪狗秽血浇在他身上，拿下去着实拷打一番，省得他又行寄杖的法儿！”众官劝道：“大人且请息怒，这道童年纪小，不知法度，如今且取了他的供状，然后问罪不迟。”

退之喝叫:“张千、李万！押这泼道取供状来，务要供称:‘擅入衙门，搅扰筵席，搬演戏术，拐带人口。’待我照律解发他回原籍去。”湘子道:“要供就供，快取纸笔来我写，何消押得？”退之道：“怕汝不供招明白，走了上天不成！”湘子道：“我家住在南天门内。”林学士道：“韩亲家，你须寻一个会上天的解子，才递解得他起身。”退之道：“陕西华山有个南天门，泰安神州有个南天门，襄阳武当山有个南天门，徽州齐云崖也有个南天门。这道人想在齐云崖南天门，哪里是天上的南天门？”林学士道:“汝住在南天门内是何向？靠东过西，上南落北？”湘子道：“紧在龙霄太极殿边旁。”林学士道：“玉皇住的才称龙霄太极殿。道人，汝那里有寒暑么？”湘子道：“我那里无寒无暑，常有五色祥光，神灵聚会，仙鹤盘旋，青鸾飞舞，猿猴献果，麋鹿衔花，岂若凡间烟尘陡乱，浊气薰蒸。”退之道:“疯道人，你说这闲话也没用，快写供状来。”湘子接了纸笔，供道：

供状人列仙子，年甲不书。我生居天地，长在蓬壶，赖三光祐其生，托五气全其体。蒙老君传流道法，参悟玄真[1]。跨鸾鹤日游蓬岛，腾云雾暮宿仙亭，尊南极东华为主，与北斗西母

[1] 玄真：玄妙的真谛，指道教。

为邻。丹砂炼就，救苦济人。今日临凡，提撕聋聩[1]。我本是大罗天上开元演法、大阐教化普济仙卿，休猜做凡胎俗骨远方募化吃茶事魔挂搭全真。所供是实。

湘子供完，张千递与退之。退之看了道："我只要明白供说姓恁名谁，祖居在哪里，父母叫恁么名字，有无弟兄叔伯，原先作何生理，几年上出家，这才叫做供状。汝如今只管东扯西拽，糊糊涂涂说这虚头的话，终不然饶了汝不成！"湘子打动渔鼓，唱道：

家住半山坡，水为邻，山伴我。山前山后无人过，不纳税粮正课，也没有渔樵赓和。衲衣穿着似风魔，共那虎豹豺狼作伙。

退之道："先前供状，卖弄自家是天神一辈，上圣同俦[2]。如今又说与野鬼为群，山精作伴，这一派胡言呓语，想是熟极了。"喝叫："张千、李万，若再不明白供写，先把铁链锁了他的脖子，铁肘、铁镣拴了他的手足，再把夹棍夹他起来，不怕他不招明白！"湘子听见这话，不觉满眼流下泪来。退之喝道："汝既怕夹打，眼中流泪，何不说了老实的话？若只管东支西吾，便是眼睛流出血来，也没人慈悲你。"湘子道："贫道不是怕大人夹打啼哭，因大人要贫道实落的供状，贫道一时间想起父母来，因此泪出痛肠。"退之道："汝不学长进，牵爷娘拽头皮，哭也迟了。"湘子道:"我住在永平州鸾州城昌黎县。"退之道:"在城内哪一方？"湘子道:"东门里，十字街，坐南朝北，鼓楼靠西地方。"退之道："何等样人家出身？"湘子道:"俺家九代积善，三世好贤，叔父是礼部尚书。"退之道:"汝叔父是何名字？哪朝代上做尚书？如今家里还有恁么人？"湘子道："叔父韩愈，字退之。婶娘窦氏，曾封二品夫人。"

林学士道:"据道人的供招，是令侄公子了。"众官十分欢喜，拱手道:"韩大人，恭喜公子今日回来。"退之羞惭满面，道："舍侄眉清目秀，哪里是这般憔悴黧黑，不像人的模样。这道人不过是探听得学生思念舍侄，故假托姓名来哄骗酒食耳，岂有是舍侄之理？"便又问道："汝姓韩，叫甚名字？"湘子道："学名韩湘，字清夫。三岁上没爷，七岁上没娘，亏

[1] 聋聩（kuì）：不明道家玄理的人。

[2] 同俦（chóu）：同辈。

得叔婶抚育长成。九岁攻书，十二岁学道，十五岁娶林学士千金小姐芦英为妻。这便是我的实供了。”林学士哭道：“汝正是我的女婿韩湘子了。”退之道：“亲家不要心忙，错认别人做了女婿，惹人背地耻笑。依愚见看来，这道人想是与舍侄云水相逢，舍侄将家中事体告诉了他，他记在心里，特地来家下骗些东西。”林学士哭道：“若不是令侄，说话中间不免露出马脚来，如何这般详细得紧？”退之又问湘子道：“汝这一篇话好像我侄儿与汝说的。”湘子道：“韩湘子与贫道一同下山，在路上告诉贫道这些话，叫贫道先来与大人上寿，他迟几日才回来。”退之道：“据汝说终南山到我这里有十万多里路程，汝知我侄儿是驾船来的？还是乘车、跨马来的？”湘子道：“苦恼，苦恼！出家人十方施主，就是囤下的仓粮；两脚奔波，就是驰驿的头口[1]，哪得银子去雇趁船车马匹？我两个手挽着手儿走来的。”退之哭道：“我那儿！你生长在阀阅人家，出入有轻车、肥马，何曾受这般跋涉，吃这般苦楚，可不痛杀我也！”林学士道：“令侄既是回来，就着人同这道童去寻着他，收拾他便了，何必又添烦恼？”退之又问道：“我侄儿如今在哪里？为什么不同来见我？”湘子道：“他现在东门外头，因身上褴褛得紧，难见大人之面。”退之便叫左右：“快取一副好衣服来，同这道童去请公子换了回来。”湘子暗道：“叔父不认得我仙风道骨，我且暂去，明日现出原身与他相见，多少是好。”转身对退之道：“大人不必着人去请，待贫道去唤他来便了。”说罢，竟扬长出门而去。

退之忙叫张千跟从所之，恰好转得一个弯，连道人踪影都不见了，跑回来禀复退之。林学士道：“明明是仙人下降，韩亲家只管把他当做凡人，真是有眼不识泰山。依学生愚见，莫非令侄已成了仙，特特化形来试探我们，也不见得？”退之道：“亲家，不可信有，不可信无，且待他再来，又着眼看个下落。”这正是：

一别家乡数载余，忽然闻信暂疏眉[2]。
混浊不分鲢共鲤，水清方见两般鱼。

当日酒筵散罢，退之愈觉忧闷无聊，焦烦一夜。到得次日清晨，窦

[1] 头口：牲口。
[2] 疏眉：展眉。因高兴而使紧皱的眉头松开。

氏吩咐张千道："公子去了多年不曾回家，昨日那道人说领公子回来，添得老爷焦闷，没做理会。你快去站在门前等候，公子来时，竟扯了他进来；若只见那道人，也扯住他问一个的确，不可有误。"张千领命不题。

且表湘子因退之不肯认他，他便摇身一变，现出昔日形容，走到自家门首。恰好张千在那里瞧望，看见湘子走来，一手扯进门里，叫道："老爷！夫人！公子回来了！"有诗为证：

十八容颜依旧胎，唇红齿白鬓新裁。

且教叔婶重相见，觉得眉头不展开。

退之与窦氏听见说湘子回来，真个是喜从天降，三脚两步跑将出来，扯住他衣服，不住的汪汪泪落，道："我儿，你一向在哪里？抛得我夫妻两个举眼无人，好不凄楚。你身上怎的这般褴褛？教我看了越发心酸。"湘子道："叔父、婶娘，且省烦恼，听侄儿道来：

我身穿纳袄度春秋。

退之道："吃些恁么物件？"湘子道：

我旋砍山柴带叶收，黄精野菜和根煮，无酱无盐饱即休。

退之道："这般食用，有恁快活？"湘子道：

笙箫不奏，冷暖自由。石铛[1]内清泉常沸，瓦瓯中玄酒时浮。这滋味，无非无是我甘受。

窦氏叫芦英道："媳妇，你丈夫回来了，快扯住他，不要放他又去了。"芦英依言来扯湘子，湘子就闪过那边。芦英赶到那边扯他，湘子又闪过这边，只是扯他不着。芦英道："婆婆，媳妇扯他不着，怎生是好？"窦氏道："你且住手，有我自留他。"

退之道："我且问你，你一向在哪里安身？"湘子唱道：

我住在终南佳境，山水可怡情。闲来时，谩将仙鹤引；得意处，好把《黄庭》竟。参玄谈道，了悟无生[2]，长春自在心缘净。

退之道："汝在那里与何人往来？"湘子道：

汉钟离开坛阐教，吕洞宾传法授道。我呵，参透玄机微妙，

[1] 石铛（chēng）：石锅。

[2] 无生：无生无灭的仙境。

登仙品，脱尘嚣，心散诞，意逍遥。

退之道："看你这般模样，也不像个神仙，随你卖弄得锦上添花，我只是不信。"湘子又道：

虽不得神仙位，且躲些闲是非。困来时，一觉鼾鼾睡。布衣袍，且把麻绦系。草庵中，饮几杯瓮头清，总是个今朝有酒今朝醉。

退之道："汝在那山中，怎比得俺做官的快乐？"湘子唱道：

谩说为官好，争如学道高，无忧无辱无烦恼。山中景致人知少，四时不谢花长在，一任双丸频跳。寿与天齐，喜得长生不老。

窦氏道："你去了这几时，可思想我抚养深恩及妻子被窝中情爱么？"湘子道：

婶母恩非小，你儿行常自焦，扯干就湿真难报。枕边恩爱从来少。婶娘，你可劝叔父呵！休官弃职早修行，免得纷纷雪拥蓝关道。

退之道："恁么蓝关、白关，伍子胥也曾走过了昭关。"湘子道："昭关倒容易过，只怕蓝关有些难过。叔父你听我道来：

我看那弃职张良，归湖范蠡，跳出虎狼郡[1]，再不列朝班[2]里。爱看着，翠巍巍千丈岭头松，绿滔滔万顷长江水。他只为着七国争雄，孙庞斗智；商鼎[3]中移，夷齐饿死。又只怕指鹿为马，呼凤作鸡。财广伤身，官高害己。因此上葫芦提，不辨是和非，醉如泥，省问红尘事。即便有黄金堆，北斗齐，也难买生死共轮回。吃紧的鸡儿[4]飞，兔儿[5]催，此时眼睫不相随。白发古来稀，到头空自悔！"

退之见说，心中大怒，就骂道："汝这没爷娘没人收管的忤逆种，去了这许久回来，再不说一两句好言语，只在我跟前胡说乱道，成何规矩！我做了官要治天下百姓，一个侄儿也不能整顿，如何去治国平天下！我

[1] 虎狼郡：喻黑暗混乱的政局。
[2] 朝班：指官府。
[3] 商鼎：指商代政权。
[4] 鸡儿：喻太阳。
[5] 兔儿：喻月亮。

若不看哥嫂面上，就一顿打死了你这畜生！满顶绝了后代，也省得被人耻笑。”湘子暗笑道：“我已成仙，你怎么打得我死。”

窦氏叫韩清：“快去吩咐张千摆列筵席，待哥哥换了衣服，出来饮酒。”湘子道：“叔父寿辰，侄儿不曾拜祝得，如今有些薄礼，与叔父把盏上寿。”退之道：“三百五十六位朝官都来与我庆寿，只因汝不在家，我心中十分不快活，汝今回来，我就欢喜了，哪里要你的礼物。”湘子道：“侄儿已叫人去取，就来了。”退之道：“礼物在哪里？谁人去取？”湘子道：“在碧天洞里。”退之道：“我生日，哪一位朝官、亲戚不送礼来，哪一件事物没有？只是我不肯收，哪个稀罕你的东西？你说这般没对会的话来哄谁？”湘子道：“侄儿岂敢诳言，已差仙童清风、明月到碧天洞蟠桃会上，借桌面四十张，来与叔父上寿。只待香尽，仙童就来了，快着人去请列位朝官来赴筵席。”退之道：“我不信。”湘子道：“香尽仙童不来，我也没有面目见得朝官。”退之遂叫张千一边取香来点，一面去请林学士等许多官员。

不一时，众官齐到。退之上前相见，说及湘子相邀之事。俱各暗暗而笑，依次坐下。退之一连起身几次，看那点的香，见香渐渐尽来，便道：“侄儿，香将尽了，仙童还不见来，岂不虚邀了列位大人？”湘子仰天一看，道：“请叔父和众大人迎接仙童。”退之与众官立得起身，但见两个仙童从空直至筵前，果然描不成，画不就，生成的神仙体段。退之问道：“道童，那花篮内是恁么东西？”仙童道：“与大人上寿的桌面。”退之道：“这一点点花篮儿，盛得多少东西？也不够我一个人吃，倒教我去请这许多大人。”仙童道：“我花篮内是天上珍肴，瑶池玉液，不是人间的滋味。列位大人得到口尝一尝，也是无量的福了，还指望要吃多少？”

当下清风便在花篮内，一件件搬出来，明月便一件件摆列在桌子上，虽没有蛟唇、龙脯，熊掌、驼蹄，恰都是目不经见，耳不经闻的奇品。退之道：“侄儿，这般东西只好在山里受用，如何摆在我的厅上？倒觉得冷淡没趣。”湘子道：“叔父，要山有甚难处，侄儿就将前面影墙上画一座山，同列位大人上去一游何如？”退之道：“影墙上原画着一个麒麟，若再画些山水，怕污坏了我的影墙。”湘子道：“待侄儿叫麒麟走了下来，然后去画山水。”退之道：“水墨颜色画的麒麟有形无气，怎么叫得下来？”湘子道：“口说无凭，做出便见，请众大人仔细着眼。”说声才罢，湘子又大喝一声道：“畜生还不下来，等待几时！”只听得一声响，如天崩地塌一般，那麒麟跳下墙来，奔出门外，站着不动。湘子就拿一把笤帚在手，向影墙上乱扫将去。但见青山绿水，翠柏苍松，麋鹿盘旋，凤鸾飞舞；悬崖瀑布，匹练[1]横施；诸石绮分，气暖若露。明明是一堵影墙，却变作真山真水。众官看了，喜之不尽。怎见得这山的奇异处，有《一枝花》为证：

山林中山鸟飞，山顶上山鸡叫，满山川尽都是芭蕉。绿荫荫高松、古柏，红灿灿山果、山桃；明晃晃落下些青鸾、翠鹤，乌燕、皂雕[2]。我只见，山鸡儿一来一往，山猢狲欹定青梢。那龙行处，霹雳火闪；虎离窝，摆尾伸腰。只听得山寺里钟声不断，山观[3]里法鼓[4]忙敲；山和尚议论些经文佛法，山道士贪恋着清高。又见一个打柴的樵夫，手执着大斧呵呵笑，笑着的是巅顶高峰峦巧。忽抬头，见那酒望子摇，酒店里村姑俏。唤山童，急急请叔文入团瓢，同吃一个饱。

湘子道：“列位大人，这山好么？”林学士道：“果然一座好山，若引我们同到山上游玩一番，才显得仙家的妙用。”湘子道：“要上山去有何难哉！”便一手招着众官，叫退之道：“贫道先行，列位大人同叔父都上山去走一遭。”众官雀跃鹊踊，都随上山，冉冉要从独木桥上过去。只见崩浪千寻，悬流万丈，鸣如巨雷，白如雪练，蹑足其上，魂惊魄消。林学士道：“韩亲家，脚下须要仔细。”退之听了，不敢前进。湘子道：“叔父，眼前就是蓬莱三岛，不肯上去，岂不可惜？”退之道：“明明白白一堵影墙，却弄这些法术来魔诈，我等被你哄了上去，一个脚蹓跌将下来，不死也要做残疾了，我怎么把性命丢在这个去处？”湘子见说，把手一推，退之和众官端然都站在厅上，影墙内依旧还是一个麒麟，仙童、湘子都不知何处去了。正是：

分明咫尺神仙路，无奈凡人不肯行。

毕竟后来湘子回来否，且听下回分解。

[1] 匹练：喻如白色绸带般清澈的溪水。
[2] 皂雕：一种黑色的鹰。
[3] 山观：山间道观。
[4] 法鼓：佛教法器之一，诵经时敲的鼓。

第十八回

唐宪宗敬迎佛骨[1]　韩退之直谏受贬

日月穿梭驾步高，时光劈面斩人刀。
清风明月朝朝有，烟瘴缠身日日熬。
苦海无边难到岸，慈航有路枉心劳。
你强我弱俱休论，不免阎王簿上销。

话说湘子与仙童都不见了，也没有恁么桌面、山水，众官相推埋怨道："神仙立在面前也不认得，生这眼睛何用？倒不如瞎了，心里还有些明白。"退之道："舍侄一定还来，列位大人不必心焦。"

道犹未了，只见湘子又立在面前叫道："叔父，侄儿又来了。"退之道："汝既回来，须改过自新，读书学好，做那显祖荣宗、封妻荫子的勾当，不要说我面上好看，就是列位大人面上也好看。你快快去换了衣服出来。"湘子道："侄儿回来祝寿，叔父又憎嫌我的桌面，不肯吃，我如今再取一个仙桃与叔父上寿何如？"退之道："恁么仙桃不仙桃，我也不要他吃。"林学士道："既有仙桃，便多取几个，带挈我们都尝一尝，也是你的好处，不枉了一场相与。"湘子道："仙桃岂是容易得吃的？我那山上，西北方有一株仙桃，实大如斗，珠砂斑点的，人吃了成仙。东南方有一株仙桃，实大如升，马吃了成龙。西南方上有一株仙桃，实大如茶盅，犬吃了化成仙鹤。若没有夙缘，不要说吃，就是影儿也不能够得见。"林学士道："我们有缘与你相会，难道桃子倒没缘得吃？你只是慳吝不舍得，单把这些言语来搪塞。"湘子笑了一声，道："既是大人见教，待贫道叫仙童取来，不拘多少，列位大人分吃就是了。"林学士道："只要到口，谁敢争多嫌少？"

湘子就仰天叫道："清风、明月，快些取仙桃下来！"叫声未罢，只见两个仙童各捧一盘桃子，从空降下，递与湘子。湘子接桃在手，便捧

[1] 佛骨：佛舍利。

着两颗，五体投地，拜祝退之道：“侄儿无物奉祝叔婶眉寿[1]，愿叔婶遐龄[2]不老，鹤算[3]绵长。再愿叔父早早回头，弃职休官，随我修行辨道。”又捧着余桃献上林学士并众官，道：“愿大人收心敛迹，及时解绶辞朝。众大人保重前程，尽忠报国。”

退之道：“我儿，你既取仙桃庆寿，心已尽了，趁早丢下渔鼓简板，换了冠服，陪侍列位大人吃酒，再不要提起‘出家’二字了。”湘子拍动渔鼓唱道：叔父你怎不愁？

退之道：“我身穿绫锦，日食珍馐，居住有画栋雕梁，出入有高车骏马，要愁哪一件？”

我只怕你灾祸临身，逆鳞触犯难收。一心为国，谁知反做冤仇。我劝你早回头，寻一个云霞朋友[4]。

林学士道：“你去了许久，今日回来，好生劝令叔饮一杯酒，才见你叔侄至情，不要只管把言语去恼他。”湘子又唱道：

前世里曾修，今世里酬，怕只怕名缰利锁难丢。倒不如张良弃职，跟着赤松子[5]去游，汉高皇要害何能够？

退之道：“你这些话忒惹厌，且听我道来：

〔寄生草〕你休得再胡言，劝修行徒枉然。俺官居礼部身荣显，俺君臣相得人争羡；俺簪缨奕世家声远，俺明朝执笏上金銮。谁肯呵弃[6]功名，忍饥寒去学仙？

湘子道：“叔父，你说便这般说，只怕君王一朝不相得起来，有些跌磕，没人救你。”退之道：“畜生！汝说话全不知机彀，明明像疯癫一般，蓬莱山上哪里有疯癫的神仙？汝依先去罢，不要在这里搅得大家不清静！”湘子道：“叔父，侄儿再三劝你，不肯回心，反发恼起来，想是怪侄儿叨了你酒饭，我把酒饭仍旧吐还你罢。”说声未了，便吐出一钵盂酒饭来，

[1] 眉寿：颂祝词，长寿之意。
[2] 遐龄：高龄。
[3] 鹤算：古人以鹤为长寿之鸟，故称长寿为鹤算。
[4] 云霞朋友：指信奉道教者。
[5] 赤松子：传说中的仙人。《史记》载张良欲弃人间事，从赤松子游。
[6] 呵弃：抛弃。

递与退之道："还你的酒饭。"退之掩鼻道："这样腌臜话，你便少说些。"

谁知芦英小姐与窦氏夫人都站在屏风后面，看见湘子这般呆景，思量："我的丈夫真个是仙人也未可知？"连忙赶上前来，拿起钵盂要吃，被窦氏就手夺来，倾在地上，道："这样腌臜东西，亏你要举口吃下去！"只见家中一个白猫跑来，都舔吃了，登时化成一只白凤凰，腾空飞起。芦英埋怨道："婆婆，你看这猫吃了吐的酒食，就变作凤凰，丈夫岂不是神仙？分明错过了。"窦氏也惊骇道："真个错了！真个错了！"退之道："从古以来不知多少人被这些术法捉弄了，夫人不要信他。"湘子见退之坚意不听，便望空中一指，道："叔父你看，仙驾来了。"退之抬头看时，半空中列着几队仙童、仙女，手执幢幡宝盖，各各驾一朵祥云，自天而下。湘子便端坐在祥云里面，冉冉升天，杳无踪迹。退之口占一词道：

乔才[1]堪怒，把浮言前来诱吾。世间哪有长生路，谁人能得到清都？金人仙掌擎晓露，汉武秦皇终不悟。到如今传为话谱，到如今传为话谱。

那湘子足踏祥云，直至终南山，叩见钟、吕两师。两师道："湘子，你去度韩退之，度到哪里了？"湘子倒身下拜，道："师父，惭愧，弟子下凡度化叔父，已经五次六番，他只是不肯回心转意，如之奈何？"两师道："你把恁么神通显与他看？"湘子把自从领旨下凡，到南坛祈雪，与见宪宗，闯华筵，以后许多神通变化，一一说了一遍。

两师听罢言语，便同湘子直上三天门下，启奏玉帝道："臣弟子韩湘领旨下凡，去度卷帘大将军冲和子韩愈。这韩愈贪恋荣华，执迷不省，伏候另裁。"玉帝闻奏大怒，便着天曹诸宰检点簿籍。天曹奉旨，查勘得永平州昌黎县韩愈，原是殿前卷帘大将军，因与云阳子醉夺蟠桃，打碎玻璃玉盏，谪到下方，投胎转世，六十一岁上该受百障千磨，方得回位。玉帝对湘子道："韩愈谪限未满，卿再下去度化他，不得迟误。"湘子奏道："宪宗好僧不好道，韩愈好道不好僧。臣与蓝采和变化两个番僧，把臣云阳板变作牟尼佛骨，同去朝中进上宪宗皇帝，待叔父韩愈表谏宪宗，那时宪宗龙颜大怒，将叔父贬黜潮州为刺史，臣在秦岭路上教他马死人亡，

[1] 乔才：骂人话，即无赖，恶棍。

然后度他，方才得他转头。”玉帝准奏，便着蓝采和同湘子前去。

当下湘子与蓝采和离了南天门，摇身一变，变作番僧模样。一个是：

身披佛宝锦袈裟，头戴毗卢帽[1]顶斜。耳坠金环光闪烁，手持锡杖上中华。胸藏一点神光妙，脚躧鞡鞋状貌奢。好似阿罗来降世，诚如活佛到人家。

一个是：

戴着顶左笄绒锦帽，穿着件氆氇[2]线毛衣。两耳垂肩长，黑色双睛圆大亮如银。手中捧着金丝盒，只念番经字不真。虽然是个神仙变，俨是西方路上哈嘛僧[3]。

二僧来到金亭驿馆，馆使迎接坐下，问道："两位从何方来？有何进贡？"二僧说了一荡胡言，馆使一毫不省。旁边转出通使，把二僧的言语译过一遍。馆使才晓得他是来进佛骨番僧，便对他说道："今日已晚，两位暂在馆中宿歇，明早即当启奏。"连忙吩咐摆斋款待不题。

湘子暗与采和计议道："看人们这般样光景，若不显些神通，未必动得百姓。不如今夜先托一梦与宪宗皇帝，待来早宪宗登殿，宣诸臣圆梦的时节，我们撞去见驾，庶乎于事有济。"采和道："此论极妙。"当下湘子便遣睡魔神到宫中去托梦。恰好宪宗睡到子时前后，梦见仓廒[4]粮米散布田中，旁有金甲神人，左手持弓，右手搭上两箭，望宪宗射来，正中金冠之上。

宪宗惊得醒来，一身冷汗。次日早朝，宣众官上殿，说道："朕夜来得其一梦，梦见仓廒粮米散布田中，旁有一金甲神人，站在殿前，手持一张弓、两枝箭，射中朕的金冠，不知主何吉凶？"学士林圭执简当胸，跪在丹墀下面，奏道："此梦大吉，主有番国进贡异人之兆。"宪宗道："卿细细解来，待朕自详。"林学士道："米在田中，是个番字；一人持弓、两枝箭，是个佛字。番为外国之人，佛为异域之宝。陛下此梦，主今日有番人进贡奇物。"说犹未了，只见两个番僧手持着金丝大匣，上嵌

[1] 毗卢帽：僧帽。

[2] 氆（pǔ）氇（lu）：藏语音译，谓毛毯。

[3] 哈嘛僧：即喇嘛僧。

[4] 仓廒：粮仓。

着一颗绀色[1]宝珠，匣内盛着牟尼佛骨，周围簇拥着霞光万道，瑞气千条，一径闯入五凤楼前，高声叫道："大唐皇帝听者：佛在西方，未来东土，因悯南赡部州四大众生，贪杀淫邪，诳欺凶诈，不忠不孝，不仁不义，不重三光，不惜五谷，造下无边罪孽，酿成宿世愆尤[2]，故于太宗皇帝贞观十三年，差观世音菩萨点化金蝉长老上西天雷音寺拜佛求经，超度亡魂，提撕聋瞆。然经文启发者有限，佛力裨益者无穷。今有雷音寺世尊归天，留下指骨一节，重九斤六两，在凤翔寺。相传三十年一开，开则岁丰人安。贫僧特特赍来捧献，要使天下有知血属[3]咸敬重如来，广修善果，庶保国祚绵长，皇图巩固。"黄门官闻得两个番僧说话，连忙转奏宪宗。又见那金亭驿馆使前来启奏。宪宗皇帝闻奏，便道："昔年那求雪的仙人曾说必有异人来自西土，保朕躬于万祀，绵国祚于亿年，今日果应其言。"即时宣召番僧入见。

番僧手捧佛骨，直立在金銮殿下。宪宗皇帝看见空中祥光缭绕，瑞气盘旋，喜之不胜，就立起身来，走下御座，接捧佛骨，供养在龙凤案上，倒身下拜。即命光禄寺备办素斋，款待这两个番僧。说不尽咸酸苦辣香甜滋味尽调和，珍异精佳，清美品肴都摆列。虽是人间御膳，胜似天上仙厨。

两僧斋罢，稽首辞朝。宪宗钦赐黄金千两，白璧十双，锦绣千纯[4]，明珠一斛。两僧拂袖长往，分毫不受。宪宗愈加敬重，要将那佛骨留在禁中。二月，乃颁告天下，历送诸寺，着人人念佛，户户斋僧，有谤毁不敬者，以大逆不道论。忙得那在朝官宰，贵戚皇亲，以至庶民妇女，瞻奉舍施，唯恐弗及。有竭产充施者，有燃香顶臂供养者，无不向天顶礼，称扬佛号。

独有礼部尚书韩愈，不肯拜佛，倡言说："身居大位，职掌风化，佛乃西方寂灭之教，骨乃西方朽秽之物，有何凭验知是佛指？清明世界，遭此欺愚，心实不忿。"乃具表奏闻宪宗皇帝。奏曰：

伏以佛者，夷狄之一法尔，自后汉时流入中国，上古未尝

[1] 绀（gàn）：稍微带红的黑色。

[2] 愆（qiān）尤：罪过。

[3] 有知血属：有智慧者，指人。

[4] 纯：指一段丝绵布帛。

有也。昔者黄帝在位百年，年百一十岁；少昊在位八十年，年百岁；颛顼在位七十九年，年九十八岁；帝喾在位七十年，年百五岁；帝尧在位九十八年，年百一十八岁；帝舜及禹，年皆百岁。此时天下太平，百姓安乐寿考，然而中国未有佛也。其后殷、汤亦年百岁；汤孙太戊，在位七十五年，武丁在位五十九年，书史不言其年寿所极，推其年数，盖亦不减百岁；周文王年九十七岁，武王年九十三岁，穆王在位百年，此时佛法亦未入中国，非因事佛而致然也。

汉明帝时始有佛法，明帝在位才十八年耳，其后乱亡相继，运祚不长。宋、齐、梁、陈、元、魏以下，事佛渐谨，年代尤促[1]，唯梁武帝在位四十八年，前后三度舍身施佛，宗庙之祭，不用牲牢[2]，昼日一食，止于菜果，其后竟为侯景所迫，饿死台城，国亦寻灭。事佛求福，乃更得祸。

由此观之，佛不足事，亦可知矣。高祖始受隋禅，则议除之。当时群臣才识不逮，不能深知先王之道，古今之宜，推阐圣明，以救斯弊，其事遂止，臣常恨焉！

伏惟睿圣文武皇帝陛下，神圣英武，数千百年以来，未有伦比。即位之初，既不许度人为僧尼道士，又不许创立寺观。臣常以为高祖之志，必行于陛下之手，今纵未能行之，岂可恣之转令盛也！

今闻陛下令群僧迎佛骨于凤翔，御楼[3]以观，舁[4]入大内，又令诸寺递迎供养。臣虽至愚，必知陛下不惑于佛，作此崇奉，以祈福祥也。直以年丰人乐，徇人之心，为京都士庶，设诡异之观、戏玩之具耳。安有圣明若此，而肯信此等事哉！然百姓愚冥，易惑难晓，苟见陛下如此，将谓真心事佛。皆云："天子大圣，犹一心敬信；百姓何人，岂合更惜身命？"焚顶烧指，百十为群，

[1] 促：寿命短促。
[2] 牲牢：祭祀用品。
[3] 御楼：临楼，登楼。
[4] 舁（yú）：抬。

解衣散钱，自朝至暮，转相仿效，唯恐后时，老少奔波，弃其业次。若不即加禁遏，更历诸寺，必有断臂脔身，以为供养者，伤风败俗，传笑四方，非细事也。

夫佛本夷狄之人，与中国言语不通，衣服殊制，口不言先王之法言，身不服先王之法服，不知君臣之义、父子之情。假如其身至今尚在，奉其国命来朝京师，陛下容而接之，不过宣政一见，礼宾一设，赐衣一袭，卫而出之于境，不令惑众也。况其身死已久，枯朽之骨，凶秽之余，岂宜令入宫禁！孔子曰："敬鬼神而远之。"古之诸侯，行吊于其国，尚令巫祝先以桃茢[1]祓除不祥，然后进吊。今无故取朽秽之物，亲临观之，巫祝不先，桃茢不用，群臣不言其非，御史不举其失，臣实耻之。乞以此骨付之有司，投诸水火，永绝根本，断天下之疑，绝后世之惑。使天下之人，知大圣人之所作为，出于寻常万万也。岂不盛哉！岂不快哉！佛如有灵，能作祸祟，凡有殃咎，宜加臣身，上天鉴临，臣不怨悔。无任激切恳悃[2]之至，谨奉表以闻。

自战国之世，老庄与儒者争衡，更相是非，至汉末益之以佛，然好者尚寡。晋宋以来，日以繁盛，自帝王至于士民，莫不尊信。下者畏慕罪福，高者论难空有，独愈恶其盗财惑众，故力排之。

表奏，宪宗大怒道："韩愈这厮唐突朝廷，欺毁贤圣，着实可恶！着锦衣卫官校绑至云阳市曹，斩首示众，有来谏者，与愈一体施行。"两边闪出：三十名刽子手，把退之剥去朝衣、朝冠，捆绑起来，押赴市曹。只见旗帜漫空，刀枪耀日，前遮后拥，何止千百余人。吓得退之魂飞天外、魄散九霄，仰面叫道："天哪！我韩愈忠心报国，一死何难？只是我侄儿湘子不曾还乡，我难逃不孝之罪耳。"看看来到市曹，不见有一人上前保奏。正是：

阎王注定三更死，定不留人到五更。

青龙共白虎同行，吉凶事全然未保。

毕竟不知退之性命若何，且听下回分解。

---

[1] 桃茢（liè）：桃木与扫帚。

[2] 恳悃（kǔn）：真心诚意。

第十九回

贬潮阳退之赴任　渡爱河湘子撑船

眷彼东门禽，伤弦恶曲木。金縢[1]功不刊，流言肆阴毒。拔木偃秋禾，皇天恩最渥[2]。成王开金縢，恧然[3]心感服。公旦[4]事既显，切莫闲置啄。

不说退之押赴市曹，且说两班文武，崔群、林圭等一齐卸下乌纱、象简，脱下金带、紫袍，叩头奏道："愈言抵牾，罪之诚宜，然非内怀至忠，安能及此，愿陛下少赐宽假，以来谏诤。"宪宗道："愈言朕奉佛太过，情犹可容，至谓东汉奉佛以后，天子咸夭促，何乖剌耶？愈人臣，狂言敢尔，断不可赦！"于是中外骇惧，戚里诸贵，亦为愈言。宪宗乃准奏："姑免愈死，着贬谪极恶烟瘴远方，永不许叙用。"班中闪出一位吏部尚书，执简奏道："现今广东潮州，有一鳄鱼为患，民不聊生，正缺一员刺史，推选此地者，无不哭泣告改，何不将韩愈降补这个地方？"宪宗问道："此郡既有妖鱼，想是烟瘴地面了，但不知离京师有多少路程？往返也得几个月日？"吏部尚书奏道："八千里遥远，极快也得五个月才到得那里。"宪宗道："既然如此，着韩愈单人独马，星夜前去，钦限三个月内到任。如过限一日，改发边卫充军；过限二日，就于本地方斩首示众；过限三日，全家尽行诛戮。"退之得放回来，谢恩出朝，掩面大哭。正是：

不信神仙语，灾殃今日来。
一朝墙壁倒，压坏栋梁材。

---

[1] 金縢（téng）：《尚书》篇名。周武王病重，周公向三王祈祷，愿以自己代替。史官记其言，置于金绳绑住的匣子中。管蔡散布流言，谓周公想夺权，成王开匣得祝文，才知周公的忠心，执书而泣，迎周公归都。

[2] 渥：沾湿浸润。

[3] 恧（nǜ）然：惭愧。

[4] 公旦：周公旦。

退之忙忙到得家中，对窦氏道："我因谏迎佛骨，触怒龙颜，几乎身首异处。亏得满朝大臣一力保奏，留得这条性命，贬为潮州刺史，钦限一人一马，即日起程，三月之内到任。如违钦限一日，发边远充军；二日，就于本管地方处斩；三日，全家抄没。算来八千里路，会飞也得三四个月，教我如何是好？"窦氏闻言，捶胸大哭，连忙收拾行李，吩咐张千、李万，跟随退之起身。退之当时吩咐窦氏："好生看管媳妇芦英，拘束义儿韩清。内外出入，俱要小心，不得惹是招非，以罹罪谴。"泪出痛肠，难分难舍。只听得门外马嘶人闹，慌得张千跑出去看时，乃是百官来与退之送行。百官原要到十里长亭饯别的，因宪宗有旨，凡是官员出郭送韩愈的，即降二级，故此百官止来退之家中作别。退之见了这个光景，更加悲痛，各各洒泪而别。独林学士送到长亭，说道："大丈夫不能流芳百世，亦当遗臭万年。亲家今日虽受了贬谪的苦，日后清名，谁不景仰？但放心前去，指日圣上霁怒[1]回颜，决然取复旧职。"退之道："多谢亲家费心，另图报效。"正是：

江山风物自伤情，南北东西为利名。
劝君更尽一杯酒，西出阳关无故人。

当下退之一行三人，要赶上前驿去处，以图安歇，谁知冷落凄凉，不比前日。有词为证：

趱步前行，一盏高灯远远明。四下人寂静，主仆三人奔。
莫不是寺观茅庵，酒肆与茶亭？只怕冷淡凄凉，没个人儿问。

不提退之赶路。且表韩湘子与蓝采和见退之洒泪，不忍分别，林学士独到十里长亭把酒饯送，便拍手呵呵唱道：

叹文公，不识俺仙家妙用，妄自逞豪雄，山岳难摇动。朝堂内夸尔尊，众官僚俱供奉。权倾中外，谁不顺从？岂知《佛骨表》犯了重瞳[2]，绑云阳几乎命终。幸保奏敕贬潮阳，一路苦无穷。如今方显俺仙家妙用。

湘子见退之一路里愁眉不展，面带忧容，十分憔悴，比昔日在朝时

[1] 霁（jì）怒：息怒。
[2] 重瞳：相传舜重瞳，代指皇帝。

节大不相同，便对蓝采和道：“仙兄，我和你驾起云来，先往蓝关道上，等俺叔父前来何如？”蓝采和道：“依我愚见，再去请钟、吕师父来铺排一个机关，才好下手度他。”湘子道：“仙兄所言有理，就劳仙兄往洞府去走一遭，弟子在蓝关道上相候。”采和依言而去。湘子唱道：“叔父！

我度你非同容易，你为何苦苦执迷？空教我费尽心机，你毫不解意。只得变番僧，藏机度你。再若是不回头，光阴有几？阎王勾[1]，悔之晚矣！”

湘子唱道情才罢，只见蓝采和同钟、吕两师来到。湘子上前施礼，告两师道：“我叔父已往潮阳，正在路上。若不降些风雪，惊以虎狼，使我叔父备尝苦楚，则道心不坚。今欲吩咐值日功曹，唤巽二[2]起风，滕六[3]作雪，一月之间，倏大倏小，不得暂止。弟子与蓝师兄两个，或化作艄子，撑驾渡船；或化作渔父，涧下钓鱼；或化作樵夫，山头砍树；或化作田父，带笠荷锄；或化作牧童，横眠牛背；再化一美女庄，招赘叔父，受些绷吊之苦。一路上各显神通，多方变化。若再不回心，须命蓝关土地差千里眼、顺风耳，化为猛虎，把张千、李万先驮至山中修行，止留叔父一人一骑走上蓝关，就于蓝关近便去处，化出一间草庵，与他栖止，待马死人孤，然后度他，不知仙师以为可否？”两师道：“作用甚当。”正是：

双跨青鸾下玉阶，瑶天相送白云垓[4]。
神仙岂肯临凡世，为度文公去复来。

湘子与众仙商榷已定，依计而行。湘子便乃画地成河，阻着退之的去路，把云阳简板化作一只船，撑在对河树阴底下歇着，等待退之前来，把几句言语打动他。那河有恁险处，有诗为证：

洪水滔滔一派波，流沙漠漠漾金梭。如江烟浪掀天起，似海风涛卷地拖。游戏蛟蜃冲窟出，翻腾鼍鳖转身多。莫言小艇难摇桨，纵有龙舟怎得过？

---

[1] 勾：勾命。
[2] 巽（xùn）二：巽为八卦之一，卦象征木与风，后指巽二为风神。
[3] 滕六：雪神名。
[4] 垓（gāi）：极远之地。

退之一路上对张千说道："我们离家的时节，恰像天气还热，如今竟像深秋光景，红叶黄花，金风乍起，好不凄凉。真个是：石路荒凉接野蒿，西风吹马利如刀。谁怜千里飘零客，冷露寒霜逼二毛[1]。"张千道："老爷，你一身去国甘辛苦，千里投荒莫叹嗟。自恨当初忠劝主，谁知今日受波查？"正在愁叹，恰好过着一个地方，那门楼额上题着"黄华驻节"。退之道："这是驿地了，我们且进去歇宿一宵，明日再行。"谁知那驿丞再三不容，道："新奉圣旨，单言不许留你在驿中宿歇，如有容留者，以违旨论。"退之听了，垂下泪来，道："我已离京远了，有谁人知道？"驿丞道："若要不知，除非莫为。我实是官卑职小，怕长官知道。"退之正要发怒，忽见李万来禀道："老爷，前面不知是恁么地方，有一条大河阻住去路，四下里空荡荡，没有一只渡船，怎么过得去？"退之抬头一望，叹道："果然是条大河，风浪这般汹涌，怎生得渡到那边？"便问驿丞道："你既不肯容我安歇，有渡船寻一只，送我过河也罢。"驿丞道："渡船哪里得有，你识得水性，就下水过去。"退之听了这些言语，好不恼怒得紧，吩咐张千道："这等一个去处，难道渡船也没有一只？你们快去寻着地方总甲，问他一个明白，雇一只来送我过去，不可迟滞。"李万道："一望不见人烟，只有这个驿馆，便有几个驿夫，都伏着驿丞管辖，只听他的指挥，叫我哪里去寻居民、总甲？莫不是我们错走了路，走到天尽头了？"退之道："胡说！我们起身不过四十余日，怎么就走得到天尽头？快快去寻船，不要耽误了时日。"那张千扯了李万便去寻船，寻过东，寻过西，不见一个人影；寻上南，寻落北，不见一叶扁舟。寻了半晌，转身回复退之。不料那个驿丞装个肚疼，走了进去，再不出来。

退之独自一个，冷清清坐在驿厅上。张千只得又跑去寻船，恰好一个艄公驾着一只小船，远远地顺流头荡将下来。张千便用手一指，叫李万道："哥，好了，这不是有船来了？"李万瞅着眼道："在哪里？"张千道："兀的那黑影儿动的，不是一只船？"李万道："望着像一个老鸦展翅，哪里是船？就是船，不过是顺水淌来的，没人在上面摇橹，也用不着。"张千道："你说那展翅的，正是一个人。"两个争论未决，看看船

[1] 二毛：黑白斑驳的花白头发。

到面前。李万道："你好眼力，真个是一只船，一个人摇着橹。我先去回复老爷，你等船来，留住了他的，要他送过河去。"

李万去不多时，只见船将到岸，张千立在岸上叫道："撑船的，来渡我们一渡。"艄公道："不渡，不渡！"张千道："艄子，你渡我们过去，多与你些渡钱。"艄公道："我船小渡不得。"张千道："我们不多几个人，将就渡一渡过河，你不要作难。"艄公道："那马上远远来的，是恁么人？要我渡他？"张千道："那一位就是韩老爷。"艄公道："如今才交秋天，怎么就做寒老爷？"张千道："艄子，你不曾读书过？"艄公道："书也曾读几行。"张千道:"既读过书,怎的不晓得'韩'字?《百家姓》上说:'蒋、沈、韩、杨。'我老爷是姓韩的'韩'字,不是你那'寒'字。你说的'寒'字，是《千字文》上'寒来暑往'的'寒'字。"艄公道："寒与热，我也分清理白这许多不得，但那个人气昂昂坐在马上，像是个有势耀的人一般，我怎么去渡得他？"张千道："我老爷做人极好，再不使势耀的，你若渡了他，他重重赏你渡钱。"艄公道："从古说，上门的好买，上门的好卖。你老爷既做人好，为何不高坐在朝中讨快活，却来这河边寻我去渡他？"

两个人正对答问，只见退之一骑马，李万一肩行李，都到面前。张千向前禀道:"艄子说船小,渡不得我们。"退之便下了马,走近岸口,叫道:"艄公，你渡我过河，我决不轻慢你。"艄公道："老大人，我这船儿就似做官的一般，正好修时不肯修，如今破漏在中流，思量要补无人补，哪得明人渡出头？"退之道:"闲话休讲，将就渡我一渡。"艄公道:"老大人，你看这个河的模样，除是神仙才渡得你，我若渡你，你也不信。"退之道:"哪里能够有神仙来？"艄公道："神仙倒有，只是大人倚着那做官的势耀，在家中不肯理他，他如今再不来渡你了。"张千道："我实实对你说，你若渡，便渡我们过去；若不肯渡，我老爷行牌去，叫起地方人夫，把你这只船儿拔了上岸。再不许你在这里赚钱生理。"艄公听说，便把脚蹬开船道："这般说话，又来使势了，我不渡！我不渡！"李万道："艄子哥！你不要着恼，我家哥是这般取笑说，你怎的就认起真来？"艄公道："请问大人，为恁事要到河那边去？"退之道:"我奉公干要去。"艄公道:"做人不要学那雉鸡乖，躲头不躲脚。我只怕你马行窄路收缰晚，船到江心补漏迟。"说得退之面皮红涨，半晌无言。张千道:"艄子哥，时光有限，我们过河还要去寻客店，你只管把这闲话来说，正经是坐的人不知立的苦，快渡我们去罢！”艄公道：“我的船小，只好渡人，却渡不得马。”李万道：“这马是我老爷脚力须，用同渡过去，宁可多与你些渡钱。”艄公道：“风浪大得紧，实是船小，同渡不得，我做两次渡何如？”张千道：“你说那都是自在话，渡得我们过去，转来再渡马，可不月亮光光上了，教我们到哪里去寻宿店？”艄公道：“老兄，你未晚先忧日落，何不在家里坐着？我倒不怕月上，只怕风雪来得紧，摇不得船，才是苦事。”张千道：“这个天气，风雪断然没有，只是你摇快些才好。”艄公道：“既如此说，你们一齐下船来，只要小心仔细些，不要做顺水推船没下梢。”

退之人马同到船中，退之坐在中舱，马在头舱，张千、李万并行李共占一舱，恰也不觉得船小。那艄公慢慢地摇着橹，唱着歌道：

乱石滩头驾小航，急流溪畔柳阴长。歌欸乃[1]，濯沧浪，不怕东风上下狂。

烟波深处任优游，南北东西到即休。功业恨，利名愁，从来不上钓鱼钩。

退之听他唱罢歌，便问道：“艄子，你家住哪里？”艄公道：“我家住在碧云霄斗牛宫中。”退之道：“碧云霄斗牛宫乃是神仙的居址，怎么有你的住处？”艄公道：“我比神仙也差不多。”退之道：“既做神仙，为何又撑着小船图赚钱？”艄公道：

我爱着清闲，驾着只小船，把五湖四海都游遍，哪里去图钱？

退之道：“你曾读书也不曾？”艄公道：“我也曾悬梁刺股，映雪囊萤，坐想伊、吕[2]，梦思周、孔[3]。”退之道：“你既用了苦功读书，也曾中举做官么？”艄公道：“我也曾插官花，饮御筵，执象简，拜金銮。”退之道：“好没来由，既登黄甲[4]，做了官，在哪里衙门？”艄公道：“初授监察御史，升授考功司郎。”退之道：“后来若何？”艄公道：“历升刑部侍郎，因南坛祈雪有功，转升礼部尚书。”退之道：“既做了尚书，为何弃职在此撑

[1] 欸（ǎi）乃：原为行船摇橹声。此指渔歌。

[2] 伊、吕：伊尹与吕尚。吕尚即姜子牙。

[3] 周、孔：周公与孔子。

[4] 黄甲：科举甲科进士及第者名单用黄纸书，故名。

驾小船？”艄公道：“只因朝谏皇王迎佛骨，云阳斩首苦无边；亏得百官来相救，夕贬潮阳路八千。”退之低首忖道：“这艄子言语，一句句都说在我身上，就是神仙一般。”艄公道：“大人，你思忖着谁来？”退之道：“我思忖侄儿韩湘子。”艄公道：“我见一个韩湘子，衣不遮身，食不充口，已作尘中饿殍，倒不晓得是大人的犹子[1]。”退之哭道：“如今死在哪里？”艄公道：“死便不死，活也不活，不死不活，好似啮缺[2]。”退之道：“啮缺是古得道的，依你这般说，我侄儿也得道了，为何衣不遮身，食不充口？”艄公道：“古人说：‘饱暖思淫欲，饥寒起道心’。若湘子衣食周全，便又思量做官了，怎肯弃官修行？”退之道：“那轻狂的人才肯去修行，若学好的人决不肯修行。”艄公道：

休得笑轻狂，切记美女庄；
过得美女庄，才算翰林郎。

说话之间，不觉来到彼岸。退之一行人马俱跳起船。张千便去慎袋内摸钱，数与艄公时，艄公、渡船俱不见了，也没有恁么阔大的河，汹涌的水，端端是一块平洋大路。惊得退之面如土色，捉身不定，道：“怪哉！怪哉！”李万道：“老爷不必惊疑，这是上天鉴察老爷忠良被谪，故化这艄公渡船，来试老爷耳。”正是：

湛湛青天莫怨尤，忠心为国更何求？
举头就有神明在，只要愚人自醒头。

退之叹息一会，只得上了马，趱行几里，不觉来到山林幽僻处，前无村落，后无宿店，四下里旷旷荡荡，没有一些人烟。正在胆怯心寒，忽然乌云陡作，卷起一阵大风，吹得他一行人满身寒簌簌，遍体冷清清，口噤头摇，唇青面白，各各捉脚不住。退之道：“自离长安以来，一路好不焦劳辛苦，受怕担惊，谁知今日到这广漠之野，又遇这一阵大风，岂不凄惨。”张千道：“头先艄公说：‘月到未必有，只怕风雪来。’如今风已来了，又没有安身之处，如何是好？”退之道：“且带住了马，待我作一篇《风赋》，以消愁闷。”赋曰：

[1] 犹子：兄弟之子。
[2] 啮缺：古人名，借指隐士。相传为许由的老师。

冷冷飕飕，无形无影；呜呜吼吼，有力有声。簸土扬尘，摧林折木；收云卷雾，透户穿窗。一轮红日荡无光，万点明星皆陡暗。须臾间，乾坤罩合，顷刻时，宇宙遮幔。震撼斗牛宫，八大金刚身侧立；刮倒应真殿，五百罗汉眼难开。煽得飞禽惧怕，收毛敛翅，蹲身缩颈树丛藏；吹得走兽仓皇，摆尾摇头，战胆惊心山下躲。飘飘荡荡，三江精怪撞船翻；喇喇呼呼，五岳凶神冲树倒。刮倒东洋海水晶宫展，西华山玛瑙殿摇。响吟吟，赵州石桥两断；怒轰轰，雷音宝阙齐塌。只见补陀山白鹦鹉、红莲台，摆摇不稳；菩萨院青毛狮、白赖象，滚动难拴。走石飞沙，神号鬼哭；天昏地暗，月黑星沉。千年古塔黑悠悠，震动如雷；万里江山昏邓邓，迷离无主。正不知二郎因恁生嗔怒，使尽翻江搅海威？

退之作赋才罢，张千道："老爷，风倒息了，又有雪丝下来，教人怎生走路？"退之道："风既住了，料来雪也不大，我们快趱上前寻个人家安歇，又作计较。"张千道："影也不见一个，哪得有人家安歇？"李万道："好苦！好苦！前日大叔回家时也曾说来，今日不见他来救我们一救。"张千道："大叔再三劝老爷弃了官职，老爷不肯信他，他如何肯来这里救我们？"

说话之际，不觉又走了几里路程，不料那雪越发大了。李万道："雪大得紧，我们且在前面竹林中躲一会儿再走。"退之道："这个去处，如何说得太平的话？就是躲也不为了当，不如快走，寻得一个店家，耽待几日，等晴了走的才是。"张千道："人便硬着肚肠，阘阘得去，马又没料得吃，这般寒冷，如何肯走？"一头说，一头走，当不得那雪拦头拦脑扑将下来，满脖子项里都是雪。退之正在愁闷无聊，只见李万指道："前面林子中间，有一股烟气冲起，恰像有一村人家一般，我们快赶前去讨一夜安耽，明日又好走路。"退之依言，狠把马趱上一鞭，那马答嗤嗤乱走。这正是：

堪叹凡夫不肯修，不知消息不知休。

若将三百年来算，白了先主几转头。

不知果然有人家否，且听下回分解。

第二十回

美女庄渔樵点化　雪山里牧子醒迷

御气餐霞[1]伴老君[2]，服形厌世出苍垠[3]。
五行颠倒成金鼎，三景皈依凌紫氛。
焦尾[4]漫调仙侣曲，锦囊应有玉虚文。
相期脱却尘寰去，紫府琼宫生绛云。

话说那树丛里去处，叫做三山庄地方，前后三百里广阔，也有三四百家人家住着，家家有几个女子，共有七八百个女子，因此唤为三山美女庄。看官，且说为何这一个地方就有这许多女子？只因韩退之不肯弃职修行，蓝采和特特在这个去处化出这一所庄屋，铺排出一个酒店，叫明月、清风变作美女，待退之进去躲雪，就把美女局去试他的心。

果然，退之和张千、李万挡风冒雪赶到这庄门前，见有一个酒店，不胜欢喜，慌忙下了马，附着张千的耳朵说道："进店家去，不要说我是礼部尚书韩老爷，只说是到潮州去寻伙计算账的客人。"张千点头应了，挑着行李前走。退之随后跟进店中，拣一副座头坐下。那过卖[5]就来问道："客官用酒不用酒？"退之道："这般冷天，怎的不吃酒？先把上好的酒旋热些拿来我吃，然后做饭。"过卖道："酒有上好的，烫也烫得热，只是吃了要醉人。"退之道："吃酒不醉，如同活埋。若是淡酒，吃了不醉的，也没人来买了。"过卖道："古来说，酒不醉人人自醉，色不迷人人自迷。因此上不劝客官吃酒。"退之道："你这里是恁么地方？"过卖道："唤做

[1] 御气餐霞：道家两种修炼之术。御气为调节呼吸，餐霞为服食日霞。
[2] 老君：俗称老子为老君，亦称太上老君。唐高宗乾封元年（666）将老子尊称曰玄元皇帝，武则天时改称老君。
[3] 苍垠：此指人间。
[4] 焦尾：指焦尾琴，琴名。东汉蔡邕用烧过的桐木制成，其音绝佳。
[5] 过卖：伙计。

三山美女庄。"

退之道："美男破老，美女破舌，从古所戒，为何取这样一个地名？"过卖道："小孩儿没娘，说起话长，我这三四百人家，只会养囡儿，再不养一个孩子。这许多囡儿俱各长成，未曾出嫁，因此唤做三山美女庄。比如我店主人有个女儿，名唤明月仙，今庚三十八岁了，算命的说，目下该有一个贵人来娶他做二夫人。还不知贵人几时临门？若再挫一年，就是三十九岁，可不头白了。明月仙有一个妹子，名唤清风仙，今年也是三十一岁。算命的说，他那八个字中，稳稳的有三个贵子。店主人也思量把与人做小奶奶，图日后生得儿子，好享福。"

退之再欲问他，谁知张千听得不耐烦，大声叫过卖道："你这人不来烫酒服侍，只管闲跳白话，不像个做生意的人！"那过卖听见张千叫他，忙忙转身来搬酒肴，摆在桌子上面，把一只碗，斟一碗热酒，放在退之面前。退之拿起便吃，刚刚吃得一碗，只见店里边走出一个人来，看了退之，瞅了一眼，道："我家明月仙夜来梦见一位半老贵人，头戴幞头[1]，身穿朝服，手执象简，到他房中同拜花烛。你们在门前支撑生意，须要着眼看看，贵人不要错过了。"说罢，依先走进里面去。过卖笑道："你看，我主人家这般雪天，寒冷得了不得，还睡不醒，做春梦哩。"退之听了他说话，心中就如抓痒一般，欲言不言。过卖近前问道："老客官从哪里地方来？如今要到潮阳有何事干？"退之道："我与一个伙计合本生理，他久不回来，如今去寻他算账。"过卖道："算账，算账，横风打戗[2]，若肯混账，到是了当。"道犹未了，只见对面朱楼画阁之上，一个美貌女子，倚着栏杆，手卷珠帘，唱道：

闻说功臣拜祷，南坛瑞雪纷。普救黎民困，枯槁禾苗润。

今得宰相到来临，自古道贵人难近。敛衽含一羞，免不得相恭敬。

退之听得声音似莺啭乔林[3]，忙忙抬头看时，不觉魂飞天外，魄散九霄，左回右顾，注目凝睛。那女子秋波斜溜，眉黛偷颦，屡屡送情，遥

---

[1] 幞（fú）头：包头软巾。

[2] 打戗（qiāng）：言语冒犯。

[3] 乔林：高大的树林。

遥寄意。退之看了一会，便叫道："再旋热酒来。"过卖捧壶当面。退之问道："你主人家姓恁名谁？"过卖道："我店主人老爹叫做贾似真。"退之道："这三四百人家，共有几姓？"过卖道："都是贾。"退之又道："那朱栏画阁上面，还是主人家的卧楼？是客楼？"过卖道："主人卧房直在后面第七层房子内，这楼上是主人女儿明月仙的卧楼。"退之道："天色将晚了，雪又大得紧，不知前途有好客店安歇么？"过卖道："这般雪天，前途客店又远，去不得了。我这店中极好安歇，但凭老客自裁。"退之道："既然如此，你打扫一间洁静房屋，待我安歇一宵，明早便行。"过卖道："房子、床铺，件件干净的，不消打扫得，就是这明月仙楼下，极是清洁幽雅，任从客官安置。"退之道："楼下倒好。"便叫张千、李万搬了行李，跟着过卖，走到楼下看时，果然精致得紧。退之心中暗喜，掇了一张椅子，傍着栏杆坐着。

坐不多时，只听得咿轧门响，里面走出一个人来，正是那姓贾的主人。退之便立起身来迎他。那贾似真敛气躬身，近前喏道："相公请见礼了。"退之还了一个揖，道："老夫经纪营生，偶从贵处经过，借宿一宵，主人翁何为这般称呼？"贾似真道："小女明月仙夜梦贵人与她同拜花烛，候至此时，不见有她客到来，止有相公三位借我家安歇，正应小女的梦了，岂不是有缘千里能相会？在下情愿把两个小女都嫁与相公，以成吉梦。"退之听得这一句，恰便似抓着痒处一般，便悄悄问张千道："我正没有公子，若娶了这个二夫人，生下一男半女，也是韩门后代。但不知她是头婚？是二婚？"张千道："老爷既要生儿子，管她头婚二婚，熟罐子偏会养儿子。"李万道："据小人主见，又不是这般说。"退之暗道："你主意是恁么样光景？"李万道："这般大雪，我们且将计就计，老爷赘在他家住几时，落得嚼他的饭食，睡他家娘子，等他天晴，我们一溜烟走去到任。若得恩赐回乡，老爷也不要驰驿，依先打这条路转来。倘或二夫人生得公子，稳定带她回家，也管不得老夫人吃醋捻酸；若不曾生得公子，老爷只哄她说，我到家就着人来取你，且把这件事瞒过老夫人，省得耳根闹吵。不知老爷主意若何？"退之低头想一想，道："李万说得甚有理。"即转身上前，对贾似真说道："实不相瞒，我是朝中礼部尚书，姓韩，因谏迎佛骨，被贬到潮州为刺史，今庚五十多岁，正应着令爱梦见的半老贵人。只是我夫人尚在，令爱就是嫁我，止好做二夫人，须要与令爱说过。”贾似真道：“算命的算定，小女目下有贵人娶做二夫人，又与梦相符合，莫说做二夫人，就是铺床叠被做通房，也是情愿的，何须讲过。”退之见他应允，一似孩儿吃糖，贫子拾宝，满脸堆下笑来。

当下，贾似真叫了丫鬟：“快请两位小姐出来，趁此吉日，与韩贵人成亲。”不移时，叮当珮响，馥郁香飘，四个丫鬟，一个叫做标致，一个叫做致标，一个叫做希奇，一个叫做奇希，她四个簇拥着明月仙、清风仙出来拜见退之。退之就与她拜了花烛，同归罗帐。只见楼上摆下酒果一桌，这酒不知是真是假？看官听说，这酒原来就是退之寿诞那一日摆与湘子吃的那一张桌面，其时湘子差天将运在这里，今日摆将出来，试退之记得不记得。只见明月仙手捧金杯，满斟绿蚁，递与退之，道：

酒泛羊羔[1]，大雪纷纷日未消。喜得有缘相会，凤友鸾交。千里来，同欢笑。请宽袍，今宵恩爱，百岁乐淘淘。

退之接酒饮了。清风仙又斟一杯酒，递上退之，唱道：

玉斝[2]香醪，且喜新知是故交。只愿青丝绾结，白首同调。切莫半路相抛。请宽袍，怜新弃旧，风雨打花朝[3]。

退之接酒在手，问道：“二位新人，这两个大丫鬟曾有丈夫么？”明月仙道：“妾身姊妹，今日才得伏事贵人，如何丫鬟得有丈夫？”退之道：“她们既不曾有丈夫，趁着今日良宵，将标致配与张千，致标配与李万，也是春风一度。”明月仙道：“谨依贵人严命。”

当下，退之叫张千、李万道：“两位夫人把标致、致标配与汝二人为夫妇，汝两个可磕头谢了夫人。”张千扯一扯退之，低声说道：“老爷，

你只见佳人娇样，全不想这些人都不是凡人骨相。我记得那撑船的曾说：过得美女庄，才是翰林郎。看今朝景象，明白是装成榜样。倘被她骗了行囊，化作清风飘荡，那时节，就是神仙也难主张。”

---

[1] 羊羔：酒名，味道淳美。

[2] 玉斝：玉制酒器。

[3] 花朝：旧俗以农历二月十五日为百花生日，号花朝节。

退之道："你不要多言，这是我的老运通。"张千道："不要说老运，只怕要倒运。"退之大喝道："我做了朝廷大臣，不知见过多少奇异古怪的事，今日这件小事儿，倒要你多口饶舌！本待赶汝回去，大夫人只说我不能容人，且饶你这一次！"喝得张千喏喏连声而退。

当下，明月仙敛衽上前道："大人不责细人之过，且请息怒。"那标致、致标捧着巾靴衣服，递与退之脱换。退之忙忙地把身上衣服巾靴脱了下来，递过希奇、奇希接去；一面穿上新鲜巾服，一面吩咐张千、李万，俱出外厢伺候。明月仙、清风仙携着退之手，吟道：

说我家穷家不穷，安眠自在过秋冬。

虽然无恁田和产，薄薄家私赛邓通。

退之左顾右盼，答道：

笑我身穷道不穷，皇恩迁转在秋冬。

虽然半百非年少，管取生儿老运通。

明月仙笑道："玉女八十岁而怀老聃，妾止三十八岁，妹子止得三十一岁，正好生育，先请安眠，姊妹俱来陪侍。"

退之正要脱衣上床，不想那衣带收得紧紧的，就像有人拽着索头[1]一般，看看地悬空吊将起来，睁眼再看时，一个人影儿也不见有，慌得退之叫喊如雷。张千道："这般时节，老爷正好做新郎，为何叫喊起来？想这两个夫人兜搭[2]的了。"李万道："不是夫人兜搭，只怕是那话儿事发。"两个定睛只一看时，哪里有恁么房屋？恁么美女？只见退之高高的吊在松树上，树梢头挂着一幅白纸，上有诗四句。诗云：

笑杀痴迷老相儒，贪官恋色苦踌躇。

而今绷吊松梢上，何不朝中再上书？

张千连忙近前解放退之下来。退之羞惭满面，看了这诗，更增惶愧。正在没法，忽听得歌声隐隐，四下里一望，原来是一个樵夫，挑着一担柴，踏着雪，唱着歌而来。歌声渐近，退之听时，乃是四句山歌。歌云：

执斧樵柴早出门，山妻叮嘱最堪听。

[1] 索头：绳索。

[2] 兜搭：勾搭，套近乎。

朝来雨过山头滑，莫在山巅险处行。

退之听罢，不觉腮边两泪交流，叫张千道："那打柴的不过是个愚夫，妻子不过是个愚妇，他也晓得险处当避。古云：'高官必险'。我倒不知回避，致有今日的苦，是不如这个愚夫愚妇了。"

正说话间，樵夫已到面前，张千便问他道："我老爷为国为民，受这般磨折，你住在这深山穷谷之中，必然是廪有余粮，机有余布，俗话说：有得穿有得吃的人，决不是灶下无柴，瓮中无米，有一餐没一餐的主子，为何冲寒冒露，也来打柴？"樵夫道："我们四季砍柴，都是有诨名的。"退之道："判下山柴，随时砍伐，有恁么诨名？"樵夫道："老大人你不要只逞自己聪明，笑我樵夫愚蠢。我们春天砍柴叫做初得地，夏天砍柴叫做望前行，秋天砍柴叫做正好修，冬天砍柴叫做寒退枝。"退之听了"寒退枝"三字，暗暗忖量道："好古怪，这樵夫说话句句含着讥讽，又说我的表字，明明是个暗里藏阄[1]。"张千道："樵哥，樵哥，你不要之乎也者，在鲁班面前掉花斧[2]，我借问你一声，要往潮州地方，从哪一条路上去才有人家好安歇？"樵夫道："四海之内皆兄弟也，东西南北四边都有人家，随分择一家安歇就是，何消问我。"张千喝道："只因四下里不见人影，我们要拣近便路儿走，故此问你一声，你满口胡柴[3]，是何道理？况我老爷是朝中官宰，因贬谪潮阳，在此经过，适遇着这天大雪，问你一条走路，又不是低三下四的人，你如何这油嘴骗舌！若是在长安的性儿，就乱棒打你一顿，还要枷示在十字街头！"退之道："张千，你不要闹嚷，你牵住了马，待我自问他一个下落。"

退之便近前一把扯住樵夫，说道："我韩愈在朝时也曾兴利除害，为国忧民，南坛祈雪，拯济万方，今日在这里受苦，竟没个人来救我。"樵夫道："老大人说是在朝官宰，这等时节，怎的不在那红楼暖阁中间烹羔煮酒，炽炭煨香，拥着燕姬赵女，掷绿推红，却来此处奔驰？也甚没要紧。"退之道："只因皇帝贬我到潮州为刺史，行至此处，迷踪失径，不能前去，

[1] 暗里藏阄（jiū）：此指暗藏讥讽。

[2] 掉花斧：意谓卖弄。

[3] 胡柴：胡说。

望老兄指教往哪一方去是潮州的大路，有人家可以借宿得？”樵夫道：“老大人原来是一个老士路儿，还不晓得潮州的路径？我说与你听：前去潮州崎岖难走，险怪难行。”退之道：“上命严紧，势不由己，就是难走，我也决然要去的，只求你说一声，此去还有多少路程？”樵夫道：“路倒只得三二千里了，恰是人烟稀少，有许多去不得的事哩，且听我慢慢说来：

老士不要忙，听我细分讲。前面黄土峡，便是颠险处。脚踏陂底崖，手攀葛藤附。手要攀得牢，脚要踏得住。若还失了脚，送你残生去。转过一山头，一步难一步。妖精鬼怪多，填塞往来路。

退之道：“怎见得都是精怪？”樵夫道：

玄豹为御史，黑熊为知府；魑魅为通判，魍魉为都护；豹狼掌县事，猛虎管巡捕；獐麂做吏卒，兔鹿是黎庶；狮羊开张店，买卖人肉铺。

退之道：“这一班走兽怎么会得做官？会得做买卖？你说我也不信。”樵夫道：

多年老猴精，腌腊是主顾。你问他相识，他知潮阳路。若要知吉凶，神庙签不误。连求三个下，教你心惊怖。秦岭主仆分，马死蓝关渡。那时不自由，生死从天付。我是山中人，不识仕途路。你要到潮阳，涧下问渔父。

退之闻说此话，吓得遍体酥麻，手足也动不得，扯住樵夫道：“樵哥，你老实与我说，打哪一条路去好？不要只把言语来恐吓我。”樵夫道：“你不听我说话，我说也是徒然。那东涧下有一渔父，他是惯走江湖，穿城过市做买卖的，颇晓得路头，你自去问他便了。”

退之回头看东涧时，这樵夫连影子也没有了。慌得退之叫张千道：“樵夫哪里去了？”张千、李万道：“大家都在这里，不曾看见他从哪一条路去。”退之道：“我正问着他，他哄我转头看东涧，就不见了，岂不是对鬼说了半日话？”张千道：“老爷不要管他，大家赶路要紧。”退之道：“且不要忙，那东涧下果然有个渔父在那里钓鱼，待我再去问他一声，走也不迟。”

退之便一步步捱到涧边，叫道：“渔翁哥，此去潮州还有多少路程？”渔父道：“要到潮州，早哩，早哩！”退之道：“我听得说旱路上不好走，不知水路去可得平安无事否？”渔父道：“水路倒也去得，但那愚人睡着还未醒哩。”退之道：“你就是渔人，现在面前说话，怎么说还未醒来？”渔父道：“我不是愚人，眼跟前倒有一个愚人在这哩。”退之道：“渔翁你高姓？今庚多少高了？高居在哪厢？”渔父道：“名高、年高、居高都要招灾惹祸。我隐姓埋名，巢居穴处，不计甲子[1]，不怕风波，不过是个海上钓鳌客，难比朝中名利臣。”退之道：“你这般养高[2]，倒也是了，只是少些见识。”渔父道：“我是非不理，宠辱不惊，钓得鱼儿换一壶美酒，吃得醺醺醉倒，斜枕船头，卧看夕阳西下，好不快活，少恁么见识？”退之道：“岂不闻夜静水寒鱼不饵，满船空载月明归。如今这般天气，江河俱冻合了，你却在此钓鱼，岂不是少些见识？”渔父道：“你说的是那水寒鱼不饵，早回头的高鱼，我钓的是那迎风吸浪，摆尾摇头，吞了钓脱不得的寒鱼。”退之对张千道：“好古怪，先前那樵夫说我的表字，如今这个渔翁又说我的表字，真是古怪！”张千道：“恁么古怪，不过是趁口胡柴。待小人把他打上一顿，他自然不敢油嘴了。”渔父听见张千要打他，掩口大笑，过涧那边去就不见了。

退之道：“不好了！不好了！这渔父又是一个鬼？”张千道：“鬼在哪里？”李万道：“眼灼灼三个人，捣了半日的鬼。”张千道：“世上有五样鬼，不知他是哪一样？”李万道：“怎见得鬼有五样？”张千道：“见人说的话一味是甜言美语，哄得人花扑扑的喜欢他，恰不识得他是绵里针，腹里剑，笑里刀，这便叫做柔鬼；有一等行动生硬，说话装憨，心里指望这人的东西，却不肯说一句善求的话，只把自家的门面装得紧紧的，不怕这人不送东西与他，这便叫做厉鬼；有一等见了人的东西就思量要，却没本事去要他的，见他与了别人，心中便起妒忌，不怯气他，这便叫做怨鬼；有一等思量要人这一件物事，倒把那一件说将来，团团圈圈，做一个大局面，等那个人不知不觉，堕在他的圈套中间，把这件物事送与他，就如天上起的蜥[3]一般，暗地里摄了人的物事，这便叫做蜥鬼；有一等指东话西，借南影北，代人嘱托公事，说合婚姻，保卖田产，

[1] 甲子：指年龄。

[2] 养高：养高洁之志。

[3] 蜥：蜃的俗字。

过继男女的，这便叫做白日鬼。看起这个渔父、樵夫，大约是个白日鬼。”退之道：“我见了鬼，多分[1]要死了。”张千道：“白日鬼是人人晓得的，哪里会捉杀人。”李万道：“老爷不必猜疑，小的算来，还是湘子大叔变化渔父、樵夫来点化老爷，哪里是鬼。”

果然这樵夫是湘子化的，这渔父是蓝采和化的，两个三言两语，把退之讥讽了一场，退之只是不悟，倒被李万猜着了。张千道：“胡猜乱猜都是没有用的，且赶上前路寻觅店家，安歇一宵，明日又好走路。”退之道：“张千，你且带住了马，待我作《雪赋》一篇，以抒情况。”赋云：

雪者，雨露之精英，丰年之祥瑞。一片呼为鹅毛，二片呼为凤耳，三片为攒，四片为聚，五片为天花，六片为六出。气有升有降，飕飕冷冷布乾坤；味有重有轻，蔼蔼和和长禾稼。资清以化，乘气以霏；值象能鲜，即洁成素；天工剪冰，宇宙飞绵。品之有四美焉：落地无声，静也；沾衣不染，洁也；高下平铺，白也；洞窗辉映，明也。透帘穿户，密洒歌楼，鸳鸯瓦半似妆银；漫屋填沟，乱飘僧舍，翡翠楼全如曳练。装成狮子势雄豪，攒簇梨花，金刀添冷；剪碎齐纨形灿烂，堆成柳絮，罗绮生寒。想樵夫山径迷踪路，料渔翁罢钓归南浦。路绝行人，客无伴侣。见孤村，招飐酒旗；听孤雁，人无书度。乱纷纷白鹭群飞，扑簌簌素鹏展翅。千山玉砌，游子魂迷；万户粉封，行人肠断。畏寒贫士，祝天公少下三分，玩景王孙，愿滕六平添几尺。宜长松，宜修行，又宜怪石峻嶒；宜巧石，宜老梅，偏宜深山窈窕。正是尽道丰年瑞，丰年瑞若何？长安有贫者，宜瑞不宜多。

退之赋罢，笔冻手僵，寒色可掬。张千道：“老爷，雪越发下得大了，怎生是好？”退之道：“风扫地，雪为灯，啮雪吞毡古有人。我既学不得袁安[2]高卧雪，岂辞千里路难行。”张千道：“老爷，你当时不听人言语，

[1] 多分：多半。

[2] 袁安：东汉人，为人守正谨严，为乡里所敬重。官至楚郡太守。

恋着功名不肯休。今朝雪拥前无路，鸦噪枭[1]鸣在上头。”退之默默无言，凄惶趱路，不想那风越狂，雪越大，腹中饥饿，身体疲劳，因下马，同一行人躲着雪，口占《山坡羊》一首：

路迢迢，蓝关不到；恨悠悠，饥寒难保。白茫茫，马不能前；步迟迟，进退多颠倒。梦魂消，些辞[2]难远招，终年结果真难料。命蹇[3]时乖，忠心天表。萧条满荒山，雪乱飘林皋，苦迎眸，鸦叫号。

退之吟罢，不胜伤感，又上马行。行过数里，到一个山凹去处，却有好几条去路，不知从哪一条去是潮阳大路？正在那里没做理会处，只见一个牧童东张西望，在那里寻牛。退之要问他一声，恐怕又吃他一场没意思，只得心生一计，叫牧童道：“童儿，童儿，你寻些恁么？”牧童道：“我不见了一只牛，在此找寻。”退之道：“你从哪里来，就不见了？”牧童道：“我从长安跟着这牛儿来，他一路上头也不回，不知怎的，到来个所在，魆地里便不见了。”退之道：“我倒看见一只牛在一个所在，只是不知是你的牛也不是？你若肯指引我往潮州去的路头，我便领你去寻着那只牛。”牧童拍手笑道：“你休哄我，我的牛相貌清奇，形容古怪，乃是一只异样的牛，你如何认得他？”退之道：“你的牛不过是四蹄双角，细尾巨头，鼻孔穿绳，眼眶戴罩，有恁么异样？”牧童道：“世上的牛有许多名色，怎么比得我的牛。我一一说与你听：背上三搭不转头，倔头倔脑是犟牛；偎头束尾不推磨，卧倒地上是懒牛；竖起尾巴常放屁，垃圾腌臜是臭牛；打下荆条全不怕，横行直撞是蛮牛；遍身生疮脊背烂，肉消腿软是瘟牛；踏着尾巴头不动，不死不活是呆牛；身拖犁耙去锄田，走了不住是痴牛；有钱万贯不会使，咬姜呷醋苦啾啾，守财悭吝招人怪，绰号原来是村牛；头戴吴江沿口帽，装腔做势去蹴球，要学子弟风流样，到底称呼是贼牛。我的牛儿，润泽乌青无比赛，不是人间一样牛，今朝若还寻不见，主人

---

[1] 枭（xiāo）：猫头鹰。

[2] 些辞：指楚辞体诗歌，因句尾常有“些”字，故称。

[3] 命蹇（jiǎn）：命运不顺。

鞭扑实堪愁。”退之道:“当年老子出函谷关,指引尹喜[1]、度脱如来的时节,曾骑着青牛,你又不是仙童,如何说寻青牛?”牧童笑道:“我虽不是仙童,却也不是等闲的人,你何不弃了官职,跟我修行,不到潮州去也罢!”退之道:“我侄儿韩湘子三番五次劝我出家,我也不情愿跟他,今日如何肯跟你这童子。”牧童道:“若说那韩湘子,我也认得他,他是上八洞神仙。你不跟我去修行,是你没福了。”退之听见牧童说认得湘子,便道:“牧童哥,我正要见湘子一面,他如今在哪里?劳你替我说一声,叫他快来救我。若再淹留几日不来,我定死在这深山旷野了。”牧童道:“老大人,你说话全不知事,亏你在朝中做官。”退之道:“我不知哪一件事?”牧童道:“要我对韩神仙说,叫他来见你,就是不知事了。”退之道:“牧童哥,你不知道,我一来有王命在身,二来湘子是我的侄儿,三来我曾抚养湘子成人长大,四来湘子曾许来蓝关救我,故此劳你寻他。”牧童道:“那为仙的脱了名缰利锁,丢了父母妻儿,再没有一件挂在他心上,那里有功夫来记挂你这叔父。”退之道:“他既不肯来,我宁死也不去寻他了。”牧童道:“既是如此,请大人尊便,莫误了钦限[2]。”退之道:“牧童哥,你生长在这里,晓得这里是恁么地方?”牧童用手一指道:“前面那树林中有一座大石碑,碑上写着几行字,你自去看个明白,就晓得地名了。”退之便勒了马,上前一看,只见碑上写着“蓝关秦岭”四个大字,便叹息道:“当初湘子来家时说我要到此地受苦,我一些也不信他,谁知今日果遭这场凶祸,又不见他来救我,如何是好?”张千道:“似这等大雪天气,老爷为着朝廷钦限,没奈何来到这个去处,大叔就做了仙人,也不肯来这里讨苦吃。”李万道:“老爷且休埋怨,前面林子深处必有人家,我们且趱行几步,寻得店家安歇,又作道理。”正是:

久旱祈甘雨,他乡望故知。
得他来救我,是我运通时。

毕竟不知林子里有人家没有,且听下回分解。

---

[1] 尹喜:人名,周时关令。相传老子西游至函谷关,尹喜强留,老子授《道德经》五千言而去。

[2] 钦限:皇帝所定期限。

第二十一回

问吉凶庙中求卜　解饥渴茅屋栖身

渺渺秦关百二重，车尘马迹各西东。
悬崖高阁参天柏，古道禅房化石松。
半壁虺虬[1]笼晓日，一池萍藻漾清风。
茅庵独坐无人问，唯有斜阳映地红。

不说退之一行人马冒雪赶路。且说蓝采和对湘子说道："仙弟，你看韩退之一连几日路绝人烟，身无宁处，他略不回心转意，懊悔当初，真是铁石般坚的性子。但这十分寒冷，倘或冻饿坏他，岂不反误大事？我和你去岗岭上，吩咐土地化一间庙宇，暂且与他安身躲雪，有何不可？"湘子道："仙兄之言有理。"即时唤出山神、土地，吩咐他道："俺叔父韩退之原是卷帘大将，谪降尘凡。玉帝有旨着俺去度他，已经屡次，尚不回心，今日这般风雪，在那秦岭蓝关路上，冻馁之极。你可往双岔路口，化一座庙宇，与他躲避一时。他若求签问兆，连赐下下，不可有误。"山神、土地领了湘子的话，果然在那双叉路口化出一座庙宇。这庙的光景若何？

矮矮三间殿屋，低低两下厢房，周围黄土半摊墙，门扇东歪西放。中塑土公土母，旁边鬼判施张。往来过客苦难当，问兆求签混账。

退之与张千、李万冒风雪走了半日，苦不可言，忽见前面有一座庙堂，张千便道："老爷，前头喜得有个庙堂，我们且进去略躲片时。若有庙祝在内，叫他安排些热汤、热水，吃一口儿也好。"退之道："既有庙堂，我们且走到里边权宿一宵，明早赶早又走。"李万连忙上前，带住了马。退之下得马来，走到庙前，抬头一看，见牌额上写着"土穀神祠"。退之便叹道："既有土地庙，便该有人家附近了，怎的走来这许多路，不

[1] 虺(huǐ)虬(qiú)：原指上古神兽，此处喻盘曲的松树。

见有一家烟火？”当下一行人马走进庙里。退之向前躬身喏道："土地公公，你正直无私为神。我尽忠报国遭贬潮阳，一路上风餐露宿，饥寒难禁。今日雪拥马头，上前不得，只得权借庙中安歇一宵。望神灵庇祐，风雪早霁，仕路亨通，得赐回乡，夫妻聚首。”张千道："香案有一签筒，定是往来的人在此求签，老爷也求一签，卜此去吉凶何如？”退之依言，撮土为香，对神祝告道："明神在上，我韩愈贬谪潮阳，一路里受了许多磨折，今到蓝关秦岭，不知离潮阳还有多少路程？若是此去吉多凶少，愿神灵赐一个上上的签；若是凶多吉少，愿赐一个下下的签。”捧着签筒摇了半日，求得一个下签。连求三签，都是下下。退之看了道："可怜，可怜！我连求三个下签，想是我命合休于此。”

只见张千、李万在那庙后边去，寻见一个庙祝。这庙祝龙龙钟钟，拄着一条拐杖儿，走将出来，摇头战战的，向着退之大笑。退之道："你有恁么好笑？我们奔驰了许多路，肚中饥饿，可做些饭与我们充饥，重重谢你。”庙祝道："我老人家夜里睡不着，清早爬不起，走得起来，已是巳牌过了，摸摸索索煮得一餐，只好做一日吃。你们若肚饥，有米在此，自家去煮，倒得落肚快些。”退之道："你有火种，拿一个与我们。”庙祝道："你像个读书的人，怎不晓得石中有火？”退之便叫张千道："老道人说得有理，你去拿一块石头来取火做饭。”张千道："小的只晓得钻燧取火，这石头如何取得火出？”退之道："你去拿来，我自有处。”张千连忙去扒开雪，取一块石头，递与退之。那庙祝便向袖中取出铁击子[1]、淬火纸筒[2]。退之接过在手，左敲右敲，哪里有一个火星爆出。庙祝看见敲不出火，便近前来，接过石头击子，战抖抖的敲了两三下，就红焰焰爆出火来。张千喜欢不尽，连忙接过手中，去寻厨灶。只见房歪壁倒，灶塌锅破，盆钵也没有一件，叹了一口气，扯了庙祝说道："你老人家想是个不吃食，服气的东西。”这庙祝推聋装哑说道："我不得地的时节，也不东奔西谒，摇尾乞怜；那得地的时节，也肯知足知止，急流勇退，哪里得有气淘？”退之道："这老道人言语分明是讥诮下官。”张千道："老人家吃了隔夜螺

[1] 铁击子：打火用。

[2] 淬（cuì）火纸筒：引火用纸。

蛳，古颠古倒来缠话，老爷不必介怀。”便和李万两个去寻了许多石块，搭下一个地灶，攀些树枝，烧起火来。又去行囊内取出随身带的小铜锅，装了一锅雪，架在地灶上，谁知那雪消化来不上一碗水，一连化了几锅雪，方才够做饭，直侮到天晚，才吃得一餐。

那庙祝走进后边去，再也不走出来。大家没处存身，张千道："庙里又没有洁静客房，干净床帐，老爷若不憎嫌，到后边同这庙祝睡一夜也罢。”李万道："老爷且慢些进去，待小的先去看看这庙祝的房，然后又做计较。”张千道："你说得有理。”李万便跑到后边一看，只见一领草荐铺在地上，庙祝和衣倒在上头，也没有被盖，哪里有恁么床帐。李万回身就走，口里喃喃道:"不是老爷不进来，原来这庙祝是这般齐整的床帐。”一五一十对退之说了一遍。退之道："这地方前不巴村，后不着店，庙祝又是老年待尽的人，度得日子过也是好了，教他哪里去布施床帐来睡？只是我的命苦，贬到这个地方。”张千道："老爷不要烦恼，据这般风雪天气，又亏得有这个古庙堂等我们安歇，若没有这庙堂时，我们一发苦了。”大家说了一回，只得在神柜前团聚做一堆。

那退之长吁短叹，一夜不曾合眼，巴巴到得天明，开眼一看，大家都聚在一株老松树下，一匹马也立在那里不动，四面空荡荡都是雪，幸喜得不落在他们身上，并不见有恁么庙宇，恁么老庙祝，惊得目瞪口呆，慌忙叫张千、李万道:"你两个怎的还睡着？”李万魂梦中用手擦一擦眼睛，道:"起来了。”张千抬起身一看，也吃一个大惊，道:"这老道人是个积贼！”退之道："怎么，他是积贼？”张千道："若不是积贼，恐怕我们查出他根脚来，怎的连庙宇也拆了去？”李万道："料这一个老道人也拆不得这般干净，毕竟还有几个木作来帮他。我们为何这般睡得着，连斧头、锯子声也不听得一些儿？”李万道："我们是行路辛苦的，又白碌了这一黄昏，故此睡着了。”退之道:"你两个都是乱猜，难道拆卸房子，瓦片木屑，也收拾得这般干净？这还是上天怜悯我忠义被谪，饥寒待毙，故遣山神、土地点化这间庙堂，与我权宿一宵，你们休得说那混话。”张千就拴扣马匹，李万便挑担行李，赶上前路。正是：

忆昔当年富贵时，岂知今日受孤凄。
潮阳路远何时到，回首长安云树迷。

退之一行人马，走得不上三五里程途，陡然寒风又作，雪片扑面而来。张千道：“老爷，雪又大了，怎生是好？”退之哀哀的啼哭道：“湘子！湘子！你虽不念我夫妻抚育深恩，也索念我是你爹的同胞兄弟，怎么到这般苦楚时节，还不来救我一救？”李万道：“大叔不知死在哪州、哪县、哪个地方，连骨殖[1]也不知有人收拾没人收拾，老爷如今在这里叫他，他就是神仙，也听不见，叫他怎的？”

原来湘子正在云端里跟着退之，听见退之哀苦叫他，他便变做一个田夫模样，驮着一把锄头，从前面走将过来。退之看见这个田夫，便暗忖道：“这般旷野雪天，如何得有种田的，莫不是一个鬼？前日被那樵夫、渔父两个活鬼混了一日，我如今且念些《易经》去压服他，看他怕也不怕？”一地里寻思，一地里便念‘乾、元、亨、利、贞’几遍。湘子听见退之念诵《易经》，暗暗笑道：“鬼是纯阴之物，被《周易》上‘精气为物，游魂为变’两句，说破了他的来踪去迹，故此怕《易经》。我是纯阳之体，从《周易》上悟出参同[2]大道，哪怕恁般‘乾、元、亨、利、贞’，且由他念诵，莫先说破了机关。”退之一口气念了许多‘乾、元、亨、利、贞’，见这田夫端端正正立在面前不动，便又暗忖道：“前日的樵夫、渔父是鬼也不见得，今日这个田夫的的确确是人了。”便又近前施礼道：“借问老哥一声，此去潮阳还有多少路？”田夫答道：

田夫只晓耕田事，不知高岭几多峰。也不知峰头有多少树和水，也不知岭脚有多少柏和松，也不知瀑布流泉从哪里来，从哪里去，也不知僧尼道士打恁么鼓，撞恁么钟。饶你锦衣跨骏马，饶你玉斝饮千钟，饶你财多过北斗，饶你心高气吐虹，到头来终久不如农。

那田夫说完了几句，不瞅不睬，径自去了。退之要赶上前去拽住了他，又恐怕他不分皂白，言三语四，反讨一场没趣；欲待不去赶他，心中又委决不下。张千道：“此时此际，老爷还不赶路，等待何时？”退之道：“我心里思量，还要问田夫，讨一个明白。”李万道：“要知山下路，须问

[1] 骨殖：尸骨。

[2] 参同：相合为一。

过来人。这田夫只在山里种田，何曾出去穿州过县，问水寻山，老爷苦挤挤去问他恁的？”退之见张千、李万絮叨叨，只得把马加上一鞭，望前而去，眼中却扑簌簌流下泪来。这正是：

胸中无限伤心事，尽在汪汪两泪中。

一行三口儿又奔了十数里，指望寻个店家安歇，不料远远地跳出两只猛虎来，真好怕人。

深山雾隐，皮毛赛玄豹[1]丰标[2]；大地风生，牙爪共青狮斗利。高岩才发啸，昂头摇尾震山川；绝壑漫迎风，怒目睁眉惊樵牧。任你卞庄[3]再世，受饥寒难逞英雄；假饶冯妇[4]重生，遭冻馁怎施拳棒？今日退之遇着呵，这才叫做屋漏更遭连夜雨，行船又值打头风。魂灵不赴森罗殿，也应飞上半空中。

张千转身就跑道：“老爷，不好了，前面有两只猛虎赶来了！”退之闻言，一骨碌在马上跌将下来，晕倒地上，没一丝儿气息。那两只虎奔进近前，把张千、李万一口儿都咬了去，单单只剩下一个退之。这才是：

命如五鼓衔山月，身似三更油尽灯。

话分两头，且说湘子既教山神化猛虎来驮了张千、李万去，惊得退之晕在地上不苏醒，蓝采和便道：“仙弟，你叔父只剩得只身昏晕不醒，你可速去救他醒来，省得他把真性都迷乱了。”湘子道：“仙兄，我叔父还不心死，思量去潮州做官，待我作一阵冷风吹醒他来，又去前路化一间茅屋，把花篮盛着他昔日与我的馒头、好酒，放在屋里与他充饥荡寒。再过一日，把马一发收去魂魄死了，绝了他的脚力，然后去点化他。”蓝采和道：“如此却好。”果然退之惊得晕死半晌，被一阵冷风吹得浑身冰冷，才苏醒阐闼[5]起来，定睛一看，不见了张千、李万，只剩得这匹马，乜乜遮遮立在那里不动。不觉两泪交流，叹一口气道：“我韩愈尽忠尽孝，为国为民，只指望名标青史，死有余芳，谁知佛骨一表，弄得家破人亡，

[1] 玄豹：黑豹。
[2] 丰标：丰神韵致。
[3] 卞庄：卞庄子，鲁国大夫，食邑于卞，谥庄。以勇敢著称。
[4] 冯妇：晋国人，敢手搏猛虎。
[5] 阐（zhèng）闼（chuài）：挣扎。

夫妻拆散。来时还有三个人，今日把两个葬于猛虎腹中，到前路去只我一个，若再撞见虎时，性命决难逃躲。想我自作自受，应该命断禄绝在这个地方，不如早早寻个自尽，倘或有人怜悯是无主孤魂，掘个坑儿埋葬了我，也得个囫囵尸首，煞强如被老虎咬嚼得粉骨碎身。”左思右算，走到前面树林茂处，解下腰绦，要悬挂而死。谁知退之不该缢死，绦儿挂得上去，又跌了下来。退之拣得一丫粗壮的树枝，说道：“这丫儿决挂得牢了。”及至挂上绦儿，连树丫儿也折了下来。退之道：“我想是不该绳上死，该在刀下亡，故此圣上要把我在云阳市上斩首，亏了林亲家并众官力救，得贬潮阳，今日终七终八不免这条路。”连忙向行囊上解下佩刀，要自刎时，那刀有如生了根在鞘内的一般，左拔也拔不出来，右拽也拽不出来，急得退之叫道：“天哪！我韩愈到了这个田地，求生不得生，要死不得死，留我韩愈一个也是徒然的了。”叫声未绝，只闻得远远地渔鼓敲响，退之道:“好了，好了！我侄儿湘子来救我了。”举头四下里只一看，只见蝶翅鹅毛，好不上下刮得紧，哪里见有湘子侄儿？哪里有恁么渔鼓简板？

退之急得欲奔无路，举眼无人，忙忙去解缰绳，对马说道：“马，我骑坐你这几时，没一日离了你，我千死万死终须是死，我今与你分离，你再不要恋着我了。你若不该死，快快依着来的路头，一径回到长安，省得被虎咬坏了。”一头对马说，两行眼泪汪汪的流下来，哽哽咽咽，气都出不来了。只听得渔鼓又敲响，退之听了一会，道：“这敲渔鼓的分明是我侄儿湘子，怎的只闻其声，不见其形？昔日他曾说到蓝关道上救我，今日怎么还不来？教我受这般凄凉苦楚。”便仰面朝天，不绝口的叫了湘子几声，哪得有一个人应他？

他正在栖惶没法，忽然听得渔鼓又响，只见一个道童，头上挽着双丫髻，身上穿件缁布单衣，手里拿着渔鼓，肩上驮着花篮，冒着雪走将来，那大片的雪，没有一片沾着他的身上，越显得唇红齿白，仙家的模样，口唱道情，是一阕《寄生草》，又是一阕《山坡羊》。

〔寄生草〕家住在深山旷野，又无东邻西舍。只见些山水幽清，禽鸟飞鸣，麂鹿忙奔。到晚来，人烟稀，鸟声静，冷冷清清。做伴的是，树梢头残月晓星。

〔山坡羊〕想当初，有驷马高车，为恁么到蓝关险地？今日英雄在何处？只怕要马倦人亡矣！心惨凄，夫妻两处飞，更添那雪积。雪积如银砌，回首家乡一路迷。伤悲！此际艰难，谁替你？孤恓，早早回头也是迟。

退之看见这道童体貌清标，形容卓异，言词慷慨，音调激扬，便向着他拜倒在地上，道："神仙救我！神仙救我！"道童忙用手扯住退之，道："你是何等样人？来到这个没人烟的所在，有恁么贵干？"退之道："我是在朝的礼部尚书韩愈。"道童道："既是在朝的大人，出入有高牙大纛，后拥前呼。这样雪天，何不在红楼暖阁，烹羊煮酒，浅斟低唱，以展豪兴？却为恁单人独马，在此走路？"退之道："我韩愈也是会快活的，只因侄儿湘子劝我修行，我不肯依他，今日在此受这般磨难，教我望前看不见招商客店，望后不见张千、李万，单单剩下我孤身，左难右难，因此上要寻一条自尽的路头。幸遇着仙兄来，借问仙兄，此去潮阳还有多少路程？"道童用手一指道："前面就是蓝关城了。"

退之抬头看时，这道童化一阵清风，又不见了。退之忖道："想是我不该死在这里，所以老天降下仙童指引我的路头，不免趱行几步，寻个安歇店家，又作道理。"偏生雪又大得紧，那匹马冻得寒凛凛的倒在地上，不肯立起来。退之道："我因得罪于朝廷该受此苦，马，马！你得何罪，也同我在此处受这般饥寒？"只得慢慢地扶起马来，整理鞍辔，上马而行。只是马已冻坏，行走不得，一步一颠，几乎把退之跌下马来。退之此时也有八九分信湘子是神仙，做官的心也有八九分灰了。

走不上半里多路，望见一间茅屋在那山边，便自言自语道："那间屋不是茶坊、酒肆，一定是个出家人修行的所在，我且前去，权躲灾难，却不是好。"连忙带了马到得茅屋门前，只见两扇门关得紧紧的，并没有人声气息。退之道："好古怪，怎的有房子，却没有一个人在里头？想是睡着了，或是有病卧在床上起来不得；或是出外抄化不曾回来，或是寻师访友，或是踏雪寻梅，或被虎狼伤死，或遭魍魉迷魂也不见得。"又自道："虽然是这样说，只是深山去处，不是一个人住的，少不得也合几个道伴看守房屋，难道没有一个人在屋里不成？"退之把马拴住了，推开门看时，门里并无一个人，只有一张桌子，一把椅子摆在那里。桌子上放着花篮一个，花篮内盛着许多馒头，热气腾腾，就像新落蒸笼的一般。篮旁一个葫芦，盛着一葫芦热酒。退之正当饥渴时节，拿起馒头就吃，刚刚咬得一口，猛然想道:“这馒头好像我生日那一日蒸的一般模样。”仔细看时，果然是厨子赵小乙蒸的馒头，那日赏与那黄瘦道人，用障眼法儿把我席上三百五十六分馒头都装在花篮里面，如何到在这里？为何还是这般热的？真是古怪!

又道：“那道人原说我有蓝关雪拥之灾，故此收了我三百五十六分馒头。待我如今把花篮里的馒头细细数看，若是三百五十六分，不消说了；或多或少，不拘定三百五十六分之数，必然是出家人别处化来的馒头，天教他放在茅屋里济我的饥渴。”当下退之将手去花篮内摸出一个，又是一个，摸去摸来，整整的摸出三百五十六分来，一分也不少，一分也不多，乃叹一口气道：“我有眼何曾识好人，谁知那黄瘦道人真是个神仙，真有仙术。且胡乱吃几个馒头充饥，吃些酒解渴。”退之吃得一个馒头，吸得一口酒下肚子去,便觉得神清气爽,身上也轻松和暖了好些。又自想道:“马与我同受饥寒,又没草料吃,不免也把馒头喂他几个。”只见那马垂头落颈，眼中泪出，一些也不肯吃。退之看了，好些伤感，道：“张千、李万被虎咬了去，我只靠这匹马做个伴儿，倘若有些蹊跷，教我怎生区处[1]！”一边摸着这马，一边叹息，不觉天色昏沉，看看晚了，只得在茅庵中权坐一宵。正是：

情知不是伴，事急且相随。

欲知退之如何度过这一宵，且听下回分解。

[1] 区处：处置、安排。

第二十二回

坐茅庵退之自叹　驱鳄鱼天将施功

十二时中风雨恶，悔却从前一念错。坎离[1]互换体中交，纯阴剥尽纯阳乐。纯阳乐，不萧索，乾乾夕阳如胎鹤。回头拾取水中金，胜似潮州去驱鳄。

话说退之在那茅屋内，既没个床帷衾褥可以安息，又没灯火亮光人影儿相伴，冷清清独自一个，上天无路，入地无门，只得把门来拴得紧紧的，坐在椅子上打盹。思量要睡一觉，无奈心儿里凄惨仓皇，耳朵里东吟西震，免不得爬起眠倒，哪里合眼睡得一刻？因口占《清江引》一词，以消长夜。

一更里，昏昏睡不成，对影成孤零。我意秉忠贞，谁想成画饼，只落得腮边两泪零。

二更里，不由人不泪珠抛，雪拥蓝关道。回首望长安，路远无消耗，想初话儿真错了。

三更里，又刮狂风雪，门外有鬼说。马儿命难逃，孤身何处歇？想韩愈前生多罪业。

四更里，鸡叫天未晓，听猛虎沿山叫。三魂七魄荡悠悠，生死真难保。没计出羊肠，只得把神仙告。

五更里，金鸡声三唱，不觉东方亮。忙起整衣裳，要到蓝关上，怎当那风雪儿把身躯葬。

退之一夜要睡不得睡，嗟叹到天明，正要整理鞍辔上马前行，看那马时，已直僵僵死在地上。退之见这马四脚挺直，两眼无光，不觉跌脚捶胸，放声大哭，道："记得昔日在长安起身时节，一行共有四个，一路上虽然冷落，还不孤恓。不想张千、李万被老虎咬了去，我只得朝朝暮暮与马相依。走遍了崎岖险路，踏遍了厚雪层冰，饥无料喂，寒无草眠。还指望赶到

[1] 坎离：坎喻气，离喻神。

潮阳做一日官，博得恩宥还乡，我与马依旧在长安街上驰骋。怎知今日马死荒郊，我留茅舍，这都是前生分定，我也不怨，只是教我怎生走得到潮阳？”那时苦痛不已，便将心事作诗一首，写在茅庵壁上。诗云：

一封朝奏九重天，夕贬潮阳路八千。

本为圣朝除弊政，肯将衰朽惜残年。

退之苦吟四句，还未有后四句，因思向日那金莲花瓣上有诗一联，正应着今日的事，乃续吟云：

云横秦岭家何在？雪拥蓝关马不前。

退之正欲凑完后韵，不料笔冻紧了写不得，只得放下了笔。那时节才晓得自家的性命如同雪里的灯，炉上的雪，一心一意指望见湘子一面，以求拔救性命。只是独自一个在茅庵中不为结局，便又走向前去。

谁知走不过半里之程，又有一只猛虎拦住路头。退之叫道：“我今番死了！湘子侄儿如何还不来救我？”只见半空中立下一个人来，斥虎道：“孽畜，不得伤人！好生回去。”那虎就像是人家养熟的猫儿、狗儿一般，俯首帖耳，咆哮而去。退之看见，就狠叫道:“救苦救难大罗仙，救我一救！我情愿跟你去修行，再不思量做官了。”湘子道：“叔父，叔父，我不是恁么大罗仙，乃是你侄儿韩湘来看你，你怎的不认得我了？”退之抱住湘子，号啕大哭，道:“懊悔当初不听汝的言语。整整在路上受了许多苦，汝如何早不来救我？”因把一路里的事情细细告诉湘子一遍，又道：“我方才在茅庵中题一首诗，以表我的苦衷，因笔冻坏了，只做得六句，如今喜得见汝，我续成了这诗。”湘子道：“叔父的诗是哪几联？”退之道：“我念与汝听。”诗云：

一封朝奏九重天，夕贬潮阳路八千。

本为圣朝除弊政，肯将衰朽惜残年。

云横秦岭家何在？雪拥蓝关马不前。

知汝远来应有意，好收吾骨瘴江边。

湘子道：“叔父不须絮烦，侄儿都知道了。请问叔父，如今还去到任做官，还是别图勾当？”退之摇手道：“感天地、祖宗护祐，死里逃生，一心去修行辨道，寻一个收成结果，再不思量那做官的勾当了。”口占《驻马听》一词，以告湘子。

我痛改前非，再不去为官惹是非。撇却了金章紫绶、象简乌靴、锦绣朝衣。想君恩友谊若灰飞，花情酒债俱抛弃。脱却藩篱，一心只望清修善地。

湘子道："叔父，你既回心向道，一意修行，自然超升仙界。只是这山里没有师父，教哪个传与你丹头妙诀？"退之道："闻道先乎吾者，吾之师也。汝既已成仙，我就拜汝为师，何消又寻别个师父？"湘子道："父子不传心，叔侄难授道，这个断然使不得的。"退之道："侄儿这般说话，又是嫌我轻师慢道，心不志诚了。我若有一点悔心，永堕阿鼻地狱[1]！"湘子道："侄儿蒙叔父恩养成人，岂不知叔父的心事，何须立誓。只是违了朝廷钦限，又要连累家属，怎生是好？"退之道："我一心只要修行，顾不得他们了。"湘子道："虽然如此说，叔父的清名直节，著闻一世，岂可因今日遭贬，便改变了初心。侄儿思量起来，叔父还是去到任做官，缴完了朝廷钦限，然后去修行，才是道理。"退之道："我单身独自去也枉然，倘或前途又遇见老虎，岂不是断送了性命？"湘子道："果然叔父一个人到任也不济事，不如侄儿同叔父去做官，了些公务事情，留下好名儿在那里，我便把先天尸解妙法换了叔父形骸，只说叔父中风，死在公署；我另脱化一身，回到长安，上本报死，求复叔父封诰[2]，仍旧同叔父寻师访道。上不违朝廷的钦命，下可完叔父为官的美名，中可得长生不死的妙诀，却不是好？"退之听罢，不胜欢喜道："但凭汝作用，我只依汝便是了。"恰才整顿上路，湘子也不驾云踏雾，跟着退之一般的餐风宿雨，冒冷耽寒。

一连走了两日，远远望见一座城楼，湘子道："前面已是潮阳郡了，他那里定有人夫来迎接，叔父可冠带起来，好接见他们。"退之依言，穿了冠带，坐在那十里长亭之下。果然有一个探事人，青衣小帽，近前问道："你们是哪里长官？有恁事来到这里？"湘子道："我老爷是礼部尚书，姓韩，因佛骨一表，触犯龙颜，贬在本府为刺史，今日前来到任。"探事

---

[1] 阿鼻地狱：佛教八热地狱之一。阿鼻，梵语音译，意为"无有间断"，即苦无间断，身无间断。

[2] 封诰：死后皇帝赐给封号，以示荣耀。

人道："这般说是本府太爷了，且请少坐，待小人去报与官吏得知，出来迎接上任。"

那探事人说了这几句话，没命的跑进城去，报与客官知道。不一时间，就有许多职官并乡里耆老、师生人等，备了些彩缯旗帜，飞也似拥出城来，迎接退之，各各参谒礼毕，退之吩咐道："今朝上吉，我就要到任，一应须知册籍、禁约、条例，俱要齐备，不得违误。"官吏连声喏喏而退。当下退之坐了四人官轿，皂甲人役，鼓乐旗帐，簇拥进城，在官衙驻扎。次早升堂画卯[1]，谒庙行香，盘算库藏，点闸狱囚。各样事务已毕，便张挂告示，晓谕军民人等，凡有地方大利当兴，极弊当革，许一一条陈，以便振刷。凡有贪官污吏，鱼肉小民；大户土豪，凌铄[2]百姓；及含冤负屈，抱枉无伸者，许细细具告，以便施行。

张挂得二日，只见许多百姓，老老少少，一齐拥入公堂，跪在地下禀道："老爷新任，小的们也不敢多言，有一个歌儿，乃是向来传下的，今日念与老爷听，凭老爷自作个主见。"退之道："歌儿是怎么样的？念来我听。"百姓们道：

潮州原在海崖边，潮去潮回去复连。
风土古来官不久，鳄鱼为害自年年。

退之道："潮去潮回，自有汛候，说他做恁？若说为官，则做一日官，管一日事。俗语说，做一日长老撞一日钟，怎说那不长久的话？"众百姓道："歌语流传，小的们也不晓得怎么样起，只是古来有那'五日京兆'，便是不长久的榜样。"退之道："不消闲说，你们且把那鳄鱼为害的事情备细说一番我听。"众百姓答道："我这地方近着大海，数年前头，海内淌一个大鱼来，这鱼身子有几十丈长，朝暮随海水出入，海水泛涨起来，就淹坏了民间田地。他那尾巴也有几丈长，起初看见牛、羊、马畜在岸上，他便用那尾巴卷下水去吞吃了。落后来看见人，他也用尾巴卷人去吃，因此人怕他得紧，叫他做鳄鱼。这几年间，竟不知被他吃了多少人畜，如今十室九空，伶仃贫苦。往往来的太爷都无法可治。望老爷必先除此害，

[1] 画卯：签到。
[2] 凌铄：欺压。

以救万民。”退之道：“那鳄鱼形状若何？”众百姓道：“龙头狮口，虎尾蛇身，游泳海中，身占数里，不论人、畜，一口横吞。”退之道:“汝等暂退，我有处治。”众百姓纷纷队队走出了衙门。

退之正要散堂回衙，只见一人蓬头大哭，叫苦连天，进来告状。退之道：“你告恁么状？且不要啼哭，慢慢说上来。”那人道：“小的姓刘，名可，告为人命事。”退之道：“死的是汝恁么人？凶身姓恁名谁？现今住在何处地方？”刘可道：“小的每日在秦乔口钓鱼，家中止有一个母亲，日日送饭来与小的吃。昨日等过午时，不见母亲送饭，小的等不过了，只得沿河接到家去。不知被恁人把小的母亲打死了，丢下河内，只留得一双鞋子在岸上，真个是有屈无处伸，望老爷可怜做主。”退之道：“这等是没头人命了，你快去补一纸状子来，我好差人查访凶身，偿汝母亲的命。”刘可磕一个头道：“青天老爷，小的不会写字，只好口禀。”退之道：“没有状词，我怎么好去拿人。你既不会写，可明白说来，我着书吏替汝誊写。”刘可道：

告状人刘可，告为人命事：今月今日，有母张氏，被人打死抛弃，骸骨无存，止存绣鞋一双可证。伏乞严缉凶人，究问致死根因，抵偿母命。急切上告。

刘可口中念诵，退之叫当值书吏替他一句句写了，打发刘可出去。自家回到衙内，暗忖道：“百姓们都说鳄鱼惯吞人食畜，为害不小，莫不这刘可的母亲也是鳄鱼咬下河里去？只不知为何倒脱得这两只鞋子在岸上？”便叫湘子近前，把刘可的话与湘子说了一遍。那湘子慧眼早已知道这件事情，正要等退之回衙计较，除去这害。恰好退之叫他，他便对退之说道：“鳄鱼为害已久，从来府官谨谨避他，只候得升迁，离了这个地方就是福了，谁人敢去驱逐他？所以养成这个祸患。叔父明日出堂，可写下一道檄文，祭告天地。待侄儿遣马、赵二将，把檄文纳在鳄鱼口中，驱逐鳄鱼下了大海，锢禁住他，不许再为民害。然后表白出刘可母亲致死缘由，才见叔父忠照天地，信及豚鱼，使这阖郡士民建祠尸祝，岂不美哉！”

退之依了湘子说话，次早出堂，即便取下榜纸，研墨挥毫，作《祭鳄鱼文》云：

维年月日，潮州刺史韩愈，使军事衙推[1]秦济，以羊一、猪一，投恶溪之潭水，以与鳄鱼食，而告之曰：昔先王既有天下，列山泽，网绳擉刃，以除虫蛇恶物为民害者，驱而出之四海之外。及后王德薄，不能远有，则江淮之间，尚皆弃之，以与蛮夷楚越，况潮岭海之间，去京师万里哉？鳄鱼之涵淹卵育于此，亦固其所。

今天子嗣位，神圣慈武，四海之外，六合之内，皆抚而有之。况禹迹所揜，维扬之近地，刺史县令之所治，出贡赋以供天地宗庙百神之祀之壤者哉！鳄鱼其不可与刺史杂处此土也！刺史受天子命，守此土，治此民，而鳄鱼悍然不安溪潭，据处食民、畜、鸡、豕、鹿、獐，以肥其身，以种其子孙，与刺史抗拒，争为长雄。刺史虽驽弱，亦安肯为鳄鱼低首下心，伈伈睍睍[2]，为民吏羞，以偷活于此耶？且承天子命以来为吏。固其势不得不与鳄鱼辨。

鳄鱼有知，其听刺史言：潮之州，大海在其南，鲸鹏之大，虾蟹之细，无不容归，以生以食，鳄鱼朝发而夕至也。今与鳄鱼约，尽三日，其率丑类南徙于海，以避天子之命吏。三日不能，至五日；五日不能，至七日；七日不能，是终不肯徙也，是不有刺史，听从其言也。不然，则是鳄鱼冥顽不灵，刺史虽有言，不闻不知也。夫傲天子之命吏，不听其言，不徙以避之，与冥顽不灵，而为民物害者，皆可杀！刺史则选材技吏民，操强弓毒矢，以与鳄鱼从事，必尽杀乃止。其无悔！

退之作檄文已毕，遣军事衙推秦济赍捧到河边，投下水去。

原来那鳄鱼自从来到潮州河内，每日出来游衍，遇着民畜的影儿，他便乘着水势把尾巴卷到岸上，将民畜一溜风卷下水去吞吃了。以此人人都怕得紧，没人敢走到那里去。鳄鱼没得吃，又迎风簸浪，拥水腾波，把城里城外住的人都淹得不死不活，没一个安身之地。这秦济领了退之的檄文，思量要去，恐怕撞见鳄鱼发起威来，被他卷下肚子；要不去时，

[1] 衙推：衙门推官，专掌一郡刑狱。

[2] 伈（xǐn）伈睍睍：胆小畏惧貌。

又怕新官新府法令严明，先受了杖责，削夺了职衔。左思右算，趑趄[1]没法，不得已大着胆，硬着肚肠，带几个人，拿了祭物，跑到河边。恰好那鳄鱼仰着头，开着大口，在那里观望。

看官，且说鳄鱼每日到河边，便掀天揭地，作怪逞凶，今日为何这般敛气呆观，停眸不动？原来是韩湘子差遣马、赵二将，暗中制缚定他，只等秦济把檄文投他口中，便驱他下了海去。那秦济哪里知道这样事情，只说鳄鱼遇着人便吃的，远远望见鳄鱼昂头开口，先吓得手足都酥了，动不得，满身寒簌簌，一堆儿抖倒在地上。抖了一个多时辰，再睁眼看时，那鳄鱼端然是这个模样，一些儿威势都没了。他思量道："鳄鱼从来凶狂特甚，怎么今日韩老爷教我来下檄文，他便身子呆瞪瞪不动一动，岂不是古怪？"正在那里算计，只见天上一时间昏霾阴暗，轰雷掣电，大雨倾盆的落将下来。那潮水就像有人推的一般，高高的涌将起来，一点儿也不淌到岸上。秦济没奈何，大着胆，冒着雨，把那檄文向鳄鱼头上只一丢，巧巧的丢在那鳄鱼口里。那鳄鱼衔了檄文，便低着头，闭着口，悠然而逝，好似有恁么神驱鬼遣的一般，一溜烟的去了。

秦济眼花乌暗，不得知鳄鱼已是去了，且趁着势头，把猪羊祭品教一下子都推落水去，没命的转身便跑，跑得到府中时节，退之还坐在厅上。他喘吁吁的禀复道："猪羊檄文，檄文猪羊。"退之道："你是着惊的光景了，且停歇一会，定了喘息，慢慢地说来。"秦济呆了半晌，说道："猪、羊、檄文，都被鳄鱼吞下肚了，小官的性命直从那七层宝塔顶上滴溜溜儿滚将下来，留得这口气在此。"退之道："那鳄鱼还在也不在？"秦济答道："还在，还在。"又道："他吞了檄文，便游衍去了。"退之道："他既吞檄文，自然徒下海去，汝怎么还说在那里？"秦济又思量半晌，答道："小官险被他惊坏了，所以答应差错。"方才把他丢下檄文，看见鳄鱼的模样，细细说了一遍。退之道："是亏你了。"叫库中取元宝一锭，赏劳秦济；吩咐秦济且回家安歇一宵，明日早来衙门前伺候差遣。秦济辞谢去了。

退之回衙，与湘子说知秦济的事情。湘子道："叔父明早升堂，须写一张告示，晓谕地方军民人等，以见叔父化及豚鱼之政。"

---

[1] 趑（zī）趄（jū）：犹犹豫豫，徘徊不前。

到得次日，退之果然写了告示，着秦济去各处张挂。那告示如何样写的，他道：

潮州府刺史韩为公务事，照得本府初莅兹土，存心为国为民，有利必兴，有害必革，一夫失所，若己推而纳之沟中。乃有鳄鱼为害甚久，前官不行驱逐，遂令民不聊生。本府目击刘可之母遭鳄吞害，深用悯悼，遂发檄文，遣军事衙推秦济投鳄口中，驱鳄下海。幸苍天悯尔百姓横遭吞噬，皇王仁恩远布，感动蠢灵，不费张弓只矢，不劳步卒马兵，一日之间，顿除夙害。本府喜而不寐，为此晓谕汝等，自今以后，各安生理，无摇神于妖孽，惑志于横亡，以取罪戾。所有告人，刘可虽痛母横亡，陈词控诉，亦且安心委命，以尽孝思，毋再攀害平人，以滋烦扰。特示。

告示挂完，满郡黎民挨肩叠背，诵读一遍，无不赞叹，说道："若非本府太爷神明，我辈十死其九，谁与理枉伸冤？今日得这般帖息，真万代恩也。"正是：

一念精诚答上苍，鳄鱼今日已消亡。

潮阳自此民安乐，青史千年姓字香。

毕竟不知后来若何，且看下回分解。

第二十三回

苦修行退之觉悟　甘守节林氏坚贞

暑往寒来春复秋，总知天地一虚舟[1]。

虽然堕落埃尘[2]里，自有蓬壶[3]在那头。

花上露，水中沤，人生能得几时留？

去来影里光阴速，生死乡中不自由。

秦济张挂告示之后，那潮州士民人人仰德，个个兴歌，奉若神明，亲如父母。便有几个乡绅士子为头，敛集金银钱钞，启建生祠[4]，塑立牌位，香花俎豆，罗列供养。每逢朔望，四民云集，交欢颂美。就是那外府州县过客旅商，见者无不赞叹称扬，志心顶礼。退之谦让，遑不敢当，乃改为潮州书院，中塑大成至圣文宣王孔子牌位，将自己牌位移置后堂，再立颜、曾、思、孟四配牌位，与自己共成五个。每月朔望，聚集士子于此，讲明经传，以发先儒所未发。这也不必絮烦。

且说湘子一日正在蒲团上打坐，只见值日功曹来报，说道："皇王觉悟退之直言遭贬，有旨改移袁州内地。"湘子听罢，不觉心惊，暗道："叔父道心未坚，人心犹在，若见圣上觉悟前非，便思量去做官了，如何肯跟我修行？必须这般这般，才得成真了道。"便促步向前，对退之道："侄儿前日与叔父说过的，到了潮州，缴了钦限，留下好名儿在这地方，然后将先天尸解法术脱换叔父形骸，诈说得病身亡，报与圣上知道，复了官职封诰，才去修行。今日有了生祠，得了这般美声，正好回首去也。"退之道："但凭汝作用，我岂有二心。"

当下湘子便取竹杖一根，脱换做退之身子，卧在床上，用一条布盖

[1] 虚舟：虚幻不实之地。

[2] 埃尘：喻俗世。

[3] 蓬壶：喻道家仙境。

[4] 生祠：为活着的人立祠堂。

覆停当了。又令马、赵二将护送退之先到秦岭地方，伺候他到，同去修行。各各准备俱完，才在衙署举起哀声，遣人通知合郡官员，申达上司，奏闻宪宗皇帝。合郡大小官员俱来吊慰，湘子一一酬答，并不露出一些马脚。当下收拾起程。众百姓道："可怜，可怜，这等一个神明的老爷，怎么就死了？何不留他寿长些，在这里替我们兴利除害，救济救济我们？真是皇天没眼睛。"一个道："俗语说得好，'好人不在世，恶人磨世尊'。这个老爷，魆急[1]死了，我们穷百姓哪得个出头的日子？"内中有一个叫做张寡嘴说道："这个是鳄鱼讨报，不然怎么这般死得快？"一个道："善有善报，恶有恶报。这老爷虽然死了，却没有床席债，正是善得善报。"又一个道："你们说的都不是。依我说起来，还是这鳄鱼吃得人多，恶贯满了，玉皇大帝要驱除他，特特差这个神仙降下凡间来收服他。所以他收了鳄鱼，就瞑身回话去了。"又有一个道："我这潮州百姓该有灾难，天便生出这恶物来，吞嚼民畜不计其数。如今百姓灾难该满，皇帝便升出这个好官来，驱逐了鳄鱼，一城安堵。我看来总是一个劫数，哪里是恁么轮回报应，善恶分明？"一个秀才道："老兄劫数之说，虽是有理，但韩老师佛骨一表，敢于批鳞捋须[2]，哪怕鳄鱼不垂首丧气，潜踪匿迹？总是邪不胜正，那怪物自然远避。若说起报应轮回，则看他佛骨一谏，至今生气犹存。"当下士民人等，各各痛哭一场，如丧考妣[3]。真所谓：

唯有感恩并积恨，千年万载不成尘也。

其时，湘子一面表文回京报死，一面收拾起程，各处吊奠赙仪[4]，毫不肯收。俱收贮库内，替百姓完纳了税粮，申报上司，不烦征索。那潮阳百姓，无论老少男妇，俱来执绋慰灵，挽车远送。湘子一一抚惜安慰，打发回去。

行了三四日，方才脱离了该管地方，人烟稀少，湘子便腾云驾雾，赶到蓝关秦岭，与退之相会。退之称谢湘子不尽。湘子叫退之道："侄儿送叔父到了这个地面，须索与叔父分首，各自走路了。"退之道："难得

[1] 魆（xū）急：急促。

[2] 批鳞捋须：指拂逆皇帝之意。

[3] 考妣（bǐ）：考为父，妣为母。

[4] 赙（fù）仪：送给丧家的财物。

你救我，到了今日，怎么说分首的话来？”湘子道：“我前次奉玉旨来度叔父，叔父再三不肯回心，我只得缴还玉旨，后来在那万死一生的田地，救得叔父性命，已是得罪于玉帝了，如今怎敢再度叔父？”退之道：“侄儿若不度我，我就饿死在这个地方，也没人收我尸骸。”湘子道：“叔父埋名隐姓，依先回到长安，与婶娘团聚，便是快活，何须说死？”退之道：“我到这般地位，若再不回心转意修行，是畜类不如了。孔子说：‘可以人而不如鸟乎？’”湘子道：“叔父既如此说，此去东南上有一座山，名唤卓韦山，山下有一洞，名唤卓韦洞；洞内有一个真人，叫做沐目真人，与侄儿是同心合胆，共一胞胎的契友。如今写一封书送叔父到他那里，教他留叔父在庵中传授大丹妙诀，便不枉叔父这一场辛苦了。”退之道：“倘若他不肯收留我时，教我投奔何处去好？”湘子道：“他与侄儿形体虽二，气脉同根，他见了书自然留你。”退之道：“前面这等深山，若有虎狼出来，教我如何躲避？”湘子道：“如遇见虎狼拦住走路，叔父就将我的书顶在头上，虎狼自然退去。”退之道：“峰高岭峻，树木丛深，一些路径也没有，教我怎么走得？”湘子道：“叔父慢慢的走过这重山，就有大路好走了。”退之接了柬帖，放在怀中，一手扯住湘子，再要问他时，湘子道：“叔父，正东上又有一个仙人来了。”退之回头一看，湘子化作一阵清风，先到卓韦山，做沐目真人去了。

退之不见了湘子，只得依他言语，一步步攀藤附葛，走过几个山头，转过几重岭脚，才见有一条大路，不想上路有半里远近，忽然跳出一只猛虎，咆哮而来。退之惊得倒退不迭，记得起，忙把湘子那封书望他丢去。这虎见了湘子书札，便摇尾低头，一溜烟望林子中间跑去了。退之拾起书道：“原来我侄儿有这等手段，真是神仙，真是神仙！”随即阘阘向前，趱行几步，远远望见一座高山，林壑清奇，山峰叠翠。苍苍松柏齐天，两两鸥凫浴日。只见退之登高临深，肌肤战栗，涉危履险，命若重生。方才上得那座山顶，果然有一个茅庵，额上写着“卓韦精舍”四个大字，四面青山拥护，花木锦攒，真好一个去处。只是两扇门关得紧紧重重，里面有人吟诗道：

超凡静养蓬莱岛，香风不动松花老。

仙童采药未归来，白云满地无人扫。

吟罢，又闻得唱道情云：

〔雁儿落〕下一局不死棋，谈一回长生计，食一丸不老丹，养一日真元气，听一会野猿啼，悟一会《参同契》。有一时驾祥云，游遍了五湖溪，谁识得神仙趣？得清闲，是便宜。叹七十古来稀，笑浮名在哪里？

〔山坡羊〕想人生，光阴能有几？不思量把火坑脱离。每日价劳劳碌碌，没来由争名夺利。无一刻握牙筹[1]不算计。把元阳一旦都虚费，直待无常，心中方已。总不如趁早修行，修行为第一。

退之听罢，轻轻的把门叩了两下，里面只当听不得。退之又叩两下，里面才问道："敲门的是恁么人？到这里有恁事故？"退之道："我是韩愈，是师父的相识。"里面答道："我这里是修行辨道，无荣无辱，没是非的去处，何曾有你这个相识？"退之道："我来与师父做徒弟。"里面道："你是触犯龙颜遭贬黜的杰士，我这里不是你安身之处。"退之暗忖道："他静养在这深山深处，怎么就晓得是遭贬谪的官，真真是仙人。"便又叩门道："弟子不远万里而来，师父若不开门留我，我就撞死师父面前，却不损了师父的阴骘？"里面道："你再且说是恁么人指引你来的？"退之道："是师父的道友、我的侄儿韩湘子教我来见师父。"里面道："若是韩湘子指引你来，岂没有一个柬帖儿与我？"退之道："湘子有书在此。"里面道："既然有书，开门放他进来。"

只见一个道童开那门时，咿轧响处，有如鸾凤和鸣。庵内洁净精莹，赛着天宫琼室。中间坐着一位真人，鸿衣羽裳，箨冠[2]草履，绀发童颜，肌肤若冰雪，绰约如处子。旁边立着的道童也自清雅，没半点儿俗气。退之朝着他拜倒地下，道："师父，救弟子一救。"真人道："韩湘子叫你来我这里有恁么事故？"退之道："我侄儿说父子不传心，叔侄难授道，教弟子来求师父传些至道妙诀。弟子情愿在师父庵中砍柴汲水，服侍辛勤，只望师父慈悲方便。"真人道："你在朝中为官，吃的是羊羔美酒，行动有千百人跟随；我这山中只有淡饭黄齑，孤形只影，好不冷落，

[1] 牙筹：算账用具。

[2] 箨（tuò）冠：竹皮冠。

只怕你吃不得这般冷落，受不得这等凄凉。”退之道：“弟子也受得凄凉，吃得冷淡，不必师父挂念。”真人道：“既如此说，小童，引他去庵后暂住，每日着他往前山殿上扫地焚香。”退之道：“感谢师父收留。”当下小童领退之到厨房内吃点心。

退之跟到厨房，小童递一碗饭与退之吃，退之吃了一口，十分苦涩难当，只得勉强吃了下去。正是：

心安茅屋稳，性定菜根香。

参透玄微妙，淡中滋味长。

不说退之在卓韦庵中焚香扫地。且说窦氏与芦英小姐正在家中思念退之，别后杳无鱼雁[1]，一路上天气寒冷，辛苦劳禄，不知几时才到潮阳上任？要叫人去报房里问一个消息。只见韩清眼泪汪汪走将进来，说道：“奶奶、嫂嫂知否？今日潮州差人进表，说老爷患病死在潮阳公署了。”窦氏、芦英闻得此报，哭做一堆。门外林学士也到，说道：“亲家果然死了，只是死者不可复生，哭也无益，老夫人且省烦恼，保重贵体，打点设灵奔丧、迎柩安葬之事，才是正经。”窦氏哭道：“那来文内说是恁么病死的？”林学士道：“有司奏说，他郡中旧有鳄鱼为患，涌风作浪，吞噬生民，前边来的太守并无法治。韩大人到任几日，祭天驱逐鳄鱼，那鳄鱼便潜踪敛迹，远往海外，一郡太平，万民乐业，潮阳百姓建立生祠，供养颂祀。不料一夕无病而终，想是归天去了。”窦氏道：“我只指望他恩宥还乡，白头偕老，谁知一旦相抛。我家并无以次人丁，祖宗香火俱断绝了，这苦怎好？如今算来，老身也多应不久人世，令爱这般青春，耽误她也是枉然，不如趁老身在日，亲家早早寻一个好人家，嫁了令爱，到是两便。”林学士道：“老夫人怎说这话？老夫也没主意，只凭小女心下就是。”芦英哭道：“婆婆再不要心焦意恼，公公虽然去世，我爹爹现在为官，家中料不少吃少穿，奴家情愿服侍婆婆过世，以报抚养湘子大恩，再休题那改嫁的说话。若是爹爹不与奴家做主，奴家就撞阶先死，以表素心。”窦氏道：“媳妇，你见识差矣！你青春年少，无男无女，你守着谁来？当初公公在日，还指望寻你丈夫回来，生得一男半女，以接后代，养你过世。

[1] 鱼雁：指书信，音讯。

如今公公死在他乡，湘子绝无音信，老身又朝不保暮，你苦守也是没用的。不如趁我在这里，劳老亲家寻一头好人家，也了落你一生。料来韩清也不是养你过世的人，日后有不相安，反被他人耻笑，你怎不细细思量？”芦英道：“婆婆年老，说的话都颠倒了，奴家随着婆婆，有恁么过不得日子？况再过几年，奴家身子也半截入泥了，怎么去改嫁？”窦氏道：“小小年纪，为何说半截入泥的话？”芦英道：“婆婆不消多虑，婆婆在一日，奴家随婆婆一日；婆婆百年之后，奴回娘家守制就是，断不贻累公婆。”林学士道：“小女之言极是有理，请老夫人安心经理正事，待学生奏过朝廷，复了亲家官诰，讨了老夫人禄米，膳养终身，又作计较。”窦氏道：“多谢亲家费心，九原感戴。”林学士起身作别去了。

窦氏唤韩清在家中立竿招魂，设座安灵，七七做，八八敲，随时遇节，一些礼文不缺。只是心中思念退之，便提起湘子，整日夜有许多不快活。一日，唤韩清道：“老爷归天去后，你整日坐在家中，再不理论外边事务，是何道理？”韩清道：“奶奶吩咐孩儿，孩儿不敢不去做；奶奶不曾吩咐，孩儿怎敢胡行，以招罪谴[1]。”窦氏道：“老爷死的不消说了，你哥哥湘子须不曾死，你怎的不去街坊上打听一个真消息。”韩清道：“孩儿也常去打听，就是林亲家也着人各处访问，只是没人晓得哥哥在哪里，因此上不敢惊动奶奶。”窦氏道：“你也不消远去打听，只站在自家门首，看那南来北往，穿东过西的人，有那面庞生得古怪，衣服妆裹稀奇的，一定是云游方外，广有相识的人了，你便扯住他，问他一声儿，也不亏了你。”

韩清忿忿的依窦氏吩咐，果然出去站在门前，看有那稀奇古怪的人，就要问他。偏生只见那做买做卖、经纪挑担、医卜筮相、婆婆妈妈走动，再没有一个稀奇古怪的人走将来。立了多时，正待转身进去，才见两个道人，身上穿着破碎衲袄，手执渔鼓、简板，慢慢地摇摆将来。原来一个是蓝采和化身，一个是韩湘子化身，他两个口中唱个《不是路》道：

欢笑淘淘，暂驾祥云下玉霄，遍游海岛。看樽中有酒，盒内堆肴，忒逍遥。且到长安市步一遭，度那人功行非小。

韩清暗忖：“这两个道人形容古怪，装束稀奇，断然是游方的人，待

[1] 罪谴：以罪过遭上天报应。

我叫他来问哥哥的消息，定有一个下落。”便开口叫道：“道人，这里来。”那两个道：“你叫我做恁么？”韩清道：“我夫人要问你说话。”

两个便跟着韩清走到厅上，参见了窦氏。窦氏道：“你两人从哪里来？在哪里住？”蓝采和道：“在南天门住，从终南山来。”窦氏道：“昔年有两个道人说是终南山来的，骗了我侄儿湘子去修行，至今不见回来。后来我老爷寿日，又有一个道人也说是终南山来的，逐日在我府中弄上许多障眼法儿，只是哄我老爷不动。后我老爷佛骨一表，触怒龙颜，贬去潮阳地方，他再不来了。你两个又说从终南山来，怎的终南山上藏得这许多人，莫不又是假的？”湘子道：“前边来的或者是假，若论贫道两人，实实的从那里来，并不打一句诳语。”窦氏道：“依我看起来，那终南山倒不是怀道宗玄[1]之士、练精饵食[2]之夫栖托的去处，倒是一个篾骗拐子[3]的渊薮了。”采和道：“夫人，休错认人，那终南山是一个静嚣喧去处，涤尘俗方隅，若不是夙有道骨仙风的，那虎豹豺狼也不许他踏上山路，怎么夫人说出这落地狱的话来？”窦氏道：“不是我不信神仙，只是我被那假神仙哄坏了，汝是走方的人，岂不晓得俗语说得好，一年吃蛇咬，三年怕烂草？”湘子道：“信与不信随老夫人，请问容颜为何这般憔瘦，头发都雪白了？想是老相公去世，心中不十分快活的缘故。”窦氏道：“老身亏了朝廷大恩，林亲家保奏，岁给禄米养膳，倒也没恁么不快活。只是我湘子侄儿一去不回，日夜想念着他，故此精神减短，头发都白了。”湘子暗道：“原来婶母这般记挂我，我怎的不报她的恩。”便又道：“老夫人虽然为着湘子不回来，病得伶仃瘦怯，湘子却不知道，全不记念老夫人。贫道幸得与湘子同一法门，替湘子医好了老夫人，省他一番罪过何如？”窦氏道：“有恁么药医得我好？”湘子道：“方从海上传来，药在龙宫炼就，吃下去包得衰容复壮，发白返黑。”窦氏道：“果有海上奇方，灵丹妙药，当以百金奉酬。”

当下，湘子便在葫芦内倾出一丸还少丹，递与窦氏。窦氏接丹吞下，

[1] 怀道宗玄：虔诚信奉道教。

[2] 练精饵食：道家修炼之功。练精即炼内丹，饵食即餐霞服日。

[3] 篾骗拐子：骗子。

登时精神强健，返老还童，满身上没有一些病痛，窦氏不胜欢喜，叫梅香取银子谢那两个道人。湘子道："贫道不要酬谢，只要老夫人跟贫道去修行。"窦氏道："老爷在日，曾有一个道人来度他出家，老爷只是不信，你今日要度我，我也只是不信。"湘子道："老夫人还记得那一个道人的模样否？"窦氏道："模样倒不记得了。"湘子道："不瞒老夫人说，昔年来的就是贫道。"窦氏道："这些游方的人专会得趁口胡柴，极是可恶。汝且说昔年把恁么物件来与我老爷上寿？说得对，我就信汝是神仙。"一个道："当年老相公同林学士在南坛祈雪，是贫道卖雪与他，他才得升礼部尚书兼管刑部。奏准宫里免朝五日。庆寿之时，贫道曾献仙羊、仙鹤、仙女，仙家桌面四十张，又造逡巡酒，顷刻花，花瓣上有'云横秦岭家何在？雪拥蓝关马不前'之句，夫人曾记得否？"窦氏道："这些我都记得，只是老爷不信。"湘子道："老相公虽然不信，后来被贬潮阳，要见我不能够，好生懊悔。"窦氏道："哪个见他懊悔来？汝说的都是死无对证的话，我也不信。"一个道："夫人若不信，只怕日后懊悔又是迟了。"窦氏道："汝怎么又说这不吉利的话？我且问汝，祖家原在何方郡县？父母是何等样人？因何走上终南山去学道？那终南山有多少广阔？山上有多少修行的人？内中有个韩湘子否？汝一一从头老实说来，若有半句遮头盖脚，我拿你送到林天官府中，以官法治汝。"一个道："我家住在昌黎县，鼓楼巷西，坐北朝南是祖居。父名韩会，母亲郑氏。叔父韩愈，婶娘窦氏。幼年间没了父母，是我那叔婶抚养长大。娶妻林氏，叫做芦英小姐。我叔父被贬去潮阳，路途上受了万般苦楚，我已度他成真了道，做了大罗仙。今日特来度你。"窦氏道："既然是我侄儿，怎的是这般模样？"湘子道："仙凡各别，体段不同。"窦氏道："既是湘子，可现原身出来我看。"湘子道："要现原身，有何难处？只怕婶娘执迷不悟耳！"正是：

几回翘首望儿还，骨肉参差各一方。
峰岭雪消方见路，云横苍树却遮山。

当下湘子摇身一变，果然还了旧日形容，不是那云游道人的模样。窦氏一手扯住他，道："我儿，你一向在哪里？今日方才回来。你叔父过了世，家中好不凄楚，教我日夜想你。今既回来，是万千的喜了，依先整顿门风规矩，做一个好人，再不要说那出家的话！"湘子道："侄儿今日同吕师父回来，要度一个有缘分的人出家，怎肯恋着家中繁华世界，做那没结果出的营生。”采和道：“仙弟，你如今且在家中过几时，待我往南天门去走一遭，转来同你回终南山去。”窦氏道：“我儿，原来师兄也教你只在家中，不要往别处去，怎的师兄说话也不听？”湘子听罢，便与采和作别，又道：“侄儿多年不回来，不知那睡虎山团瓢还依旧好的否？如今且去看一看。”窦氏道：“韩清，你同哥哥到那里看来。”

韩清便领湘子到那睡虎山九宫八卦团瓢里面。原来退之弃世以后，韩清把那走路都改过了，转弯抹角，弯弯兜兜走了一会，才到得那里。湘子抬头一看，只见路径虽差，房廊如旧，几榻上堆满了灰尘，案上许多书籍都乱纷纷叠着，一些也不整理。那山前山后的好果木焦枯了一半，只有地上草长得蒙蒙茸茸，便有人躲在里头也不见影子。湘子暗道：“叔父做官时节，哪一日不着人来这里打扫灰尘，拔除柴草，叔父去得这几时，就把一个花锦世界弄做这般光景。我那婶娘图享荣华，也是虚了。”便对韩清说道：“你自进去，我只在这里安歇。”韩清道：“哥哥一向不回来，今日还该到嫂嫂房中去过夜，怎的冷清清独自一个人在这里安歇？”湘子道：“我自有主见，你不要管我。”韩清依言，走到窦氏房中，把湘子要在团瓢内安歇的话说了一遍。窦氏忙叫厨下人打点酒肴，搬到团瓢内与湘子吃，又吩咐韩清道：“待哥哥吃了酒，扯他进嫂嫂房中安歇。”芦英道：“婆婆，不可扯他进来。当初公公在日，那一个道人，也说是湘子，来家混了两日，依旧去了，到底不曾有一个下落。今日这个道人，知他是真是假，就扯他进来？”窦氏道：“媳妇言之有理，如今世上弄法术的多得紧，不可不信，不可全信。韩清，你快去陪他过夜，且到明日又作计较。”韩清依先到团瓢内来陪湘子，不在话下。这正是：

情知不是伴，今日且相随。

毕竟后来不知若何，且听下回分解。

第二十四回

归故里韩湘显化　射莺哥窦氏执迷

茫茫苦海，虩虩[1]风波。算将来俱是贪嗔撒网，淫毒张罗。

几能够，翻身跳出是非窝？讨一个清闲自在，不老婆婆。

湘子在那团瓢内，到得三更时分，一阵清风吹将来，湘子就不见了。看官，且说这个时候，湘子到哪里去？原来湘子去见了钟师父，同去参朝玉帝，奏道："叔父韩愈，荷蒙玄造[2]，已得回心。尚有婶娘窦氏与林氏芦英，执迷不悟，难以度脱点化，伏候圣裁。"金童传旨道："窦氏原系上界圣姥，因在蟠桃会上盗折葵花，谪下凡间受苦；芦英原是凌霄殿玉女，因玄帝驱遣天将，收服群魔，天门未闭，芦英往下窥探，故此贬到凡间，孤眠独宿，以警思凡。韩湘可同吕岩、蓝采和，再去度化一遭，共成正果。"湘子只得谢恩，前去参见西王母。西王母道："冲和子喜得觉悟前因，回位有日。只是圣姥、玉女尚在迷途，谁人再去度他？"湘子道："玉帝遣臣韩湘子同吕岩、蓝采和前去度他，望娘娘指教。"西王母道："她二人久堕尘寰，一心贪恋着荣华富贵，韩湘须索往补陀山观音大士处，借些仙物变化，才好打动得她。"湘子道:"观音大士是释家之尊，与我玄门不相吻合，他如何肯把仙物借与我们？"西王母道："观世音乃治世之尊，救人之祖，他哪里分一个彼我。"湘子道："谨遵仙旨。"辞了王母娘娘，出了瑶台紫府，三个驾起云头，到南海见了观音，借了莺哥，仍望长安而去。正是：

才离金阙游南海，又到长安市上眠。

此事表过不题。且说次日清早，韩清忙忙进来报道："事不关心，关心者乱。哥哥在团瓢内一更无事，二更悄然，恰好三更时分，只见皓月当空，

---

[1] 虩（xì）虩：恐惧貌。

[2] 玄造：道家造化。

一阵清风吹将来，哥哥就不见了。”芦英道：“有这等异事，一定是神仙下降，不是湘子回来。”窦氏道：“若是神仙，做事毕竟有着落，不是这般撮空[1]，断然是游手游食的道人，做障眼法儿来哄骗财帛。我算他今日必定再来，只是立定主意，不要信他。不要说吕洞宾来，就的的确确是湘子回来，我和你既与他没缘分，只不认他便了。”芦英道：“婆婆主见极是。”

说犹未了，只听得那壁厢渔鼓又敲响。窦氏道：“韩清，你快去叫我的孩儿来。”韩清道：“方才说道人都是障眼法儿，只不认他，怎的又转了念头？”窦氏道：“不是我一时间就说两样话，只是我听得敲渔鼓响，就想着湘子，心酸起来。你快去寻他进来，我有话和他说。”韩清道：“就是昨日那个道人，坐在门前敲响。”窦氏道：“想来还是湘子，你叫他来，待我问他。”韩清便走到大门外，叫那道人。那道人跟了他进来，见窦氏道：“婶娘稽首。”窦氏道：“我儿，你见了我，只该行家中礼体，怎的也说个稽首？”湘子道：“身居蓬岛三山外，不在周官[2]礼乐中。”窦氏道：“你为恁么只打渔鼓？”湘子道：“因世上人顽皮不转头，只得把那顽皮绷在竹筒上，叫做愚鼓。有一等聪明的人，闻着鼓声，便惕然醒悟；有一等痴蠢的人，任你千敲万敲，敲破了这顽皮，他也只不回头转意。因此上时时敲两下，唱道情，提撕那愚迷昏瞶的人，跳出尘嚣世界。”窦氏道：“我儿，你昨日在团瓢内安宿，怎的半夜里去了。直至此时才来？”湘子道：“我到南天门与钟师父说些话，故此才来。”窦氏道：“这里到南天门有几多路？”湘子道：“一去有十万八千里。”窦氏道：“既有许多里数，怎的你半夜里去了，又转得来？”湘子道：“侄儿见了钟师父，又到南海补陀山观音大士那里走一遭来的。”窦氏道：“这里到南海补陀山有几多路程？”湘子道：“南海补陀山却近得多了。”窦氏道：“有几里？”湘子道：“只得八万四千七百余里。”窦氏道：“两处往回，就会飞也得一年，你怎么这等来得快？”湘子道：“我腾云驾雾，不比世人在地上往来。”芦英道：“你这些虚头话，少说些倒好。”湘子道：“我领了玉皇金旨，特来度

[1] 撮空：弄虚做假，无空生有。
[2] 周官：书名，汉代初出时称谓，东汉以降改称《周礼》，多载周代礼乐制度。

化你们出家，怎么说我虚头？”芦英道：“公公在日，今日也说是神仙来度大人出家，明日也说是神仙来度大人出家，后来表奏君王，怒贬潮阳，再不见神仙一面。”湘子道：“当初我劝叔父出家，叔父再三不信，直到那蓝关道上马死人孤，虎狼当道，才哭哭啼啼叫我救他。若不亏我的时节，叔父的骸骨也不知到哪里去了？如今现在大罗仙宫为冲和子，好不逍遥自在。”窦氏道：“你叔父死在潮阳公署，地方官现有表文奏过皇上，哪一个不知道的？你又乱说度他做冲和子，在天宫快活。”湘子道：“叔父身死，是仙家尸解妙法，哪里是真死。”芦英道：“这话又是没得问的，凭你说也不信。”窦氏道:“昔年有许多仙物来度你叔父，你叔父还不肯信，你今日把何物来度我们？”湘子道：“仙羊、仙鹤、仙酒、仙桃都是婶娘看见过的，我不拿来度你们，特地到观音大士那里，借得白莺哥来与婶娘看。”窦氏道：“红嘴绿莺哥，会得念诗、念佛，我这里倒有，白莺哥却不曾见，如今在哪里？”湘子把手一招，只见一只白莺哥飞到窦氏面前。有诗为证：

雪里藏身雪里飞，雪衣娘子[1]胜金衣。
声声雪里呼般若[2]，为是慈门[3]立雪归。

窦氏道:“这莺哥有甚奇处？”湘子道:“他会飞、会唱，能舞、能歌。”窦氏道：“你叫莺歌唱来我听。”湘子道：“莺哥，还不唱歌，更待几时？”莺哥飞舞盘旋，口中唱道：

〔驻马听〕莺儿最多，百千之中难学我。我从南海飞来，劝你回心，你还贪着笑歌。怕只怕，无常来到，任你珠玑万斛，难逃躲。不回头，要受磨。纵你是好汉英雄，也要学韩愈秦川受饥饿。

窦氏道:“一片胡言，休要睬他。”叫手下取弓箭来，把那莺哥射死了。湘子道:“婶娘不信也由你，只恐怕到那磨折时节，悔之晚矣！”窦氏道:“古云：‘官高必险，伴虎而眠’。你叔父在朝为官，所以遭逢险难。我女

[1] 雪衣娘子：喻白莺似身着白衣的女子。
[2] 般若：原为佛家语，智慧之意。
[3] 慈门：指道门，道教。

流之辈，并不出外生事，亏了朝廷月给俸米，荣享自在，有恁么折磨？说恁么懊悔？”湘子道：“禄尽马倒之时，连侄儿也不来了。”窦氏道：“你到哪里去？”湘子道：“婶娘，你不醒得，侄儿依旧往终南山去。”窦氏道：“你既不肯在家，随你往哪里去，莫在此间说长道短，煽惑人心。”湘子道：“侄儿再三劝婶娘，婶娘只是不回心，也枉费这许多心机，我且去休，又作理会。”说毕，扬长出门而去。正是：

今朝不信神仙话，悔后思前见我难。

韩清道：“明明是一个道人，变做哥哥模样，来搅这两日，如今又去了，不可不信，不可全信！”窦氏道：“休得多言，且由他自去。”芦英道：“婆婆主见极是，休和他分清理白。”当即各自归房。古诗为证：

别郎容易见郎难，怨入香闺指倦弹。

十二楼台春寂寂，水晶帘箔怯春寒。

不说窦氏、芦英归房去了。且说湘子转身去见洞宾，道：“师父，韩湘稽首。”洞宾道：“汝度得窦氏若何？”湘子道：“弟子去度婶娘，又不回心，如何区处？”洞宾道：“汝将恁么东西去点化她？”湘子道：“弟子在南海补陀山观音大士那里，借白莺哥去点化她，她只是恋着荣华，不顾生死。”洞宾道：“窦氏与芦英明日在菊花亭上饮宴，我和汝邀蓝仙同去度她一遭，且看何如。”湘子道：“多谢师父。”

当下，三位神仙收云揽雾，下降尘凡，现出阳身，来到长安市上。只见两个老人家在一所高楼上，靠着窗儿下象棋。因一着差下了，一个要悔，一个不肯悔，两个就争得面红脸胀，还不肯休歇。这两个老人家一个姓沃，是长安街上暴发财主沃对苍的老祖公；一个姓权，是长安街上有名头的权云峰的亲父。他两个在那楼上争这着棋子，湘子便对吕师道：“师父，那两个老人家为得一着棋子，两下都不服输，怎教那争名夺利的人，肯说一句输棋的话，师父去与他和解了何如？”吕师举眼一观，便道：“那两个老儿倒有几分骨格，太清宫中尽用得他两个着，我且点化他，也不枉了下来一番。”

当下三个道人齐齐到楼上，高叫道：“老施主，你们着的是恁么棋？”一个老儿答应道：“棋是没得布施的，你问我做恁？”洞宾道：“贫道不是来讨布施，贫道的弟子手谈[1]极高，一向因出家，撇下多时不敢着。今日看见两位老施主对局，不觉故态复萌，特地来请教一局。”一个老儿道：“我们为要悔一着棋，白筋都争胀了，师父若肯来与我下一盘，只不许悔一着。”洞宾道：“为哪一着棋，两位老施主相争？”一个老儿道：“我起这着马，吃他那着车，他不看见，另起了一着马，这着车被我吃了，只消再下一着，他稳定是输的，故此他要悔。”湘子道：“老施主便白吃了这着车，也只得一个和局，怎见得就是老施主赢？”这个老儿道：“你来着，你来着！若是着得做和局，我就输一钱银子，与三位买斋[2]吃。”湘子道：“着成和局，贫道也不要老施主银子买斋，只要老施主替我驮了这葫芦，掮[3]了这花篮，跟贫道做一个徒弟何如？”一个老儿道：“你也不怕罪过，想小小年纪，倒要我老人家做徒弟，可不折杀了你？”湘子道：“彭祖寿年八百岁，还要让我坐了，他才敢坐。老施主不过七八十岁，哪里便算得年纪高大？”一个老儿道：“年纪大小我也不与你争，你若果然着成和局，我情愿做徒弟服侍你。”湘子道：“一言既出，驷马难追，老施主不要临期改变。”老儿道：“人口说人话，不是畜牲口吐人言，如何有改变？”湘子就让老儿吃了这个车，一着对一着，着了十数着，到底只是一个和局。老儿道：“你三位想是神仙，我情愿做徒弟跟随师父。”那老儿也说道：“你跟得神仙，难道我就跟不得神仙？如今你掮了花篮，我驮了葫芦，一齐出家去。”说罢，两个老儿跟了吕师、蓝仙、韩湘子，一径来到韩家门楼里面，坐着敲渔鼓，唱道情，哄动了街坊上许多人。

那韩家管门的，看见沃老儿驮着葫芦，便扯扯他说道：“你老太公逐日着棋吃酒，无样的快活，今日为何替游方道人驮葫芦？莫不是作白相耍子？俗话说：‘少不癫狂老不板’，你老太公真会得快活？”旁边一个人扯住权老儿问道：“你是城中有名的财主翁，为何不放尊重些，掮了花篮，跟着游方的道人走？想是子孙不孝顺，老人家气疯了，故此装这个模样？”权老儿道：“我不疯，我跟着神仙走，有恁么不快活？”旁人笑道：“神

[1] 手谈：围棋对局的别称。

[2] 买斋：买饭。

[3] 掮（qián）：用肩扛。

仙，神仙，只是丢了黄金搿[1]绿砖。”街上人听了这些话，打号子笑了一声。那沃老儿、权老儿由他自笑，只当不听见。

韩家管门的去禀窦氏道：“外面有三个道人，年纪虽不多，倒拐了这大街上沃对苍的老祖公，权云峰的爷老子做徒弟，替他驮了花篮、葫芦，在夫人门楼里面敲渔鼓、唱道情，哄得人挨挤不开，赶又赶他不去。”窦氏道：“唤那三个道人进来，待我问他唱的恁么道情。”管门的依命，叫三个道人道：“你们不要唱了，夫人请你进来说话。”三个起身，跟着管门的就走，沃老儿、权老儿也随了进来。恰好窦氏与芦英都坐在菊花亭上，三个道人近前稽首。窦氏还个礼，便问道：“三位从何处来？”洞宾道：“不瞒夫人说，从大罗天上八景宫中来。”窦氏对芦英道：“这道人说起又是神仙。”洞宾道：“贫道不是神仙，是云水道人。”窦氏道：“三位是同姓么？”洞宾道：“贫道是两口先生，这是蓝采和，那是韩湘子。”窦氏道：“我家有个韩湘子，被两个道人骗了去，至今还没下落。”洞宾道：“这个韩湘子就是夫人的侄儿。”窦氏道：“面庞一些也不像。前日有一个道人来说是我的侄儿，在我家混了两日才去，你怎么又说这个是韩湘子？就真是湘子，我也不认他了。”洞宾道：“既是夫人侄儿，为何不肯认他？”窦氏道：“你三人来此做恁么？”洞宾道：“来度夫人出家。”窦氏道：“度我出家？手中拿的是恁么东西？”洞宾道：“是一幅仙画。”窦氏叫当值的叉起来看，便道：“不过是幅山水，有什么奇处，说是仙画？我那前厅后堂许多名人画片，都懒得看他。”采和道：“夫人懒看山水，画上改换了青鸟、白鹤，请看一看。”窦氏道：“怪哉，怪哉！这画真变过了，只是青鸟、白鹤图，我也不看他。”

洞宾又把手一招，不见了青鸟、白鹤，却变做烂柯仙子，道：“老夫人，昔日王子去求仙，炼就丹成入九天，到得山中方七日，回来世上已千年。门前白石分金井，洞口青芝布玉田。可惜古今人易老，且随片月下长川。这个图难道不好？”窦氏道：“我只是不看。”洞宾道：“我唤那烂柯子下来，劝夫人出家，夫人信也不信？”窦氏道：“烂柯子到如今已是几百年了，你从哪里去叫得他来？”洞宾道：“从这画儿上叫他下来。”便大声叫道：

[1] 搿（gé）：吴方言，抱，拿。

“王质下来，劝韩夫人出家。”叫声未已，只见那烂柯子婆婆娑娑从画儿上走将下来，吓得窦氏、芦英面如土色，哑口无言。洞宾斥道:“王质跪下，休得惊了圣母。”窦氏挣扎说道：“明明三个人弄障眼法儿，哪里是恁么烂柯子？韩清，快赶他出去，不许他在此搅扰！”王质唱一阕《山坡羊》道：

老夫人，不须焦躁，看看的无常来到。你纵有万贯家财，到临终没有下梢[1]。谁似我无荣无辱也，散诞逍遥没烦恼。听告：不如弃了繁华好。苦恼！恋尘寰，怎得长生不老？

窦氏道：“半句虚言，折尽平生之福，少说些倒好。”洞宾道：“王质且回洞府，待我唤金童、玉女下来，劝夫人出家。”王质依旧上画儿去了，只见金童、玉女立在窦氏面前。洞宾道：“仙弟、仙妹，取出仙果、仙酒，唱一个小词儿，劝老夫人。”那金童、玉女齐声唱《醉翁子》道：

劝夫人，得休便好休，荣华水上沤。虽然月享千钟粟，何不抽身早转头？早转头，免心忧。若是不知进退，直等待洪水漂流，母南子北实堪愁。路逢猛虎难行走。劝你修时你不修，那时懊悔，空把神仙叩。

唱罢，洞宾道：“仙弟、仙妹，且回洞府。”窦氏道：“你三人苦苦劝我出家，我是一个妇人，难道没个熟事的引路，就跟了你这面生道人走不成？”洞宾道：“老夫人说得极是，若果然肯出家，我叫湘子来引路。”窦氏道：“湘子在哪里？”洞宾道：“只在眼前。”窦氏道：“你叫得他来，我情愿出家。”洞宾用手一指道：“仙弟，为何还不现出原身来？”只这一指，那道人就是湘子模样，一毫儿也不差。窦氏道：“你这障眼法儿如何哄得我动？”湘子道：“我再度一个人跟婶娘出家何如？”窦氏道：“度哪一个？”湘子便在自己腋胳肢底下擦出一堆黑泥垢，把些涕唾和一和，搓成弹子大一丸，擎在掌中，叫道：“有缘的来吃我这丸仙药，我就度他成仙。”那沃老儿赶上前拿了，一口吞下肚子，就有云捧着沃老儿的脚跟，起在半空。那权老儿道：“师父，我两人一同跟师父来，怎的不把一丸药儿度我？”洞宾也向自己腋胳肢底下擦出泥垢来，搓成一丸，递与权老儿。权老儿接过手吃了，也有云捧着他的脚下。蓝采和又擦一丸黑泥，叫道:“有

[1] 下梢：结果。

缘的早来，不要错过了。”只见勒罗里钻出一个小丫头，叫做金莲，原在芦英房中服侍的，也是她的造化到了，抢着这丸药便吃，刚刚咽得下去，就有祥云簇拥着他，与沃老儿、权老儿一般样，离地丈许，金莲高叫道：“奶奶、小姐勿罪，奴家幸遇仙师，离脱火坑，不得再服侍了。”说罢，一阵风把他三人都送入云眼里不见了。

芦英上前道：“婆婆，这道人若不是神仙，金莲和两个老儿如何得白日升天？”窦氏道：“这都是妖邪法术，不要信他。我记得你公公在日，常说一个山中有个云台观，观中有百十员道士，每每有五色彩云弥漫山谷，就是天上来迎仙人了。那观中道士有不愿住世者，便沐浴更衣，步入五色云头，那云气霎时消散，道士便不见了。如此数年，一人传两，两人传三，凡要登仙者，预先斋沐，来到云台观中等候云起，以图飞升。一日，有一个游方道人从山下经过，见大众俱向空中顶礼，不顾尊卑上下，问知其故，乃说道：‘若成仙如此容易，天下也没许多所在，安放这许多仙人了。’当下即驻足观中，用心着意体察起云的时日。过得数日，正坐在大殿上与姓王的法师谈玄，忽见值殿的香公报道：‘山上彩云起了。’王法师即刻归房，烧汤沐浴，更换新衣，那一股云气就遮满了他的房门外头，王法师冉冉踏上云头，云气便渐渐消散。游方道人看见此等景象，便道：‘这是毒妖喷气成云，可惜无知道侣，久死非命。’便乃捏诀[1]禹步，呵斥风雷，只见霹雳交加，雨电闪烁，顿时方止，那五彩祥云一些儿也没踪影。道人扯了观中道侣，探访其事。过得一个山头，见那王法师卧倒山腰，连忙着人扶回观中。再进几步，有一毒蛇震死山谷，约有斗来粗细，十数丈长短，穴中骷髅骸骨，堆积如山，道士簪冠，斗量车载，不计其数。才知前后登仙之人，皆被毒气吞啖也。今日这个云气，得知是真是假？倘或这三个道人是妖怪变来的也不见得。世上哪得神仙出现，媳妇不要错了见识，落邪人圈套。”芦英道：“婆婆说得有理，媳妇也只是不信。”洞宾道：“语在言前，怎的又变了卦？”

湘子见窦氏不肯认他，便道：“婶娘你年纪有了，叔父没了，家中又没一个嫡亲骨血接续后代，你何苦恋着家缘，不肯回头转念？”窦氏道：“你

[1] 捏诀：念口诀。

叔父虽死，朝廷还月给俸米与我，呼奴使婢，总来照旧，有哪一件不足意处，丢了去出家？”洞宾道：“老夫人目下虽然荣享，只怕时乖运蹇，败落一齐来，自有不足意处了。贫道有诗一首，老夫人试听。诗云：

命蹇时乖莫叹嗟，长安景致不堪夸。

漂流祖业无投奔，始信当初见识差。”

窦氏道：“这些不吉利的话，再说者打拐棒二十。”湘子道：“婶娘既怕说不吉利的话，何不同我去出家？”窦氏道：“祖宗不积不世，生下汝来，哪里是我的侄儿？快快去罢！若只管在此胡缠，申一纸文书到礼部衙门，奏过朝廷，把天下的名山道院、胜境玄关，尽行扫除，教汝这伙人生无驻足之场，死无葬身之地！”洞宾笑道：“湘子、采和，我们急急去罢，莫连累着别人，惹天下人唾骂。”采和道：“这般执迷，走也枉然。”三个便飘然出门去了。正是：

分明咫尺神仙路，无奈痴人不转头。

毕竟后来若何，且听下回分解。

第二十五回

吕纯阳崔家托梦　张二妈韩府求亲

世事纷如梦，黄粱梦未醒。
梦中先说梦，梦醒总非真。
有梦还归梦，有因梦不成。
有无俱属梦，春梦一番新。

话说洞宾三个，出了韩家门去，一路上沉吟不决。湘子道："师父，师兄，我婶娘既不回心，不如我们缴了金旨，再作道理。"采和道："师弟差矣！玉帝着俺三人同来度脱她们超凡入圣，她们不肯回心，只合另作计较去点化她。倘若缴旨之时，玉帝震怒，不当稳便。"洞宾道："我在云头观见长安城内尚书崔群之子崔世存，先娶胡侍郎女儿为妻室，近日亡逝，将欲再娶，不免托一梦与崔尚书，叫他去求林芦英与世存续弦。窦氏必定不允，待崔尚书怒奏朝廷，削除她的俸禄，逐回原籍居住。我和你去吩咐东海龙王，着他兴风作浪，漂没了韩氏的房屋、田产，使窦氏母子、婆媳拍手成空，那时才好下手度她。"湘子道："师父之言极妙，就烦师父前往崔家托梦，蓝师兄往终南山回复钟师父，韩湘自往东海龙王处走一遭便了。"当下三仙分头去讫，话不絮烦。

且说尚书崔群，果然夜间得其一梦，醒来便对夫人说道："半夜时分，我梦见一位神仙，青巾黄服，肩负宝剑一口，自称是两口先生，说孩儿世存该娶林尚书女儿芦英为续弦媳妇。我想林圭家中再无以次女儿，止有一个大女儿叫做芦英小姐，昔年嫁与韩退之的侄儿韩湘。虽是韩湘弃家修行，一向不曾回来，韩退之死在潮阳任所，那芦英恰是有夫妇人，我这样人家，怎么好娶一个再醮妇人做媳妇？况且韩退之是我旧同僚，我今日去娶他的寡媳，也觉得体面不像，惹人谈论。"夫人道："相公差矣！神仙来托梦与相公，一定这芦英该是孩儿的姻缘。一向我闻得人说：韩家虽娶芦英过门，那韩湘子与她同床不同枕，同席不同衾，芦英还是未破身的处子，哪里是再醮妇人？若得娶过门来，正是一段好姻缘，有何人敢在后边谈论？”崔尚书听见夫人这般说话，便叫当值的去唤一个官媒婆来，吩咐她去韩、林二家议亲。

当值的果然去叫一个媒婆。这媒婆姓张，排行第二，住在忠清巷里，人人都叫他做张二妈，一生惯会做媒说合，利口如刀，哄骗得男家上钓，不怕女家脱钩，趁势儿遇着那不修帷薄的人家，他就挨身勾引，做个马泊六，故此家家认得她，真个是开口赛随何，摇唇欺陆贾。这张二妈跟了当值的来到崔府中，恰好崔尚书入朝不在，便直到内房参见夫人，说道：“今日巳牌时分，黄御史老爷要下盒到郭驸马府里，小媒婆好不忙得紧，不知夫人呼唤，有何事故？”崔夫人道：“我要你做头媒。”张二妈道：“别的媒小媒婆都做得，若是老爷要娶小奶奶，如今时年熟得紧，媒婆恰是没寻人处。”夫人笑道：“这婆子倒会说几句话。不是老爷要讨小阿妈，是我公子断了弦，要娶一个门当户对人家的女儿来续弦。”张二妈道：“这个有，这个有。京兆尹柳公绰老爷有一位小姐，生得如花似玉；户部尚书李墉，有二位小姐，大的十八岁，小的十六岁，无样的俏丽标致；户部侍郎皇甫鎛也有一个小姐，年纪只得十四岁，诸色事务俱晓得；史馆修撰李翱的小姐，是十九岁，写得一笔好字，弹得一手好琴，一向选择女婿，不曾有中得她意的，故此不曾吃茶。若是说公子续弦，她一定肯的，婆子就去说了，来回复夫人。”崔夫人道：“这几家都不要去说。”张二妈道：“这几家正与夫人门厮当，户厮对的，不要去说，叫婆子哪里去做媒？”崔夫人道：“我老爷夜里梦见一个神仙，说韩尚书的侄儿媳妇，原是林尚书的芦英小姐，天缘该与我公子续弦，故此要你去见林学士说一声，再去见韩夫人说一个下落，我就行礼到韩家去，即日要娶她过门。”张二妈笑道：“夫人，这话说得蹊跷古怪，那芦英小姐原是婆子搀扶过韩府中的，她是有丈夫的二婚头，又是尚书的媳妇，如何一时肯改嫁？婆子去说也是话柄了。”崔夫人道：“我岂不晓得林小姐是有丈夫的，但是神仙梦中吩咐如此如此，一定一说就成。况韩尚书死已多时，韩湘子弃家不理，我老爷的势要，谁敢不从？”张二妈道：“夫人虽故如此说，那韩夫人极是个执板偏拗的人，婆子怎敢到他跟前道个‘不’字，讨她的没趣吃。”崔夫人听了张二妈的言语，便大怒道：“这老猪狗，着实可恶！你怕韩夫人，不怕我。我且把你送到兵马司[1]，墩锁在那里，另叫别人去做媒，待说成了亲事，用二百斤重枷，枷号你一个月，看你怕我不怕我！”只这几句话，唬得张二妈目睁口呆，眼泪汪汪的求告崔夫人道：“夫人，不消发恼，婆子就去，婆子就去。”崔夫人道：“既如此，且饶你这一次，快快去说了，回来复我。”有诗为证：

嘱咐官媒去说亲，料应此事必然成。
若是洞房花烛夜，始信神仙不误人。

张二妈别了崔夫人，一路上没做理会，只得心问口，口问心，自家计较道：“我如今先去见林老爷讨个示下[2]，再去见韩夫人。若是林老爷肯应允，不怕韩夫人不从了。”计较停当，一径望林府中走去。不料对面走一个媒婆来，叫做江五嫂，原是陈家的小阿嫂，陈家讨了三四年，不见有孕，陈奶奶陪了嫁资，白白地把她嫁与江卖婆做媳妇。江卖婆见她人物出众，言语伶俐，就带了她出来各乡士夫家走走，因此上也学做媒婆。这一日，劈头撞见张二妈指手画脚的自计较，就晓得她寻一头媒要去做了，偏不撞破她，打从人家房廊下走了去，回身跟着张二妈一步步的走。张二妈又走了八九家门面，忽地拍拍手道：“我差了，我差了！这几时听见说，小卖婆江五嫂常常在韩府中走动，我不如去寻了她同去说，还有几分稳当，怎的倒忘记了这个色头。”江五嫂听见她这说话，便赶上前，把手蒙了张二妈的眼睛，道:“妈妈何往？”张二妈扭头捏脑说道:“你是哪个？”江五嫂道：“我是李三官。”张二妈道：“小鸭黄儿，怎的来取笑我？”江五嫂放了手笑道：“妈妈，你认认李三官看。”张二妈回头看见是江五嫂，便道：“五嫂，你也来取笑，我正有一事和你计较，你却来得正好。”江五嫂道:“妈妈是老把势[3]，哪个不让你的？我是雏儿，有恁么好计较？”张二妈道：“这个倒也不然，我是过时的人，说也不强，道也不好；五嫂正是时人儿[4]，我还要靠你吃饭哩。”江五嫂道：“妈妈不要奚落人，凡事带挈一带挈，就是妈妈盛情了。”张二妈笑道:“人生得波俏，

[1] 兵马司：官署名，封建时代主管京师治安的机构，始建于元朝。
[2] 示下：暗示，口风。
[3] 把势：老于此道者。
[4] 时人儿：时兴，当时的人。

说的话更十分波俏，岂不是我见犹怜，何况老奴！”江五嫂道：“妈妈放尊重些，不要惹人笑话。”

当下，张二妈扯了江五嫂，到一条撒尿巷内，布着耳朵说话。看官，且说明明一条大街，井井几条小巷，怎么这条巷偏生叫做撒尿巷？盖为大街上人千人万的往来，那小小巷儿往来的人少，只有那小便急的，才抽身到那巷内解一解，以此上叫做撒尿巷。张二妈虽故老成，江五嫂却是后生人物，怎的不到别处说话，却拣这不斯文的所在，立了说话？只为张二妈吃了崔夫人一场没意思，恐怕别人听见不像模样，没人知重她，故此扯江五嫂在这里悄悄地说。这正是：

隔墙须有耳，窗外岂无人。

若要明明说，恐惊天上人。

那张二妈与江五嫂说了半日，江五嫂道：“这件事只怕成不得，去说也是枉然。”张二妈道：“老身全仗五嫂作成，宁可媒钱四六份分，五嫂多得些就是。”

当下，张二妈与江五嫂两个，一径来到林尚书府里，恰好林尚书在厅阶上看花，见了便问道：“你两个来我这里做恁？”张二妈道：“老爷在上，婆子说也好笑。”林尚书道：“有恁么好笑？”江五嫂道：“崔尚书老爷着我们两个来老爷府上求亲。”林尚书道：“真也好笑，我一位公子，是五嫂做媒娶了媳妇；一位小姐，是二妈搀扶了嫁与韩尚书侄儿，再无以次人丁，又不曾有孙男、孙女，叫你们来与哪一个议亲？”张二妈道：“正是这般好笑。”林尚书道：“你们既晓得，只该就回复他，怎么又来说？”江五嫂道：“笑便好笑，说出来恰也有些根因，以此上只得同张二妈来见老爷。”林尚书道：“你且说有哪一件根因？”江五嫂、张二妈齐声说道：“崔公子原娶的是胡侍郎小姐，近日胡小姐去世，崔老爷要替公子续弦。还不曾说出，忽地里梦见一位神仙，青巾黄袍，背负宝剑，自称两口先生，对崔老爷说：‘老爷的芦英小姐该是他的续弦媳妇。’崔老爷醒来对崔夫人说：‘芦英小姐先年嫁了韩退之的侄儿，是有丈夫的，为何我做这般一个梦？若此梦不真，不该这般明白得紧；若此梦果真，难道神仙不晓得过去的事？’崔夫人说：‘韩公子一向与芦英小姐同床不同枕，同席不同衾，小姐还是黄花女儿。韩公子又丢了她去修行，多年不回来，小姐只当守寡一般，如此青春，终非结果。’是以叫婆子们来求老爷，他议的亲就是这位小姐。”林尚书听见这话，木呆了半晌，道：“虽然韩老爷弃世，公子一向不回来，还有韩夫人在堂，我也做不得主。你只管去见韩夫人，她若肯时，我一定遵崔老爷的命了。”江五嫂得了这话，便道：“小姐在韩家一日，老爷要记念一日，若是嫁了崔公子，老爷也得放下一条肚肠。这件事虽故是韩夫人在堂，她不过是女流之辈，还须老爷做主，撺掇一声，强如婆子们说十声。”林尚书道：“嫁了的女儿，卖了的田，怎么还由得我做主？你们且去说说看，我若见时，一定撺掇。”张二妈道：“我们就到韩家去，改日来见夫人罢。”林尚书道：“韩夫人若有口风应允，你们见我夫人也不迟。”

张二妈、江五嫂欢天喜地一径走出门，便往韩退之府中去。两个人说说道道，转弯抹角，走不多时，恰到韩家门首，望里面就走。韩家管门的老廖问道：“张二妈，恁么风吹得你到我府里来？”张二妈道：“特地来做媒。”管门的道：“张二妈想是疯了，府中有哪个要说亲，你们走来做媒？”张二妈道：“我不疯，你家亲娘没有亲老公。”管门的笑道：“二妈说话一发呆了，我家大亲娘是大公子的对头，怎的说没有亲老公？”张二妈道：“对头虽然有，恰是孤眠独宿，枕冷衾寒在那里。”管门的道：“这是大公子丢了她去修行，难道好重婚再醮不成？不要说我小姐，你这婆子忒不晓得世事。”张二妈道：“你休多管，我见老夫人自有话说。”一直往里面径走，江五嫂拽住张二妈，悄悄说道：“进门来就是这个醋炭[1]，我们不要说罢。”张二妈摇摇头说道：“若要利市，先说遁时[2]，哪里做得隔夜忧？”江五嫂只得跟着张二妈去见韩夫人。

恰好韩夫人和芦英小姐坐在那里下象棋，管不得挨驼顶擦，说不得死活高低，两下里不过遣兴陶情而已。张二妈、江五嫂近前厮叫，礼毕，韩夫人便道：“二妈贵人，今日甚风吹来，踏着贱地？”张二妈道：“夫人休要取笑，老身这边那边不得脱身，心中虽故常常记挂，只是不得工夫来候老夫人。今日趁这一刻空闲，特特和江五嫂来走走，老夫人又嘲

[1] 醋炭：此指吃醋的人，酸滑滑的人。

[2] 遁（dùn）时：循时，抓住时机。

笑我，教老身无容身之地了。”韩夫人道：“二妈不要说乖话，你是无事不登三宝殿的人，怎肯今日白白的来看我？”江五嫂笑了一声，说道：“老夫人真是个活神仙，二妈原有句要紧说话，要对夫人说，因此上拉了婆子同来。”韩夫人道：“我说的果然不差，但凭二妈见教就是。”张二妈道：“我两人特来与夫人贺喜。”韩夫人道：“自从老爷过了世，家中无限的冷落，有恁么喜可贺？”江五嫂道：“我们是喜虫儿，若没喜，再不来的。偌大一个府中，哪一日没有红鸾天喜照着，怎的说那没喜的话？”韩夫人道：“鹁鸽子只望旺处飞，你两个今日来我这里，是鹁鸽错飞了。”江五嫂道：“老夫人晓得鹁鸽子口中说些恁么？”韩夫人道：“我不是公冶长[1]，能辨鸟语，又不是介葛卢，识得驴鸣，哪里晓得鹁鸽的说话？”江五嫂道：“鹁鸽口口声声说道：‘哈打骨都，哈打骨都’。”韩夫人笑道：“五嫂说话越发波俏了。”

张二妈又夹七夹八说了一回，笑了一回，才放下脸儿对韩夫人说道：“婆子在府中走动多年，原不敢说一句闲话，夫人是晓得婆子的，今日领了崔尚书老爷崔夫人严命，没奈何来见夫人。”韩夫人道：“崔家有恁么说话？”张二妈道：“着婆子来议亲。”韩夫人笑道：“老身倒要嫁人，只是没人肯讨我。”张二妈拍拍手道：“前日有一个一百二十岁的黄花小官，要在城中娶一个同年的黄花女儿，说十分没有我同年的，便是六七十岁的女儿也罢。据夫人这般说，婆子先做了这头媒。”江五嫂嘻嘻的笑道：“正经话不说，只在夫人跟前油嘴。”张二妈道：“是婆子得罪了。崔公子近日断了弦，许多尚书、侍郎的小姐都在那里议亲。崔老爷约定明日竭诚去卜一卜，然后定哪一家，不想夜里梦见一位神仙说，林小姐是他公子的继室，着婆子去林府中求亲。林尚书并无以次小姐，算来只有芦英小姐青年守寡，没有结局，少不得要嫁人，故此着婆子来见夫人。”韩夫人道：“你们曾见林老爷么？”张二妈道：“见过了林老爷，才敢来见夫人。”韩夫人道：“林老爷怎么样说？”张二妈道：“林老爷说：‘这话极有理，我就去见韩夫人，撺掇成事。’”韩夫人听了这话，霎时间紫涨了面皮，骂道：“江家小淫妇不知世事不必说了，你这老猪狗，老淫妇，在我府中走

[1] 公冶长：孔子弟子，齐人。相传其懂鸟语。

动多年，我十分抬举着你，怎敢欺我老爷死了，就说出这般伤风败俗的话！我这样人家，可有再醮的媳妇么？就是林老爷，也枉做了一世的官，全不顾纲常伦理，一味头只晓得奉承人。你思量看看，你女儿嫁了一家，又嫁得一家么？”千淫妇，万淫妇，骂得张二妈、江五嫂两个脸红了又白，白了又红，开了上唇，合不得下唇。

韩夫人骂声未已，只见芦英又近前道：“你这个两个忒不是人，我夫人怎么样看待你们，你们一些好歹也不得知，只怕那有官势有钱财的，略不思量思量天理人心两个字，也亏了你们叫做人！”又道：“婆婆不消发恼，公公在日，凡事顺理行将去，尚然被人欺侮。那崔群罔法专权，倚官托势，欺压同僚，强图婚姻，难道天不报应不成？”韩夫人道：“今日本该把你这婆子打下一顿，送到林府中羞辱他一场，只是没了林老爷的体面，我且饶你这一次，再不许假传他人的说话来哄我了。”那张二妈、江五嫂羞惭满面，举步难移，只得忍耻包羞，出门去了。

张二妈便拉着江五嫂回到崔府中回话，江五嫂再三不肯，中途分路而去，张二妈只得独自一个到崔家去。不料崔尚书与夫人两个专等张二妈的回复，一见张二妈走到，便问道：“亲事若何？”张二妈睁开两眼，竖起双眉，恶狠狠的答道：“没来由，没要紧，教婆子去吃这许多没意思，受这许多抢白气，还要问若何若何！”崔尚书道：“你这婆子说话大是可恶，怪不得夫人前日要难为你。你既来回复我，一句正经话也不说起，只把这胡言乱语来搪塞我。我且问你，你几时去见林老爷、韩夫人的？他们怎的样说话回你来，你做出这般不快活的模样？”张二妈方才定气低声说道：“婆子去见林老爷，林老爷满口应承，并无阻挡；只是韩夫人骂婆子许多不必说，把老爷、公子都骂得不成人。说崔公子要娶芦英小姐续弦，真叫做癞蛤蟆躲在阴沟洞里，指望天鹅肉吃。她还说要奏过官里，把老爷也贬出远郡为民，不得还乡，才消她这口气哩。”崔尚书怒道：“朝中唯我独尊，哪一个官员敢违拗我的说话？她不过是韩愈的妻子，怎敢说这样大话！她既要奏我，待我明日先奏过朝廷，削除了她的月俸，赶逐她回原籍；再吩咐地方官儿诬捏她几件不公不法的事情，抄没了她的家私、田产，使她婆媳两个有路难走，有国难投，方显得我威权势力。这正是一不做二不休，先下手为强，后下手为殃。”崔夫人道：“韩夫人虽然不是，从古来说：‘寄物则少，寄言则多。凡事要自听为真，岂可偏听媒婆之言，伤了同僚意气。”崔尚书道：“韩愈也是个只知有己，不知有人，是一个触目不分的人，故此夫人也不识时务，这话句句是有的，怎么教我忍耐得？”崔夫人道：“我儿子一世没老婆，也讨一个在先了，何必定要讨林芦英做媳妇？张二妈，你且去罢。”崔尚书道：“我明日不奏逐她，也不姓崔了！”有诗为证：

一封文表奏重瞳，见说韩门造孽洪。

做成鸾凤青丝网，织就鸳鸯碧玉笼。

毕竟不知后来若何，且听下回分解。

第二十六回

崔尚书假公报怨　两渔翁并坐垂纶

石室硿巃[1]接紫霄，苍崖滴乳湿僧樵。

蒲团静坐无余事，遥看天台起异标。

不说张二妈出门去了。且说韩湘子辞别了吕师父，一径到东海龙王那里。只见那许多鳖相公、鼋枢密、虬参从、蛟大夫，一个个躬身下礼；鲤元帅、鲍[2]提督、鲭[3]太尉、蟹都司，齐斩斩[4]俯伏趋迎。旁边转出许多鳇把总、鼍先锋、虾兵鲌[5]卒，簇拥着龙子龙孙，慌忙出宫迎接，近前禀道："敢问上界神仙，何事下临水府？"湘子道："你们有所不知。"便问："龙王敖广在哪里？"龙子龙孙齐声答道："奉旨往桂林象郡行雨未回。"湘子道："我奉玉帝旨意，到长安城里度化窦氏、芦英，谁知她们眷恋荣华，不肯随我修行。因此奏过玉帝，着吕师父托梦与崔尚书，叫他奏闻宪宗皇帝，赶逐韩氏一家，仍回昌黎居住。又恐怕她们仍前迷恋，不转念头，再着龙王兴风作浪，卷海扬波，把她那昌黎县厅堂、房屋、田地、山荡，俱行漂没，不许存留一件，以动她怀土心肠。待她两处俱空，进退无路，然后下手度她。其余民居、官舍、山田、地荡，俱不得损坏分毫，以招罪谴。"龙子龙孙答道："玉旨既出，谁敢有违，待父亲敖广回来，处分复命。"

湘子便出了水晶宫，踏着云头来会吕师、蓝采和，一路里迎将前去。果然这一夜里，老龙王率领龙子龙孙，张开那电目，竖起那朱髯，显出那翻江搅海的雄威，倏忽间风雨晦冥，雷电交作，烟云陡乱，洪水横流，

---

[1] 硿（kōng）巃（lóng）：岩石隆起貌。

[2] 鲍：鳊，鱼名。

[3] 鲭（qīng）：鱼名。

[4] 齐斩斩：整齐貌。

[5] 鲌（bó）：鱼名，一种淡水鱼。

犹如地裂天塌，山崩川溃，把韩家那鼓楼前内房屋、厅堂、牌坊、基址、南北庄田、仓库，洗卷扫荡，不留一星。可惜那许多草木禾苗，都不知无影无形，着落何所？这昌黎县居民人等，清早起来，见了这个光景，都道："自古说桑田变海，海变桑田，我们今朝才晓得实有是事。"一个跑到朝天桥上一看，道："这水就像天上安排几副闸板的一般，只沉没得韩愈一家，忒煞作怪。"众人齐声说道："想是韩愈阴骘不好，所以天降这水灾淌坏他的产业。"内中一个道："他做官极是好的，阴骘没恁么不好，想是那佛骨一表，冲激了佛菩萨，佛菩萨怪得他紧，故此显出神通，把他的家资、田产、房屋、牌坊，都漂坏了，以见佛菩萨的手段。我和你如今只是念佛，靠佛天过日子才是。"一个道："广东鳄鱼好端端一个窠巢，被韩愈做一道檄文，平空的赶了去，鳄鱼来报冤，故此发这般大水，把他的基址化为万丈深坑，想是鳄鱼躲在水底下也不见得。"一个道："我和你又不是神仙，哪里晓得冥冥中的事情，各人回去，自顾自的到好。"正是：

各人自扫门前雪，莫管他家瓦上霜。

这许多人叹息一回，各自散去不题。

且说崔尚书听见张二妈说了这许多话，咬牙切齿，恨入骨髓，思量了一夜，到得次早，忙忙写表奏上宪宗皇帝，单说韩夫人一家不该在京居住，仍享俸禄的意思。表云：

户部尚书臣崔群，诚惶诚恐，稽首顿首。臣闻官有常员，仕无世禄，自非开基创业之功臣，难荷金书铁券[1]之宠锡。窃见已故潮州刺史韩愈，居朝无回天返日之鸿勋，临民[2]无捍患御灾之大绩，狂触天颜，谪死远郡。其侄韩湘，违背圣教，栖息玄门，弃父母之丘垅，时祭[3]无人；抛妻子之情缘，居家无纪。其子韩清，以螟蛉[4]之弱质，续蜾蠃之箕裘[5]，书史不攻，荡费肆意。诚哉，

[1] 铁券：指帝王赐给功臣代代享受某种特权的铁契。
[2] 临民：治理人民。
[3] 时祭：按时节祭祀。
[4] 螟蛉：养子的代称。
[5] 箕裘：指继承父业。

三纲不整，五伦不齐，有玷官箴，大伤风化者也！乃陛下给以月俸，享以世禄，是以贪墨[1]之夫，徼[2]名清白;狡顽之辈，借口忠贞。倘有勋劳为国，政绩为民，章章表著者，不识陛下将何以待之？伏乞严诛心之法，肃斧钺之诛，将韩愈妻窦氏削除月给俸禄，韩清发充边远卫军，其房屋改作先贤祠宇，金帛粟米，稍备边储[3]，不许暗行夹带。庶百僚知警，众职畏法也。臣不胜惭惶激切，待命之至。

宪宗览奏，龙颜大悦，道："崔群真辅弼之臣，凡有益于国家者，知无不言，言无不尽。这韩清一家无功受禄，枉费钱粮，该发边远充军，刻日启行到伍，不许稽迟！"崔群见宪宗传下旨意，无限欢喜。这正是明枪易躲，暗箭难防。有诗为证：

三人成市虎，曾母[4]惧逾墙。冤女霜飞惨，荆卿[5]虹吐芒。铄金销骨易，蝇玷白圭伤。谗说殄行日，悲哀贾洛阳[6]。

当下满朝文武见宪宗降下这一道旨意，各各面面相觑，不敢出言。只见班部中闪出一员官，执简当阶，俯伏丹墀，奏道：

吏部尚书臣林圭，诚惶诚恐，稽首顿首。窃惟周公元圣，而四国之谤，乃致上疑于其君；曾参大贤，而三至之言，不免摇惑于其母。是岂成王之不明，曾母之不亲哉？凡以口能铄金，毁能销骨也。陛下抚御区宇，明并日月，恩同父母。讵图怙冒[7]之中，岂无屈抑[8]？覆盆[9]之下，复有沉冤。臣林圭敢为陛下陈之。谨按原任礼部尚书韩愈，文起八代之衰，道济天下之溺。一生

[1] 贪墨：贪财好贿。

[2] 徼（yāo）：邀名，求得虚假的名声。

[3] 边储：边军储备用品。

[4] 曾母：曾参之母。相传有三人告曾参杀人，其母初不信，后转惧，最后投杼翻墙而走。

[5] 荆卿：指战国著名刺客荆轲。

[6] 贾洛阳：指西汉文帝时人贾谊，为洛阳人，年少才高，遭人谗毁，郁郁而终。

[7] 怙（hù）冒：恃权造假。

[8] 屈抑：冤屈。

[9] 覆盆：覆置倒扣的盆。喻黑暗笼罩。

忠鲠[1]，概世忠贞。祈雪，诚格于神明；驱鳄，泽施于奕世[2]。止因佛骨一表，忤触天颜，遭谪远方，病死公署。诚哉，天丧斯文，以致士民失望。犹幸盖棺论定，忠义得伸，蒙陛下追念旧勋，恩赐祭葬，封谥昌黎郡伯，月给禄米，以恤其家。不唯韩愈衔结于九泉，即大小臣工皆仰颂圣德，谓陛下不负韩愈也。今有崔群，因求婚不遂，心怀妒嫉，效含沙射影之虫，兴无理不根之谤，妄奏愈生无补于朝廷，死犹叨乎禄养，理宜削爵问罪。陛下误听，竟赐允行。臣圭闻之，不胜惊愕；举朝文武，无不嗟叹。皆谓陛下践祚[3]以来，敬大臣，体群臣，曾未有若崔群一言，处韩愈至此极也！岂尧天舜日之中，可容此昼啸之鬼乎！伏乞陛下收回成命，暂将愈妻窦氏放归田里，伊子韩清免其差操，侍母终年。则生死衔恩，臣圭幸甚！满朝文武幸甚！不胜激切，奏闻待命之至。

宪宗依准林圭奏章，着韩清同母窦氏人等，俱回昌黎闲住；所有金帛米谷，锦衣卫官查验明白，收贮封锁，给赐守边将士，不许夹带分毫，如有夹带不明，三罪俱罚。有诗为证：

君王准奏放归田，故里安居乐事闲。
不料天公生巧计，漂流家业不能全。

此事表过不题。

却说窦氏坐在家中，忽地心惊肉颤，神思不安，鸦鹊成群，飞鸣鼓噪，忙叫芦英道："媳妇，我夜梦不祥，今日精神恍惚，这许多鸦鹊喧闹振吟，不知主何吉凶？"芦英道："婆婆思念公公，以致如此。古云：'鹊噪未为吉，鸦鸣岂是凶。人间凶与吉，不在鸟音中。'吉人自有天相，不必多疑。"道言未了，只听得锣鸣鼓响，人马喧嘶，忙出看时，一位锦衣卫[4]官当厅站立，左右列着一班侍从人役，一似凶神恶煞，勒袖揎拳。惊得窦氏、芦英面如土色，目睁口呆，竟不知为恁因由，犯何罪过，家中大小都躲

[1] 忠鲠（gěng）：忠诚耿直。
[2] 奕世：一代接一代。
[3] 践祚：登位。
[4] 锦衣卫：明官署名，初为皇宫禁卫军，后权力渐重，职军事诏狱等事。

得没影。韩清只得走将出来，跪在当厅，请问来历。那锦衣卫官道："奉圣旨着韩清带领窦氏人等，速回昌黎居住，免其入队差操；所有家资财物，俱查验封锁，以听犒赏边兵，不许侵动分毫；其房屋一所，工部官估看明白，改作先贤祠堂，着增装塑像，四时祭享。"说罢，锦衣卫官转身去了。

窦氏跌脚捶胸，哭得昏倒在地，却不晓得崔群听了张二妈的言语，暗地中伤他们。只见尚书林圭来到，芦英小姐上前扯住他的袖子，又哭倒在他怀里。林圭道："我女不要十分苦了，如今还是万分侥幸，若依圣上初然间的旨意，你婆媳们性命也活不成。"韩夫人听见林尚书这般说话，才挣扎向前，问道："不瞒老亲家说，家下因先夫辞世，只好这等守分待时，不知皇上听了哪一个谗臣的言语，把老身凌辱到这样田地？可不枉了先夫一世忠良。"林圭道："老夫人还不知就里，这是户部尚书崔群奏准朝廷，要将老夫人全家谪贬塞外充军，以报老夫人不应允小女续弦之仇。是老夫担了血海的干系，冒死保奏，才得圣上怜悯，准你们回原籍居住，这也是万千之喜。"韩夫人道："崔群老贼！你欺心图谋人家儿女，倒不说自己不是，反在暗地里诬陷我们，明明是欺天了，只怕举头三尺有神明，天也不肯轻轻的饶放你。我只要寿长些，少不得也报应在我眼睛里。"芦英道："君王一怒，人头落地，若不亏我爹爹的时节，一发不好了，婆婆如今且休烦恼。"

当下，窦氏吩咐韩清急急收拾起身。韩清便雇了船、车、马匹，辞别了林尚书，领了窦氏、芦英，同回昌黎县去。一路上，十里长亭，五里短亭，看了那岸边杨柳，听了那林外鸣鸠，觉得比昔日进长安的光景大不相同，就添了许多凄惨。真个是：

野花不种年年发，烦恼无根日日生。

有诗为证：

兴亡成败事无凭，花柳春风逞世情。

无限无情山共水，只堪图画不堪行。

韩清一行人众，在路上行了几日，恰好是春末夏初，浓阴叶绿，天气乍热，景物撩人。芦英叫窦氏道："婆婆，我们离了长安，不觉许多日子，双亲年老，不得再见一面，怎生是好？"韩夫人道："走了许久日子，还不得一个便人寄封书与亲家作谢候安，若要会面之时，除是南柯梦里。

我和你且到了家中，又作计较。”

婆媳两个正在絮烦，原来湘子和蓝采和隐形跟着她，听见她两个说话，知道她尚不回心转意，便乃变做两个渔翁模样，坐在柳荫之下，朝着她们的来路钓鱼。韩夫人远远望见他两个钓鱼，就叫韩清道：“你看那两个钓鱼的，比着我们好不快活。”韩清道：“他在那里钓鱼，总是为利，若钓得有鱼，便快活；若钓得没鱼，就有许多烦恼，哪里见得他快活？”韩夫人道：“你去看他有鱼也没有，若有鱼，我们买他几尾，做碗汤吃。”韩清便叫道：“渔翁，渔翁，篮里有鱼，卖几尾与我们。”一个摇摇手，念四句诗道：

不愿千金万户侯，生涯随分在扁舟。

身闲数顷烟波阔，一饮茆柴醉便休。

韩清道：“你又不是骚人墨客，我问你买鱼，倒不回复有鱼没鱼，且吟起诗来，忒也好笑。”便又叫那一个渔翁道：“渔翁，渔翁，有鱼卖几尾与我。”那渔翁也不回复有无，吟诗四句：

万顷烟波一钓丝，深山树密白云居。

得鱼沽酒茅亭下，尘事纷纷总不知。

韩清笑道：“你两个不是渔翁，倒是清客。”渔翁道：“曳长裾于王门，足将进而趦趄，口将言而嗫嚅，做出那许多摇尾乞怜的态度，才叫做清客。我们是非不理，宠辱不惊，清闲自在快活的人，怎么把那清客来哄我？诗云：

不谒朱门得自由，五湖烟景任遨游。

只愁酒醉颠狂发，推倒天宫白玉楼。”

韩清听了两个渔翁的诗，忙忙走到夫人面前，如此如此，这般这般，备细说了一遍。韩夫人道：“据这般说起来，两个渔翁也不是低三下四的人了，待老身自去问他，看他怎的回复？”当下，韩夫人近前问道：“渔翁，你两个钓鱼，只该各自一处钓才是，为何同在这一个去处？岂不闻：两两游鱼似水沤，迎风吸浪不回头。莫教渔父双垂钓，此处无鱼别下钩。”那渔翁也不答应，只低着头念道：

绿柳疏荫摆渡头，持竿欲上钓鱼舟。

身闲名利无关锁，醉饱优游笑五侯。

韩夫人听了道：“好个‘身闲名利无关锁，醉饱优游笑五侯。’这渔翁比我们就快活得多了。”又近前一步，叫这一个渔翁道：“渔翁，你家住在哪里？为何两个在一处钓鱼？”这渔翁回转头来念道：

渴饮清泉醉便休，四时风月任优游。

玉堂金马成何用？石室云山万古秋。

渔翁念罢这诗，倏忽间两个都不见了。韩夫人忙呼道：“韩清，你见那两个渔翁从哪里去了？”韩清道：“大家都在这里，不曾看见他去。”韩夫人号天拍地哭道：“势败奴欺主，时衰鬼弄人。老身今日见鬼了，如何是好？”芦英道：“婆婆，你且耐烦，青天白日，哪得有鬼？这两个多应是神仙变化来的，我们赶上前去，再作理会。”

果然，一行人众，饥餐渴饮，夜住晓行，又过了几处州县，几个日子。看看将到昌黎县地方，韩清道：“此间离昌黎不远，孩儿先赶进城去，叫庄客、佃户把家中厅堂、楼屋，各处都打扫洁净，然后来接母亲、嫂嫂回去。”韩夫人道：“此言极是有理，你快快趱行，不要耽搁了。”

当下，韩清便雇了马匹，带了一个从人，飞也似赶向前去。转弯抹角，穿东过西，赶了一日，才赶得进昌黎县城，一径走到朝天桥上，天色已是昏蒙蒙了。韩清带住了马，只一望时，不见了自家房子，着实吃了一惊，道：“难道这里不是朝天桥，怎的望不见我家房子？”又道：“莫不是我眼睛花了，连房子也看不见？”又道：“莫不是雾气漫漫，遮得我眼睛不看见？”心忙意乱，勒马进得鼓楼巷时，只见白茫茫一泓清水，哪里有一间厅堂，半椽楼房？更没有半堵土墙，一条石块。慌得韩清满身寒栗起，一阵热麻胡，只得跳下马来，吩咐从人看着。自己寻到巷口住的老邻舍钱心宇家中，问道：“钱老官在家么？我要借问一声说话。”钱心宇道：“是哪个寻我？钱老爹也叫不得一声，叫我做钱老官？”韩清道：“我是韩尚书的二公子。”钱心宇道：“韩家只有一个侄儿叫做韩湘，一向去修行，不曾回来，几年上又养得你这二公子？”韩清道：“老爷养我的时节，难道遣人先通报你不成？别个假装得，韩尚书是你老邻舍，难道好假装做他的公子？你走出来认一认就是，何必唠叨盘问。”钱心宇果然穿了巾服，一步步走将出来，灯光下看见是韩清，便道：“原来是张二官，你一向跟韩老爷在长安，是几时回来的？这早晚来见我，有恁么话说？

想是韩老爷死了，奶奶容你不得，赶了你出来，我恰不敢留你，招奶奶的怪。”只这几句话，气得韩清面红脸胀，半晌做声不得，心里暗暗说道：“早是我不带了跟随的进他屋里，这老狗骨头一味的噇口开，若跟随的在面前听见了，可不羞死人。”钱心宇见韩清不做声，便又道：“我几年不见，二官人一发长得齐整，不像昔年模样，真个是居移气，养移体。”韩清睁眼看一看廊下，见没有一个人，便道：“钱老官，我老实对你说，我老爷因侄儿弃家修行不回来，自家没有亲生的儿子，把我抬举起来做个二公子。以前和我一起的人都没有了，如今跟着的都是后边讨的，人人叫我是二相公，再没有一个晓得我是张二官的，就是老夫人也口口声声叫我做儿子，芦英小姐也叫我做叔叔，你老官人再不要提起前话了。”钱心宇道：“我老人家一些也不得知，只说二官人还是张二官，真真得罪了。”连忙捧茶出来与韩清吃。韩清方才问起房屋的事，钱心宇把三月内风雷扫荡的事，细细说了一遍。

韩清大哭一场，别了钱心宇，一溜风赶到路上，接着韩夫人与芦英小姐，说道：“母亲、嫂嫂，不好了，不好了！”韩夫人惊道：“亏得林亲家救护，今日得还故土，又有恁么不好？”韩清道：“孩儿赶到鼓楼巷，没寻自家房子处，惊得目睁口呆，只得访问邻居，都说道是三月十一日洪水汹流，把我家房子、田地俱漂没了，只剩得白茫茫一个深潭。”韩夫人道：“这场水也坏了多少人家？”韩清道：“单单只坏得我们一家，别家俱安然无事。”芦英道：“这才叫做福无双至，祸不单行。我们如今有家难奔，有国难投，怎生是好？”韩夫人便道：“这场冤苦都是崔群老贼害我们的，难道龙天没眼睛？”韩清道：“母亲、嫂嫂记得否？昔日菊花亭上曾有那个道人说：‘命蹇时乖莫叹嗟，长安景致不堪夸。漂流祖业无投奔，始信当初见识差。’母亲不肯信他，谁知今日句句都应了。”韩夫人道：“真个是了，只因那道人假装湘子的模样，故此我不理他。若是湘子真回来，我也情愿跟他去出家了。”芦英道：“天色将晚，明日又作区处。谚云：‘天无绝人之路’，除了死法，又有活法，婆婆且省烦恼。”

这一日，韩夫人与芦英又在舟中过了一夜。次日清早，韩清安排早饭吃了，同一个从人到城里租了一所房子，把带来的东西权且搬上去，安顿停当，才接韩夫人、芦英去居住。韩夫人进到房子，放声大哭。芦英从旁再三劝解，韩夫人方才住声。不想吕师同蓝采和、韩湘子在云头上看见韩夫人这般哀苦，便笑道："她一家儿安安稳稳在长安居住，不因玉旨着俺度她，她怎肯到这个去处来？"湘子道："待弟子托一个梦与她，看她醒悟否？"吕师道："快快去来，莫再耽误。"

湘子当下走到韩夫人房中，见韩夫人盹睡未醒，便向她耳根叫道："婶娘，婶娘，我是湘子，特来看你。你说在长安住着大厦高堂，享着大俸厚禄，如今长安城在哪里？你缘何还不省悟？早早出家，免受挫折。"韩夫人惊醒来道："方才瞌眼睡去，就见湘子立在面前，言三语四来讥诮我，及至着眼看他时，他又不见了，教我怎生是好？"有《清江引》为证：

一更里，汪汪珠泪抛，离别了长安道。回首望家山，路远无消耗。想当初，把好话儿错听了。

二更里，呼呼怪风起，刮得我肝肠挤。两眼望空瞧，魂灵上纸桥。告苍天，把窦氏儿将就了。

三更里，梦儿还不醒，见湘子形和影。说我不思量，途中滋味长。这是我，不回头惹祸殃。

四更里，看苍天尚未晓，忽然见湘子到。规模总一般，衣服都破了。一声声埋怨我，回头不早。

五更里，见湘子来救咱，他说话全不哑。醒来不见他，拍手空嗟呀。只怨崔群，不辨真和假。

五更已过，天色渐明，芦英上前问道："婆婆，为恁事絮絮叨叨，一夜不睡？"韩夫人道："我上无片瓦遮身，下无立锥空地，没奈何租屋栖身，已是不胜苦楚。谁知瞌得眼去，湘子就立在面前，说长道短，我开眼看时，端然不见他面，故此一夜不曾得睡。"芦英道："事到头来不自由，树欲止时风不休，婆婆只索耐烦，不要苦苦心焦，有伤贵体。"韩夫人道："我也晓得焦烦无益，争奈和针吞却线，刺人肠肚挂人心。"韩清道："母亲、嫂嫂，凡事须要从长计较，古语说：'梁园虽好，不是久恋之家。又云：'借别人的老婆，拿不牢，熩[1]不热。'我们如今借住在这里，终久不是个了结，还须另图一个安身去处，才好做些生理，以过日子。若只这般混账，

[1] 熩（hù）：原意为光，此指用热东西捂热。

一日一日难过了。岂不闻：家有一千两，日用银二钱，若还无出息，不过十三年。”韩夫人道：“随你主意，我们有恁么大见识。”韩清道：“依孩儿愚见，且去那沙滩上搭起几间竹篱茅舍，将就栖身，也强如住别人的房屋，日夜忧出那租钱。”韩夫人道：“这也说得是。”韩清便计较去发木头，买砖瓦，搭起一座厂屋，择日兴工，不在话下。这正是：

一家星散实堪伤，骨肉相抛各断肠。
信是不堪回首处，思乡难望白云乡。

毕竟不知后来若何，且听下回分解。

第二十七回

卓韦庵主仆重逢　养牛儿文公悟道

为买东平酒一卮，迩来[1]相会话仙机。

壶天[2]有路容人到，凡骨无缘化鹤飞。

莫道烟霞愁缥缈，好将家国认希夷[3]。

可怜寂寞空归去，休向红尘说是非。

不说韩清重整房屋，再展门庭。且说光阴似箭，日月如梭，韩文公在那卓韦山上，做一个粗使出力的道人，逐日价早起晏眠[4]，烧香点烛，开闭门户，扫拂埃尘，搬东过西，相呼接应，没一样不是他当值[5]。只是不曾到山上去砍柴斫草，运水填泥。他也没有一点怨心，就是真人常常责罚他，他也只是欢喜。作《清江引》一首，以乐心情。

布袍宽袖谁能够，说恁么金章和紫绶。吃的是淡饭并黄齑；受用的青山共绿水。看人生名和利，犹如水上沤。

荏苒将及一年有余。忽一日，真人叫文公到面前，吩咐道："明日有几个道友来看我，厨下没了柴，你也去打些柴来凑用。"文公道："弟子敢不遵命。但不知师父叫弟子到哪里地方去打柴？"真人道："也不远，离此西南上去五里多些，有一个园，是本山的花园，你竟去打柴就是。"文公依命，收拾扁担、斧头、绳索，拴缚端正，辞了真人，望西南上便走。

走不上一里路，大雪纷纷落将下来。文公道："每日不出庵门，天是晴好的；今日差我打柴，偏生又遇着大雪。韩愈这等命苦！蓝关上受了那许多大雪的苦，还当不得数，今日又添个找零。"说罢正走，忽见一个

[1] 迩来：近来。

[2] 壶天：道家所称仙境。

[3] 希夷：无声为希，无色为夷，指虚寂微妙之境。

[4] 晏眠：晚睡。

[5] 当值：值班。

柴门，写着“卓韦山花园”。文公便推开了柴门，进到花园内。只见那园中红拂拂花枝斗艳，绿荫荫叶影参差，真个是仙家世界，别一乾坤。看了一回，雪已住了。文公笑道：“这花虽然开得好看，只怕大风起来，摆得花英堕地。”果然不多时节，东南上一片乌云遮得黢暗，四下里乱腾腾扇起狂风，把那许多好花都吹得东零西落。文公叹道：“这花就像我韩愈一般。昔日在朝做官，就如花开得好；一霎时吹得零落，就如我今日受苦。”口唱《出队子》道：

我看你这花，花开时人看好，千红万紫逞娇娆，蝶恋蜂攒难画描。花！我只怕风来括，雨又飘，把你花来零落了。

文公唱罢这词，还要再看花一会，恐怕真人说他懒惰，只得收拾一担干柴，忙忙的挑出园门。肩头上压得十分沉重，不觉泪如泉涌。说道：“苍天，苍天，怎教韩愈受这般苦楚磨折！”说声未了，只见一只虎奔下山来，把文公一抓，文公惊得洋洋死去，似醒不醒。听得湘子敲渔鼓，高叫道：“叔父，侄儿在此。快些醒来！”文公才醒转来。扯住湘子，哭告道：“从你指引我来见师父，已经一载有余不曾出门，今日叫我打柴，被虎抓倒在此，若不是你来时，险些儿被虎吃了。”湘子道：“叔父不必啼哭。这葫芦内有热酒，且吃些荡寒。”文公道：“若吃了酒，怎的回去见得师父？”湘子见文公不肯吃酒，便道：“既不吃酒，且挑了柴回去。再迟两日，侄儿又来望你。”文公道：“你若来见师父，只求你荐言[1]一声，要师父待我比众不同，我就快活了。”湘子道：“我若不来，一定寄一封书与真人。”文公道：“千万不要忘记了！”湘子道：“只看天上有仙鹤含着书来，就是侄儿寄书来与真人。”当下文公别了湘子，挑柴往卓韦洞交卸。一路里叹道：

泪涟涟，为官为宦受皇宣[2]，如今倒做了山樵汉[3]。担儿苦难言，猛虎儿又来前，争些儿魂赴森罗殿。幸侄儿回归，且低头去告大罗仙。

[1] 荐言：进言。
[2] 皇宣：皇帝宣抚。
[3] 山樵汉：打柴人。

文公挑柴来到洞门，只见洞门紧闭，便放下柴担，高叫：“师父开门！”童子道：“师父不许开门，说你是朝中宰相，怎么不知高低？”文公道：“师父叫弟子去打柴，因挑不起来，迟了些，望师父恕罪。”真人道：“我只叫你去打柴，为何在园内叹息那风花？”文公听了这一句，吓得冷汗淋身。暗忖：“隔着这五里路，怎么就晓得我叹风花？”只得禀道：“弟子进园，见无数花开得红红白白，艳丽惊心，不想被一阵风吹落在地，因此上做一词儿，叹息几声。”真人又道：“你在路上与韩湘子说些恁么？”文公又吃一惊，暗忖：“若不是天仙，如何这样事都先晓得？”又跪下禀道：“途中遇见老虎，亏得侄儿湘子来救了性命。侄儿吩咐弟子用心服侍师父，再无别言。”真人道：“既然如此，童儿且开门放他进来。”文公进得门，就把柴挑到厨下交卸。只听得真人叫道：“韩愈，你是朝中臣宰，心挂两头，我再三苦劝的好言语，你只当做耳边风，一些也不省悟。你依旧回朝去做官罢！”文公告道：“弟子初到此间，不知东西南北，全仗师父提携，开恩释罪。”真人道：“我也不怪你，只是庵中少面用，你今晚拿两担麦去，连夜磨了，明早交面还我。”文公道：“师父，磨子在哪里？”真人叫道：“童儿引他去看磨子。”文公仔细看了一回，转来禀真人道：“师父，不是弟子躲懒，只是弟子年纪六十四岁，血气衰败，一人推不动这副磨子；况且一夜有得多少工夫，教弟子独自一个，如何磨得完两担麦子？”真人不答应他一声，只叫清风、明月道：“你两个快去催趱韩愈磨面来交，不许你私做人情，违我庵中规矩！”清风、明月便催促文公到了磨房。文公道：“师兄在上，弟子年老，气力不加，如何这一夜磨得两担麦子？望师兄帮助一二。”清风、明月道：“我们也肯舍力帮你磨麦，只是师父的堂规严厉得紧，吩咐我们来催趱你做工夫，不许懒惰，我们如何敢帮你挨磨？”文公听了他两个的话，只得苦苦自挨。挨到天明，刚刚磨得八斗。同清风、明月来见真人，禀道：“告师父，得知韩愈气力不加，一夜磨得八斗，望师父饶恕。”真人道：“我且将就你这一次。”文公叩首拜谢了真人，仍回磨房中去磨麦子，并没一点怨悔嗔怒之心。

一日，磨完麦子，挑到真人跟前，交割明白。清闲无事，便踅[1]身

[1] 踅（xué）：回身。

到后山闲步。忽然见一伙人，挑了许多柴来到庵中交卸。文公问道："你这些人是哪里来的？"挑柴的道："我们都是沐目真人庵中的道人，逐日价去山上砍柴斫草，供给庵中用的。"文公道："你们不怕这般辛苦？"挑柴的道："由你使尽千般计较，万种机谋，也躲不得'无常'二字，我们随了沐目大仙出家，便不怕'无常'了，这辛苦是分内应得做的，只怕大仙不肯收留的苦。"文公道："你这伙人倒也见得是。我枉做了读书人，倒不如你们的见识。"内中有两个又说道："你老人家的面庞就像我那韩老爷一般。"文公道："哪个韩老爷？"两个齐声道："就是礼部尚书韩愈老爷。"文公道："你怎么认得他？他在朝中做官，好不昂昂威势，怎的肯到这所在？"那两个道："韩老爷佛骨一表，龙颜大怒，贬到潮州去做刺史。迢迢八千里路，我两个跟到半路里，不知受了多少苦楚，不料撞着两只猛虎跳将出来，把我两人一口一个，驮来丢在这卓韦山上，逃得这两条残生性命，在此打柴斫草，岂不是亏了沐目真人，脱得这'无常'二字！"文公道："你敢是张千、李万么？"李万道："我便是李万，他是张千。你莫不是韩老爷么？"文公道："这个去处，出家都是道人了，怎么还叫我做老爷。"李万道："依你说，果然是韩老爷了。"张千道："我两个亏了真人，得活在这里。那韩老爷不知冻死在蓝关上哪一个地方，怎么能够在这里？"文公道："我实实是韩尚书，不是冒认。"张千道："如今世上冒名托姓趁口认的，好不多得紧。我也难信你，你且说怎么不到潮州，倒来这卓韦山上？"文公道："只因不听侄儿韩湘子的说话，我在那蓝关上受了多多少少的亏苦，性命就如那风里灯、炉上雪，亏侄儿领我来投拜沐目真人，做个徒弟，故此情愿在这里焚香点烛，扫地烹茶。"张千道："且说公子韩湘为何去修行？说得对才信你是韩老爷。"文公道："我哥哥韩会、嫂嫂郑氏，止生得湘子一人。湘子三岁还不会说话，直到我中举回来，湘子方才说得话出；及至养得成人长大，他一心一意要出家修行，不肯读书；娶得林小姐芦英为妻，他又同床不共枕，同席不同衾；我一日在那洒金桥边，遇见两个道人，说自家经天纬地，会武能文，我请他两个回家教训湘子，因此湘子逃去修行，许久不回来，教我无日不记挂，到处贴招子，访问他的下落。我那一年在南坛祈雪时，曾有一个道人说是湘子，替我登坛祈下一天大雪；我做生日的时节，也曾有一个道人说是湘子，来度我出家。三番五次，我只是不信，他径自去了。我直到蓝关道上，才知侄儿湘子真是仙人，那两个道人真是汉钟离、吕纯阳。说得对也不对？”张千听罢，哭道：“我两人正是张千、李万。老爷怎的一些也不认得我们？”文公不觉也堕下泪来。三个人正在那里悲悲切切，诉说衷肠，只见沐目真人近前喝道：“悲欢离合，尘俗火坑，我这里百虑都捐，万念尽下，你三人怎的还摆脱不开，做出这许多儿女子的情态？”文公把前后根因说了一遍。沐目真人道：“这都是前生业障，今世罪根。既到了我这个去处，一切付之乌有，再休提起了。”文公道：“谨遵师命。”从此以后，文公又得张千、李万做个道伴儿，更觉得有说有道。

不想过得两日，真人忽然叫道：“韩愈，有一只仙鹤衔着书来，你快取来我看。”文公忙取书递与真人。真人看了书，便道：“你侄儿湘子书来，说你年纪高大，做不得那重生活。你快快洗净身子，且去养这一只牛。”文公见那只牛，前鬃一丈，后腿八尺，狰狞凶恶，如同猛虎一般。便上前禀道：“师父，这只牛一发难管了。”真人道：“我有几句话吩咐你，你可记取：

〔雁儿落〕我也曾，遇明师传妙诀，指与我天边月。月圆时玉蕊生，月缺时金花谢。三五按时节，老嫩自分别。送入黄婆舍，休教轻漏泄。这是我的诀。你看灵龟吸尽金乌血，下一个烈决，做一个长生不老客。

〔又〕有一个铁牛儿扶过江，有一个泥马儿山中放，有一个石狮子咬住绳，怎的枯井里翻波浪，有一个泥土地念文章，木罗汉诵《金刚》，画美女能歌唱。有一个纸门神会舞枪，眼见的蛇吞象。非是俺谎，家住在南洋，信不信二三更显太阳。

文公道：“师父吩咐的，弟子都记得了。只是这牛儿性发癫狂，弟子怎么样才降伏得他倒？”真人道：“喂草时，要按着子午卯酉，不要错过了时辰。我再与你一把慧剑，牛若癫狂不服你拘管的时节，你就把这剑砍下他的头来，他自然不妄动了。”文公依命，把牛儿拴在房内，照依子午卯酉四个时辰，喂放水草，不敢有一日怠慢懈弛。算将来已经三载有余，那牛儿服服帖帖，再不狂癫。

一日，真人叫道：“韩愈，今日厨下无柴，你再去打一担来。我另有话说。”文公道：“前次在花园内打的，如今往哪里去打？”真人道：“从西北方去，有一座山，名叫青龙山。这边是卓韦山地方，那边另属他人管，不可过去打柴。若差打了他人的柴，惹动着五脏六腑一齐发作起来，任你是四头八臂、七嘴八舌，也赶这一伙邪气不退。我决不来救你了。”文公道：“弟子怎敢惹动邪人，激恼师父。”当下，拿了扁担、斧绳，便往前去。

走不了二三里山头，忽见三个老叟坐在石崖上着棋。文公心中暗忖道：“这三位老人家这般会快活，我到了这老年，反在山中做樵夫，恰不是：

老来勤紧夜来忙，一点精诚靠上苍。

若得神仙提掇起，始知今日免无常。

忖罢，便走上前，站在崖边，看老叟下棋。一个老叟见文公站着，便问道：“你是樵夫，不去打柴，站在这里何干？莫不是也晓得着棋？”文公道：“棋子虽晓得下，只是不着。语云：‘棋以不着为高’。”一个老叟道：“你说话不像个樵夫，也不是我个中人物。”文公道：“三位师父听禀，韩愈是朝中礼部尚书，只因多言，被贬在蓝关秦岭，路上受了万千苦楚。亏侄儿湘子领我到卓韦山中，投拜沐目真人为师学道。今日奉师命来到青龙山上打柴，因看见三位师父在此着棋，识得是神仙下降，特站在这里求师父度化弟子。”三位老叟齐声问道：“你在真人那里几时了？”文公道：“已经三遍寒暑了。”一个老叟又问道：“在山上许多时，真人曾与你说恁么话，讲恁么道来？”文公道：“初到山上时，着我烧香扫地；后来叫我打柴看牛；今日又叫我出来打柴。一个字也不曾传授与我。”一个老叟道：“真人既不肯传道与你，你另寻一个去处安身才是，若再耽搁几年，一发年纪高大，如何得成正果？”文公道：“今日幸得遇着三位老师父，望乞尽心指点，韩愈死不忘恩。”三个老叟道：“沐目真人是我们道友，常常在那里聚会，你既是他的徒弟，我们怎忍得不教你一番。你且听我道来：

〔罗江怨〕春天百草生，满眼皆生意。正好去游方，却坐在团瓢内。静里闹喧除，指望成真易。谁知道，缘悭分浅人难会。

夏天渐渐炎，心在清凉地。弃了子共妻，去住茅庵里。寻几个道心人，把天地时蟠际[1]。鸾飞鹤舞上瑶池，眼见鸢鱼妙趣。

秋天日渐凉，出家人闲游荡。走够了数十年，才遇着明师讲。传与俺内外丹，心地里明朗朗。不觉的三年阳神降。

冬天雪乱飞，出家人心自知。寒暑不相犯，神鬼不相欺。困来时曲肱[2]枕之，饥来时枣果支持。涧泉常解渴，此是妙玄机。

文公听罢，道："这四时景致，乃是仙家受用的，韩愈凡人，焉得见此景致。"一个老叟道："韩尚书，沐目真人来了。"文公回头看时，三位老叟化阵清风而去。

文公道："三位老仙分明指点我，我有眼无珠，又错过了。"只得打担柴，离了青龙山，一肩挑回洞府。叫师父开门，真人叫童儿开了门，放他进来。文公将柴挑到厨房中交卸明白。正要回房，只见真人叫道："韩愈，你去青龙山打柴，撞见恁么人？"文公道："见三位老叟在那石崖上下棋。弟子从旁看他，他问弟子姓甚名谁，从哪里来。弟子说：'我是卓韦真人徒弟，从卓韦山上来。'那三位老叟说是师父的道友。"真人道："你曾问他些说话么？"文公道："弟子问他黄芽是何物？他说是天地之根本，人身之精气。又教弟子行功运用，按子午卯酉，内藏八卦，外合九畴[3]。弟子不识其中玄妙，望师父明明指示。"真人道：

〔一枝花〕先明天地机，后把阴阳辨。有天先有母，无母亦无天。这是俺道教根源。把周天从头数，将乾坤颠倒安。采后天筑基，炼己夺先天。谁后谁先，成圣为仙。离中虚，坎中满，离中乏物，求坎还元。青龙白虎[4]相争战，见枝[5]圆。存乎口诀得圣手，妙在心传。逆成丹龙吞虎髓，顺成人虎夺龙涎。提防着，心前露刃青锋剑；怕的是，急水风波难住船。感只感，黄婆勾引；候只候，少女开莲。此事难言。五千日后心坚，算三十时辰暗里搬。胎元沐浴，面壁九年，才做了阆苑蓬莱云外仙。

---

[1] 蟠（pán）际：充塞天地之间，无所不在。

[2] 肱（gōng）：手臂。

[3] 九畴：传说禹治理天下的九类大法。

[4] 青龙白虎：人体内阴阳两气。

[5] 枝：指内丹。

文公道："先天后天，黄芽白雪，龙虎铅汞，弟子已知一二，还有那太液还丹、九转七返的妙用，求师父明白开示。"真人道："你学道工夫已有八九，还有三字口诀我今传授与你，自然开悟。"文公道："哪三字诀？望师父明白指教。"真人道："一曰诚，一曰默，一曰柔。以诚而入，以默而守，以柔而用；用诚以愚，用默以讷，用柔以拙。"文公听见一个"拙"字，忽然领略，如钥匙凑着锁簧，木人转着捩子[1]，好不惺松透彻。告真人道："弟子心下俱已醒悟了。"真人道："汝既醒悟，更有何难？"便取仙酒过来，满斟三爵，递与文公。文公接上手中，低头再拜，一饮而尽，便觉得脏腑澄清，精神完固。真人又唱一阕《沽美酒》道：

传与汝进道功，休暂辍，说与汝修真路，要烈决。得守元阳休漏泄。我与汝，天边月，月圆时金花[2]自结，月缺时红铅又卸。任姹女婴儿欢悦，看白雪黄芽茁，我呵，把工夫下着剔尘垢，做一个蓬莱仙客。

文公得了真人口诀，又饮了仙酒，遂日夜提龙捉虎[3]，养汞存铅[4]。果然二气相交，三花聚顶，龙蟠门户，虎绕药炉。闪闪电光，生身育物。刹那间开了房门，看那养的牛儿。只见那牛儿暴叫如雷，癫狂不止。文公喝道："大胆畜生，怎敢无礼？"便将真人所付慧剑执在手中。牛儿见文公执剑在手，横着角，睁着眼，一头向文公撞将去。文公将剑往牛头上砍下一刀，头随剑落，忽腾腾一股白气冲上天门，惊动玉帝。玉帝慧眼观见卓韦山白气冲天，便差金童、玉女，宣召钟、吕诸仙来迎韩愈。此是后话。

且说文公砍下牛头，便回身禀真人道："牛儿癫狂呼吼，弟子挥剑擅断其头，是弟子有罪了。"真人道：

牛儿一向在尘凡，痴蠢愚迷笑等闲。
今日脱身云外去，行人谁敢再加鞭。

文公道："依师父这般说来，牛儿也成仙了。"真人道："犬之性，犹

[1] 捩（liè）子：一种带转动装置的机关。
[2] 金花：内丹。
[3] 龙、虎：喻阴阳元气。
[4] 汞、铅：喻元气、元神。

牛之性；牛之性，犹人之性。一变至道，有恁么成不了仙来？”当下，文公顿悟出“卓韦”二字是个“韩”字，“沐目”二字是个“湘”字。又细看真人一双道眼，碧绿方瞳，与湘子无二。便向前抱住真人，说道：“你原来就是湘子，不是恁么沐目真人。我若不亏你再三点化，我已堕于鬼箓矣，哪得有今日！”湘子道：“我果然是侄儿湘子，恐怕叔父信心不坚，故此把韩字拆做卓韦二字，湘字拆做沐目二字。虽然诳了叔父，幸喜今日道果圆成。且把往日超度点化之事试说一番，叔父听者：

〔浪淘沙〕那日下天门，骑鹤飞临，登坛祷雪雪纷纷。指石为金多变化，要度你回心。

两度庆生辰，顷刻花生，逡巡酒满贺长春。仙篮仙果神通大，要度你回心。

佛骨献明君，贬你潮城，渔樵耕牧话平生。狼虎纵横伤人命。要度你回心。

茅屋暂安身，马死难行，卓韦山上见真人。屈指算来十二度，才得你回心。”

湘子唱罢，道：“侄儿点化叔父，已经十二度了，今日方成正果。侄儿再送一只仙鹤，来与叔父骑了上天。”文公举首称谢道：

为恋高官一念差，谁知生死事交加。

而今散诞逍遥乐，始信韩湘要出家。

毕竟湘子送仙鹤来否，且听下回分解。

第二十八回

墨屎山樵夫指路　麻姑庵婆媳修行

百岁年来不自由，看他身世若浮沤。
金丹疑注千秋貌，仙鹤空成万古愁。
也有蛟龙曾失水，敢教鸾凤下妆楼。
逍遥散诞无拘束，几度高山看水流。

话说韩湘子向空招下一只白鹤来，文公骑上鹤背，冉冉直上三天门下，见了钟、吕列仙。有诗为证：

白云堆里鹤飞来，接引文公上玉阶。
瑞霭徘徊仙乐奏，群仙济济上瑶台。

钟师道："久闻尚书出家，今日得成正果。"文公道："前话休提，弟子有眼无珠，不识泰山。"当下，群仙捧着金旨大丹，接引文公去朝见玉帝。玉帝传旨问道："韩愈，今日来此，可知前因为何谪降下土？"文公沉吟半晌，即时醒悟道："微臣原是殿前卷帘大将冲和子，因蟠桃会上醉夺蟠桃，打碎玻璃玉盏，贬谪下方，一向恋职贪官，悠悠尘世，幸得侄儿韩湘领瑶天敕命，尽报本丹，拯救臣脱了天罗地网，今日重得复见至尊，伏望天恩，赦臣死罪。"又有天、地、人三曹诸仙，保举文公复居卷帘旧职，玉帝准奏，即封韩愈为玉境散仙，仍居卷帘旧职。群仙与文公谢恩而退，不在话下。有诗为证：

服气餐霞是道原，遨游一任洞中天。
紫芝瑶草无边景，返老还童又少年。

文公已列仙班，前赴瑶池胜会，不必再说。

且说韩清择日在那沙滩上搭起几间厂屋，虽不成大厦高堂，恰也好遮风蔽雨。正要搬移韩夫人并一行家眷前往住扎，忽然间，天昏地黑，雷火交加，把那几间厂屋烧得罄尽，连家伙什物也不曾搬得一件出来。这才是：

衰草经霜打，残花着雨摧。漏船冲天浪，破屋遇风摧。折足[1]逢高岭，羝羊苦角羸[2]。时乖和运蹇，荐福[3]一声雷。

当下，一行人众见了这般光景，各各号天叫地，痛哭一场。正在悲切之际，忽然渔鼓声频，歌音嘹亮，远远堪听，韩夫人定睛只一看时，见一个道人叫唱而来。

〔黄莺儿〕日月转东西，叹人生百岁稀，如何栖息玄门里？头梳双髻，身穿布衣，芒鞋渔鼓随身计。笑嘻嘻，云游海岛，看破世人痴。

看官且说这道人是哪里来的？原来这道人是吕洞宾化来指引他们。因此上，当他们悲切的时节，拍鼓唱歌，待他们自家醒悟。当下，韩夫人见了吕师，便叫道："师父救我一救！"吕师道："教我怎么样救你？"韩夫人道："我们好端端在长安城住，被崔群老贼赶逐起身，害得我们上无一椽之屋，下无半亩之地，衣不遮身，食不充口，如何是好？"吕师道："前面山上不过一里之程，有一个女师庵，极是洁净宽敞，你们且去，可借她庵中将就住几时。"韩夫人道："多谢师父指教，只是素手难去见她。"吕师道："出家人以慈悲为主，方便[4]为门，把十方的东西，养十方善信[5]，何忧素手难去见她！"说罢，吕师回身去了。韩夫人便叫韩清引路，同着芦英人众，一步步捱过沙滩，到前面山上去。

走了半日，只见些密树丛林，柴窠草径，风鸣叶战，鸟噪枝繁，再不见有恁么女师庵。韩夫人虽是心下忐忑，免不得趱向前途。又叫韩清道："那道人说只有一里多路，怎的走了这半日，还望不见一些儿影响？"韩清道："奶奶不必心焦，且走上前，一定有个庵儿在那里。"不料又走了几里，只见四围都是高山大壑，陡壁深崖，不要说没有庵儿，连走路都没了。惊得韩夫人魂不附体，忙叫韩清："我们快快依旧路走了回去，又作计较。"韩清转身走时，四下里都是刀山剑树，箭竹枪林，遮得密重

[1] 折足：挫伤脚足。
[2] 羸（léi）：病弱。
[3] 荐福：祭神以求福。
[4] 方便：佛家语，谓因人施教，使之领悟佛的真义。
[5] 善信：善男信女。指信徒。

重的，连先时来的路头也不见了。一行人悲啼痛哭，擗地呼天，正不知为恁的昏天黑地，走到这个山窟窿里来。芦英道："婆婆，这分明是陷人坑了。我和你往前无路，退后无门，终不然死在这里不成？且撮土为香，大家祷告天地，倘或不该死数，自有救星来救我们。"韩夫人依了芦英说话，正在那里叩头祷告，忽然听得叮叮当当砍柴声响，韩清道："奶奶，好了，那壁厢有砍柴的声，定是有人家的了。待孩儿问他一声，央他领我们出大路去。"韩夫人道："若是有人，快去问他，不要耽搁了。"说话之间，只见一个樵夫，正在那山凹里砍柴。韩清便叫道："借问老兄一声，这山叫做恁么山？怎的进得来，出不去？劳老兄指引我们出去，我重重谢你！"那樵夫放下斧头，用手指道："我这里叫做墨屎山墨屎谷，只有墨屎人才踏着这墨屎路，你们极会算计的，为何也走进墨屎谷里来？"韩清道："我们一时间差了见识，听信那贼道人的说话，因此上走进这山里。"樵夫道："你们住在长安时节，就差了见识，怎的说今日听了这道人的言语，见识才差？"韩清听得樵夫说在长安便差了见识，暗忖这樵夫定是个仙人，连忙跪下道："望神仙指引我们一条出路。"那樵夫指道："东南上有两个神仙，坐在那石崖上头，你们快打那里去，就有路了。"韩清抬头看时，那樵夫拿了斧头，一溜风跑过高山去了。正是：

当初不信神仙语，今日方知悔是迟。

当下，韩清只得领了家眷，望着东南上走时，果然有人行路径，并没有树木交叉，阻塞拦挡，放心到得前路。远远望见炊烟冲起，风袅盘旋，似有人家一般，及到其间，四下里都是茂林修竹，并没有草舍绳枢。只见两个道人坐在那石崖顶上，面前一个三脚鼎炉，红焰焰火光透出。韩夫人叫韩清道："坐的那两个道人莫不是仙人？你可去求他度脱我和你的灾难。"韩清连忙走近崖边，高声叫道："神仙爷爷救我们一救！"原来两个道人，一个是蓝采和，一个是韩湘子。先前吕洞宾化做樵夫，指引韩夫人、芦英来此见他两个，故此他两个坐在这石崖上等他们。其时湘子见韩清来叫他，便答应道："我两个是山野道人，不是恁么神仙，方才在山下化得些斋粮，正在此做饭充饥，你若要饭吃，我便分些救你；若不要饭吃，请自尊便，早回去罢！"韩清道："我们走了这一日，饭也是要吃的，只是分了与我们，两位师父不够吃。师父何不度我一家脱离了苦难，强如分斋饭与我们。”采和道:“萤火虫自照还不亮，怎么度得你？你趁早回去的好。”韩清道：“苦恼！苦恼！那长安城中、昌黎县里，身也没安处了，教我们回哪里去？”湘子道:“长安有高堂大厦，俸禄千钟，昌黎有南北庄田，瓜园菜圃，怎的不去受享？说恁么结果的话！”韩夫人道：“我一家到了今日，只求师父救我。”湘子道：“当初曾有人劝你们出家，你说申一纸文书，到于礼部衙门，把天下的名山道院、胜境仙居尽行扫除，不留一个，有说那出家话的，先打拐棒二十,一下也不饶他。你今日到这个地位，为何不申一角文书到礼部去，差些人夫轿马，明晃晃从大路上回去？倒在这里问野道人，我们野道人有恁么势耀，济得恁事？”韩夫人告道：“愚夫愚妇，肉眼凡胎，不识神仙，只望师父救我们草命。”韩清道：“师父若不度我，我就取手帕挂在树上，自缢身死，少不得地方上总甲里长也来拿住师父抵命。”采和道:“我们出家人朝游碧海，暮宿苍梧，顷刻间飞行了几千万里，怕恁么人拿得我住。”韩夫人道:“救人一命,胜造七级浮图。师父怎么不肯发一点慈心救度我们？”湘子道:“且不要闲说，只问你们今日是真心出家，还是假意？”韩夫人道：“今日死心塌地真要出家。”芦英在旁说道：“婆婆，昔日有湘子来到家里，你还不肯修行；今日又没有湘子，我和你两个妇人家，怎的好跟着两个师父去修行？”采和道：“这话极说得有理，只怕你们不肯真心出家；若是肯真心出家，要见湘子，有何难哉！”韩清道：“师父，我哥哥实是在哪里地方，你引我们去寻了他，也是师父的阴骘。”湘子道：“我与湘子只是萍水相逢，知他在哪里安身？好领你们去见得他。”韩夫人道：“我真真实实肯修行了，师父再不要把障眼法儿来撮弄我们。”采和道：“我两个是惯弄障眼法儿的，你们快去投别人做师父，莫在此胡缠乱搅。”韩清道:“师父是两位神仙，为何只说勒措人的话？我们被人哄得多了，故此今日信你不过。”韩夫人道：“假和真一时间也辨不出来，只有湘子在我面前，我就信得过了。”采和道：“仙弟，他们既是这般说，你可现出原身，看他们认得你否？”湘子用手一指，叫韩夫人道：“湘子在那边来了。”韩夫人与芦英、韩清回身看时，不见有韩湘子，掉转头来，只见湘子立在面前，叫道：“婶娘，我当初劝你出家，你说叔父虽然去世，我吃的是朝廷俸禄，住的是华屋高房，每日有珍馐百味、美酒肥羊，穿着有绫罗锦绣，铺着有蓝笋[1]象床，东庄头粟红贯[2]朽，西庄头米烂陈仓，跟着出家有恁么好处！怎么今日倒思量出家起来？”韩夫人道：“侄儿，前话休提。你只念我抚育深恩，救我一救！”芦英道：“许旌阳《宗教录》说得好：‘忠则不欺，孝则不悖[3]。’你既做了神仙，怎的不知孝道？”湘子道：“你怎见得我不知孝道？”芦英道：“公公教训你，婆婆抚育你，公婆恩德是一样的，你既度公公成了仙，今日不肯度婆婆出家，岂不是不知孝道？”湘子道：“既如此说，我只度了婆婆，你依旧回家去罢。”芦英道：“家舍俱无，教我回哪里去？”湘子道：“回崔家去。”芦英道：“哪个崔家？”湘子道：“崔群尚书家里。”芦英道：“我若肯到崔群家里，今日不受这苦楚了。”湘子道：“既不到崔家，仍回林学士家里去。”芦英道：“我也不回林家。”湘子道：“你既不肯回去，终不然立在这山里不成？”芦英道：“古来说得好‘嫁鸡逐鸡飞，嫁犬逐犬走’昔日嫁了你，跟你在家里；你既做仙人，我就是仙人的老婆了。不跟你走，教我回哪里去？”湘子道：“我奉玉旨，度一不度两，只好度得婶娘，怎的又好度你？”芦英道：“许旌阳[4]上升之时，连鸡犬也带了上天；王老登天时节，空中犹闻打麦声。你做了神仙，为何不肯带挈妻子？”湘子道：“那些人物都是仙籍有名的，所以度得去；你是个仙籍无名的俗女，我怎么好度你？”芦英道：“夫妇，人伦之一。神仙都是尽伦理的人，你五伦都没了，如何该做神仙？”湘子道：“你说也徒然，我只是不度你。”采和道：“仙弟，林小姐讲起道学来了，你须是度她；若不度她，如今世上讲道学的都没用了。”湘子道：“仙兄，不要吃这道学先生惊坏了。那林小姐是雌道学，没奈何把这五伦来说，若是雄道学，她就放起刁来，把那五伦且搁起，倒说出一个六轮来，教你头脚也摸不着！”采和道：“道学哪里论恁么雌雄，只要讲得过的，就是真道学，我和你方外人，不要说雌与雄，只看‘道学’二字分上，度了他，才显得世上讲道学的，也有些便益。”

[1] 蓝笋：指竹席。
[2] 贯：串钱的线。
[3] 悖（bèi）：违拗。
[4] 许旌阳：晋人许逊，曾做过旌阳令，故称。后因乱弃官东归，相传其于东晋太康二年举家四十二口人，拔宅飞升仙去，道家称为许真君。

湘子笑了一声，道："婶娘、小姐，今日虽然度了你们，你们还是凡胎俗骨，怎么到得紫府，上得瑶池？须先到麻姑庵中修炼几年，把这凡胎脱卸，俗骨改移，才得成真了道，证果朝元。"韩夫人道："麻姑庵在于何处地方？离此有多少路程？我婆媳两个鞋弓袜小，又不认得路头，如何到得那里？"湘子道："麻姑庵在江西南昌府地方，去此有八千余里，一路上也无猛兽毒虫，也无强人劫贼，不过走三五个月日就到的。只要婶娘与小姐坚心定志，不惹出事来，一路里就安耽了。"芦英道："我心匪石，不可转也，有恁么得惹出事来？只是在路上这三五个月日，教我婆媳两个哪得饭食充饥，店房安歇？若是沿门去抄化，随寓便栖身，倘或遇着那轻狂公子、癫荡书生，一时间丑驴变熊，作恶逞凶，教我两人寻谁救应？还是师父们怜悯我婆媳孤孀无倚，学道心坚，就此处指出一条大路，煞强如麻姑庵里去修行了。"湘子道："你说八千里路远难行，我要去时，不消一个时辰就好到了。只是要你认得我是真湘子，方才去得。"韩夫人道："你怎的又说这一句话？我们若是道念不坚，今日也不愿出家了。"湘子见她两人心坚意定，便把袍袖一展，霎时间，两朵黄云轻飘飘的飞将下来。湘子喝："住！"那两朵云，有如生根荷叶、涌地金莲，双双的堆在地上。湘子便教韩夫人与芦英各自坐在一朵云上头，喝声"疾去！"那两朵云冉冉腾空，渺渺荡荡，一径去了。正是：

从空伸出拿云手，提起天罗地网人。

韩清眼睁睁看见韩夫人与芦英小姐乘云去了，单留下他一个立在那石崖边，不尴不尬，没做理会，急忙放声大哭。不想连两个道人也不见了，竟不知是真是假。这韩清捶胸跌脚，哭了一场，又拍拍手笑道："世上的事真是奇异，真是好笑。我那夫人、小姐，明明的立在这里说话，猛然间天上落下两片云来，把夫人、小姐就拐了去，连那两个道人也无踪无影不见了，只剩得一个我，倘或连我也拐了去，岂不是吾丧我哉？我算计起来，这两个贼道人一定是鼋鼍天子、蚌鳌将军，把我小姐骗去，做个烟花寨主，夫人做个老鸨神君子。岂不是奇异好笑！只是教我一个上南没头，落北没脚，如何是好？"正在自言自语、自说自道，陡然间，忽喇喇一声，惊得韩清魂飞天外，魄散九霄。定睛看时，那石崖划开一条大裂，洪水澎澎湃湃，直奔将出来。韩清慌忙逃命之时，那水已涌至脚边，几乎立身不住。虽过两个山头，爬上一枝大树，打下一望，正不知那水从哪里来的，这般滔滔滚滚。在树上说道：“古人有忧天崩地坠，缺陷成河的，又有人笑他忧得太早；今日这个水势，明明是天翻地覆，劫数难逃。谁知我这小小年纪，遭此厄难！起初我还说奶奶、小姐乘云上天，是被道人拐骗了，如今他们和我总是一般，连道人也在天翻地覆的数内。”又看了一回，说道：“水只满在那边，只那一方人受害，我这里料然无事。但我跳下树去，走到哪里好？倘或满天下都吃水淹坏了，单单只剩得我一个，教谁人服侍我？谁人去耕田种地养活我？我也是活不成的。”又一回，道：“老爷、奶奶在日，虽把我当做儿子，也时常没要紧凌贱我一场，就是那钱心宇老狗骨头，前日也揭跳我的短，今日这般大水，只留我一个，岂不快活？”又一回道：“这般水满得紧，各处山上的猛虎毒虫都安身不牢，跑将出来，我爬下树去，倘或撞着了他，倒把这五星三葬送了。”又一回道：“我躲在这树上，幸得不落雨，若落雨下来，我又不是鸟窠禅师，怎么躲得过？”又一回道：“我在这树上，饥又没得吃，渴又没得饮，若挨过三两日，可不饥做干鳖羞？”千算万计，没做理会，只得且爬下树来。正是：

青龙共白虎同行，吉凶事全然未保。

毕竟韩清后来若何，且听下回分解。

第二十九回

人熊驮韩清过岭　仙子传窦氏仙机

人人本有长生药，自只迷徒[1]枉弃抛。
甘露[2]降时天地合，萌芽生处坎离交。
井蛙应谓无龙窟，篱鸮争知有凤巢。
丹熟自然金满屋，何须寻草学烧茅。

不说韩清爬下树来。且说林圭尚书在长安居住，因韩夫人与芦英小姐被崔群奏了宪宗皇帝，赶回原籍，一向不得见芦英一面，心中甚是记念。一日，正遣人往昌黎县去探听芦英消息，忽见走报人来到府中，禀说："昌黎县韩家房屋、庄所，俱被洪水漂没成河，一椽寸土无存。韩夫人连栖身之处俱没了，好不苦楚凄凉。"林尚书闻了这报，不觉眼中流泪，说道："韩亲家做人耿直，历仕忠贞，只指望荫子荫孙，流芳百世，住居绵远，丘垅[3]高封。谁知佛骨一表，遂至人离家散，身死他方。家中又遭水漂波荡，这正是福无双至，祸不单行。谁人有背后眼睛，看得后头见？我如今只管恋着官职，也是徒然。"当下移本[4]辞官，要回昌黎县去。喜得宪宗皇帝准他辞本，着他驰驿还乡。那林圭辞了不受，飘然长往。有词一阕为证：

黄花儿遍地生，见人家半启扃。只听得马啼儿砣蹬砣蹬的穿花径，听哀猿数声。过荒郊几村，又见那两两三三牧童儿，骑犊花间映。数邮亭，长亭短亭，不觉的泪珠如雨，分外伤情。

林尚书在路上行了几日，倍增惨切。转觉得世情冷暖，人面高低。常常思忖湘子，只是不得见面。恰好一日行到闸河去处，见那闸上人纷纷攘攘，往往来来，都是为名为利的。只有一个道童，头发鬅松，衣衫

[1] 迷徒：迷乱本性之人。
[2] 甘露：古人认为饮下可以长寿的露水。
[3] 丘垅：指坟墓。
[4] 移本：指上书。

褴褛，右肩上背着葫芦一枝，花篮一个，右手中擎着渔鼓一腔，简子一副，朝着林尚书的面前唱一阕道：

你不学陶彭泽[1]懒折腰，你不学泛五湖范蠡高，你不学张子房[2]跟着赤松子，你不学严子陵[3]七里滩垂钓，你不学陆龟蒙[4]笔床茶灶，又不学东陵侯[5]把名利抛，怎如得我布袍上系麻绦，把渔鼓儿敲。

林尚书听了一会，便道："昔年韩退之生日，有道人来劝他出家，他执定主意，只是不听，致有今日之祸。我如今弃职归家，也不过为祸福无门，唯人自招，光阴迅速，生死难知。这道童唱的道情，倒句句打着下官身上。莫不是有些来历的人？且唤他来，问他一个端的。"当下，林尚书开口叫道："唱道情的道童，走上船来，有话问你。"那往来的人见林尚书自己呼唤那道童，竟不知为恁缘故，皮踏皮拥做一堆，拦在面前。那道童听得叫他，就把两只手架着人的肩头，搾将出来，上前道："大人，小道稽首。"林尚书还了半礼。那些看的人，并旁边跟从服侍的人，都指手画脚，努嘴弄舌，道："一路上行来，院道府县也不知有多少，再三求见还不肯轻意见他，这个腌臜道童有恁么好处，倒自己开口叫他，又还他半礼，真是古怪蹊跷的事。"那林尚书虽听得众人唧唧嗾嗾，只做不听见。便叫："道童请坐。"那道童一些儿也不逊让，竟挺身向南坐下。林尚书问道："家住在何方？因恁事出家修行？"道童唱道：

我家住终南，有屋三间，盖的瓦便是青天。四下里无墙无壁，又没遮拦。万象森罗为拱斗，两轮日月架在双肩。睡卧时，翻身局蹐[6]，怕触倒了不周山[7]。不漏数千年，也是前缘，一朝功行满三千，前来度有缘。

---

[1] 陶彭泽：陶渊明。曾任彭泽令，不久因不肯为五斗米折腰而辞官归隐。

[2] 张子房：西汉初年开国功臣张良。

[3] 严子陵：严光，东汉著名隐士。

[4] 陆龟蒙：唐朝末年人，文学家，落拓不仕，放游江湖之间。

[5] 东陵侯：秦末人邵平，原为秦东陵侯，秦灭后为民，种瓜长安城东以谋生。

[6] 局蹐（jí）：畏缩恐惧貌。

[7] 不周山：传说中的山名，相传共工怒触不周山。

林尚书道：“师父既是神仙，我情愿拜你为师。”道童道：“要小道度你也不难，只怕心不坚强，神不守舍，枉费我心机。”林尚书道：“我弃轩冕[1]如土苴[2]，金银若泥沙；视形骸为臭腐，妻子为委蜕[3]。一心修道，再没他肠。”道童道：“既然如此，此间不是说话之处，你且跟我去来。”当下，林尚书便跟了道童，分开人众，乱跑而去。家中人慌忙赶上，扯他之时，他拔出剑来，割断衣袂，一径去了。这许多看的人，都说林尚书遇仙而去。

看官，且说这道童是恁么样人？林尚书为何就肯跟了他去？原来这道童是韩湘子，只为着林尚书原是云阳子降凡，冲和子既已复职，云阳子也该回位。因此上湘子扮做道童来点化他。这林尚书一见湘子模样，认得他是个仙人，就不顾家眷，跟他到了卓韦山上卓韦洞中。林尚书朝着湘子拜了八拜，道:“弟子林圭，得遇师父，望师父指教。”湘子道:“南北宗源，在翻卦象，晨昏火候，要合天枢[4]，二釜[5]牢封，流珠厮配，情调性合，虎踞龙蟠。《参同契》曰：‘离气纳营卫，坎乃不用聪，兑合不以谈，希言顺洪蒙。’又《丹诀》曰:‘金翁本是东家子，送在西邻寄体生；认得唤来归舍养，配将姹女作亲情。’你晓得么？”林尚书道:“弟子愚迷，再求点化。”湘子唱道：

玄关一窍[6]，先天始交，金木[7]两相邀。阴汞能飞走，阳铅会伏调。收拾住，顽猿劣马[8]，不放半分毫。将心如止水，情同九霄。坚牢温养[9]，握固烹熬，看取宝珠[10]光耀。

林尚书道：“蒙师指教，弟子顿悟前因。敢不佩服。”唱一阕道：

[1] 轩冕：代指官位。
[2] 土苴（jū）：尘土与乱草。
[3] 委蜕：蛇的蜕皮。
[4] 天枢：自然规律。
[5] 二釜：指内丹家所说乾宫、坤宫，一在头，一在腹。
[6] 一窍：指丹田。
[7] 金木：喻阴阳两气。
[8] 顽猿劣马：喻人的杂念欲望。
[9] 温养：用温和之火炼养金丹。
[10] 宝珠：喻内丹。

金丸玄妙，蒙师传教。但得个启发愚迷，敢惮劬劳。爱仙家岁月，金阙清高。香消宝篆[1]，烟散九霄，从今散诞得逍遥。

湘子道："你既领悟，便须勇猛精进，不可一念懈弛。若稍坐弛，复堕鬼趣。"林尚书道："圭虽不敏，焉敢自暴自弃。"从此以后，林尚书在卓韦洞中朝修暮炼，不在话下。

再说韩清那一日爬下树来，正要望南走去，只见一个人熊，满身满面都是毛披盖着，止有一双眼睛红亮亮露出来，看见韩清要走，便飞也似一般跑过来。韩清抬头一看，惊得抖做一堆，口也开不得，身子也动不得，闭着眼，蹲倒在地上。人熊见韩清这个模样，晓得怕他，开口便笑，那张嘴直掀到耳朵边，一发怕人得紧。韩清只是闭着眼，不敢看他。他便伸出那熊掌来，把韩清从头到脑捕[2]了又捕，捏了又捏，口中咿咿呦呦，就像说话的一般，咿呦了许多时候，韩清再不敢动一动。人熊见韩清不理他，他便把韩清一拖，拖将起来，背在肩膀上，就走过山那边去。韩清初然间怕他夹生儿吃了下去，惊得木呆；后来见他驮着自家，一溜烟的走，才有些苏醒转来。便哭哭啼啼，告诉他道："人熊，人熊，你是有灵性知觉，不是那蠢然无知的畜生。我是一个没爷没娘、没亲戚朋友管顾，极苦恼的人，你驮我到哪里去？莫不是又有个苦人国在那天尽头里？"这人熊一头走，一头咿咿呦呦的不住声，就像似回答他的一般。韩清见他像个晓得人事的模样，又告诉他道："我哥哥叫做韩湘子，他是大罗天上一位神仙，我父母、嫂嫂都亏他度化去了，只有我一个他不来度化，丢得不上不落，没处投奔。你若真有灵性，就驮我到湘子那里去罢！"人熊颠头簸脑，就像应他的一般，驮了韩清只顾走。逾山越涧，过岭穿林，一些儿也没碍绊。少不得饥餐渴饮，夜住晓行，只是没有酒饭吃，只好吃些山果流泉，到晚来傍岩依窟，和人熊一处宿歇。一连走了十数日，远远望见一座高山，壁立千仞，巨石临危，临之者目眩魂悸，投足无所，危险万状，人鬼难行。人熊驮了韩清，梯山渡水，凡历七百余处，如履平地，踏坦途，毫不差跌。韩清在他背上思忖道："我

[1] 宝篆：指香炉。

[2] 捕（pú）：用手摸。

在孤苦伶仃之际，得遇着这个人熊，自分必死，谁知他驮着我，过了这许多世界，不知他着落我在哪个去处？算来前日就该死了，如今也是多活的，但凭他驮我到哪里罢！”一路里忖量，又过了几处，只见一伙樵夫走将来。人熊看见樵夫，也不慌不忙，只是驮着韩清走。那伙樵夫见他驮着个人，也不来追赶，只是唱道情。韩清到了这个时节，大声叫道：“救人！救人！”一个樵夫在那人熊肩膀上扯了韩清下来，问道：“你是哪里人？在哪里地方遇见这畜生，被他驮了来？”韩清正要答应，内中一个樵夫歇下担，说道：“你是韩清？为何被他驮到这里？老夫人、林小姐在哪里去了？”韩清道:“你是张千不是？”樵夫道:“我是千道人。”韩清道：“你是恁么千道人？倒认得我。”樵夫道：“我就是张千。”韩清道：“你昔年同李万跟老爷到潮阳，闻得在路上被老虎咬了去，怎的逃走来躲在这个山里？”张千道：“这里叫做卓韦山，山上庵儿内有一位沐目真人，是天上大罗仙子，专一在这山里救度受苦的人，我两个吃老虎衔到这里，蒙真人收留在此，砍柴斫草，躲得无常。就是老爷，也亏湘子大叔领来这里，投拜师父，讲传妙道，证果朝元。如今在大罗天上逍遥快乐。这个人熊也是沐目真人案下伏事的，他驮了你来，是你的造化到了。你快快整理衣襟，跟我们同进庵中，投拜真人，做个徒弟，传些金丹奥诀，也好得免‘无常’二字。”韩清朝着这伙樵夫唱一个喏道：“感谢指教！”又向人熊唱一个喏道:“感谢救命之恩！”当下，扬扬自得，跟了他们进庵，参见真人，道：“弟子韩清叩见。”真人道：“你是韩清，来此何干？”韩清再拜道:“来投师父，做个徒弟。”真人道:“你那母亲、嫂嫂在哪里？”韩清道：“遇见两位神仙，度她上天去了。”真人道：“哪里是恁么神仙，明明是鼋鼍天子，蚌鳖将军！”只这两句话，吓得韩清俯伏在地下，头也不敢抬起来。口中叫道:“韩清死罪！死罪！”真人道：“你前日在长安时节，假装韩公子，要打那唱道情的道人，如今又在背后辱骂神仙，你这样人如何做得我的弟子？”韩清道：“弟子有眼不识泰山，望师父慈悲则个。”真人把头颠一颠，那人熊便走近案前，真人暗暗吩咐了几句，人熊依先驮了韩清就走。一径驮到长安城中五凤楼前，丢下便走。那管五凤楼的人役，看见人熊驮这人来，慌忙报与宪宗皇帝。宪宗皇帝宣韩清进去，问道：“汝是何人？住在何处？在哪里遇着人熊，被他驮了来？”韩清道：“臣名韩清，父是礼部尚书韩愈。”宪宗听得“韩愈”两字，便问道：“韩愈如今在哪里？”韩清道：“臣父死在潮阳公署。”宪宗道：“卿家还有何人？”韩清道：“只臣一人。”宪宗道：“卿父一生耿直，朕每每念之。卿既是嫡枝[1]，与卿为五经博士，以表朕旌忠[2]之意。”韩清谢恩而退。当在长安重整基业，再续箕裘。表过不题。

且说湘子把两朵云送得韩夫人、林芦英到了麻姑庵，只见一个仙子坐在庵内，肌肤若冰雪，绰约如处女。韩夫人与芦英俯伏稽颡，恳求指教。仙子道：“学仙者，先要消除七罪，守着五戒三皈依，方得明心见性，复命归根。”韩夫人道：“怎么叫做七罪，望师明诏。”仙子道：

一、为师者，将邪作正，法非真传，伪传于信心之人，其师堕于拔舌地狱，果满后，受百劫豺狼之报；

二、为师者，将正法传与非人，轻忽怠慢，不生信心，其师受铁杖地狱之报；

三、为弟子者，受师正法，不行修炼，慢法轻师，当受无间地狱之报；

四、为弟子者，受师正法，心生退悔，破斋犯戒，其罪受铁锤地狱之报；

五、为弟子者，受师正法，视正行邪，其罪受铁床地狱之报；

六、为弟子者，谤经毁典，唾骂佛祖，其罪受无手无足虫类之报；

七、为弟子者，正法不加精进，近财远道，虚縻日月，外正心邪，外明内暗，其罪至重，累及九族，皆堕地狱。

仙子说罢，韩夫人与芦英又在案前叩首道：“弟子有缘，得遇师父，再不敢口是心非，只望师父着实阐明点化。不知还有哪三皈依，哪五样戒？”仙子道：“皈依、五戒，俱在一心，我说与你们听：

一皈依道，视之不见，听之不闻，为妙道；一皈依经，法轮常转，昼夜不息；

[1] 嫡枝：嫡亲正传。

[2] 旌忠：表彰忠良。

一皈依师，朝暮参究，小心伏事，养正为功，莫投邪境。

一戒杀，体上帝好生之德，草木虫蚁并是域中生命；

一戒贪，修身修己，不萌觊觎之心；

一戒色，不好邪淫，使元气精神常固，纷华靡丽，一切皆空，不生羡慕；

一戒言，不妄言语，断除嬉谑；

一戒荤，不饮酒，不食肉，不使志乱，不萌朵颐[1]。

此八件者，有一不依，则神呵鬼谴，大道难成。

正是：

饶君使尽千般计，总是虚嚣妄用心。

韩夫人与芦英道："弟子件件依得。望师父慈悲，早赐点化。"仙子点动渔鼓，唱一阕《步蟾宫》道：

坎离坤兑分子午，须认取自家宗祖。地雷震动山头雨，要洗濯黄芽出土，捉得金精牢固闭。炼庚申覆生龙虎，双开夹脊过昆仑，得气力时思量我。

芦英听罢，上前道："弟子本性愚迷，无能解脱，再求仙师指点一番。"仙子道："精、气、神，为一身主宰，一身为神气之府；形不得神而气不生，神不得气而精不生，神、气、精不得形，则不能立。炼形返归于一气，炼气复入于虚无，始得与道合真，变化无方。盖男子修仙曰炼气，女子修仙曰炼形。先积气于乳房，然后安炉立鼎，行太阴炼形之法。"又唱道：

听吾所告，仙丹匪遥，八卦布周遭。保守的婴儿壮，相从的姹女娇，请得个黄婆[2]媒合。离坎换中爻，向西南采取初生药苗[3]。须调火候[4]，火候须调，温养着汞铅丹灶。

韩夫人上前告道："弟子年迈力衰，比不得芦英处子，望师父再指教一番。"仙子又唱道：

汞铅丹灶，能飞善消，火候最难调。便诱得心猿顺当，防

[1] 朵颐：指寻欢作乐之心。

[2] 黄婆：喻运用意念炼内丹。

[3] 药苗：喻初起的元阳之气。

[4] 火候：喻呼吸。

着意马骄，若不把离爻换坎[1]，这乾坤怎交？若误一分毫，工夫虚渺。还须着意，着意烹熬，才显出金丹玄妙。

仙子唱罢，道：“你两人如今醒悟了么？”芦英道：“弟子再求点化。”仙子又道：

仙家至高，修真最豪。千岁宴蟠桃。金破须金补，泥坯用土包。参不透得这些消息，总是话虚嚣[2]。便存神运气，身心枉劳。金销石炼，石铄金烧。空被那众仙讥笑。

韩夫人与芦英当下大悟，便叩首道：

性非聪慧，不识得玄妙理，幸尊师启愚。指与我，进道机，参透了先天一气。出生死，把凡胎脱离。这消息，几人知，天空海阔，飞跃任鸢鱼。

仙子道：“既尔领悟，万勿懈弛。我暂往海外蓬莱，回来领你们去朝参西王母娘娘。”说毕，腾空而去。韩夫人婆媳两个，得了仙子的秘密玄言，奥深妙道，晓得了周天火候，运用抽添，把那朱里汞留存金，鼎水中银先下玉池赢，得满身中金光灿烂，黍米珠圆，只是没有点化丹头，还不得飞升天界。

倏忽已经二载，一夕月明如昼，星宿森罗，万籁无声，百缘不动。韩夫人与芦英步出中庭，仰天拜道：“师父外出已经许久，如何再不回来？”拜犹未罢，只见湘子、吕师按落云头，立在面前了。韩夫人道：“师父，你怎的许久不来？我两人哪日儿不悬望你。”吕师道：“观汝容颜改换，相貌稀奇，大丹已是成了；只有那九还七返的工夫，尚未满足。”湘子道：“工夫虽未满足，师父肯把那炼就的还丹慈悲喜舍，自然指日飞升。”吕师道：“大丹入手为难，只怕她们还没有这福分。”湘子道：“此般至宝家家有，只要时人着眼看；大发慈悲，同登道岸。”当下，吕师便把葫芦一倾，恰好倾出两粒红、三粒白丹，拿在掌中。湘子道：“师父方才说一粒也是难得的，如今倾出两红三白，不识怎的取用？”吕师道：“两红三白，取用各有不同。”湘子道：“红白既分，仙机秘密，弟子有所不知，愿师指授。”

[1] 离爻换坎：阴阳两气相交。

[2] 虚嚣：虚妄。

吕师唱道：

仙家最高，仙兴最豪，仙关一诀真玄妙。眼见蓬瀛远，丹成路不遥。白云封洞，弱水沉毛;轻身飞渡赴蟠桃。满斟仙酒饮，光焰自凌霄。

湘子道：“弟子多言，师慈幸勿见罪。”

正是：

煎铅炼汞不为真，服气餐霞总是心。
九祖超登金阙上，遨游自在羡长春。

毕竟不知这红白二丹怎么分别，且听下回分解。

第三十回

香獐幸脱离水厄　韩林齐证圣超凡

德行修逾八百，阴功积满三千。均齐[1]物我[2]与亲冤，始合神仙本愿。虎兕刀兵不害，无常大宅难牵。宝符降后去朝天，稳驾鸾车凤辇。

话说吕师擎丹在手，高叫湘子道："仙弟，韩愈既复卷帘旧职，窦氏、芦英又已离凡，你功行将满，还少了一件。"湘子道："师父，弟子还少哪一件？"吕师道："苍梧岸口还有一个伴儿，在那深潭之下，不曾去度，你终是缺典。"韩夫人道："芦英便是师父的伴儿，已在此了；怎的又有一个伴儿，在恁么深潭底下？"湘子道："这是我前世的因由，要在今生结证。"韩夫人道："师父试说一番，弟子们拱听[3]。"湘子道："鼓不打不响，钟不撞不鸣。试说前因，无劳洗耳。"当下，湘子开口说道："我前生是雉衡山上一只白鹤，因吸取日精月华，活得百有余岁。这山上又有一个香獐，也自修炼成了气候，常与我在苍梧郡湘江岸口逍遥游戏。也不知过了几度春秋，历了几番寒暑，巧巧的一日，我两个正在那里闲游，撞见钟、吕两位师父按落云头，到于江口。我与香獐随即腾挪变化，化作两个云游道人，向前迎接。只说自家的神通广大，变幻多端，瞒得两位师父过了，谁知两师慧眼早已看出我们的本相。我便低头礼拜，求师一粒金丹，脱换毛躯羽壳；那香獐不知死活，在两师跟前兀自强辩饰非，指望掩藏本相。那钟师父犹可，吕师父便怒气腾腾，掣出宝剑道：'你这孽畜，待要瞒谁？敢谓我剑不利乎！'只这一声，吓得我心胆俱裂，匍匐哀求。钟师说：'这鹤儿倒也成得个仙，这獐儿我用不着，快快去罢！'

[1] 均齐：视万物同一，无差别。

[2] 物我：外物与自我。

[3] 拱听：拱手侍立，恭敬地聆听。

香獐见钟师说出这话，他便呵呵笑道："师父不度我也罢休，我这湘江景致赛得过你那阆苑瑶池，我尽好逍遥自在，也不愿到大罗天上，受玉皇大帝的束拘。'吕师听言，愈加愤怒，口中便念念有词，喝声道：'疾！"召下黑虎玄坛赵元帅，把香獐直贬到江潭深处，牢拴固锁，不许放逸。吩咐他：'待我成仙，才去度他，做个守山大神。'其时，钟师就于葫芦内取出一粒金丹，与我吃了，我即化作一个青衣童子，唤名鹤童，随着两师去朝玉帝。我忖量三生有幸，万劫难逢，得遇两师，今日脱换了躯壳，又谁知我父母没有儿子，终日祈天祝圣，愿求一子，以接香火。那昌黎县城隍社令奏闻玉帝，玉帝便发下敕旨，着两师先送我到韩家去投胎脱化，然后度我成仙。我再三不肯行，两师说：'玉旨既出，谁敢有违？你且去托生，我们自来度你。'我只得依两位师父，前往托生为人，不幸父母双亡，亏叔婶抚育成人。请师父训我，我师父不教我读书，暗地里把金丹大道、秘密玄机，尽传与我，才得果证超凡，逍遥快乐。一向为度叔父、婶娘、芦英小姐，忙忙碌碌，竟忘了香獐这一节了。今日得吕师父提起，索性做一个彻首彻尾的事。"吕师道："张千、李万，统一朝宗。"当下，湘子便向东南方念念有词，只见一员天将立在面前。那天将如何打扮：

头戴着罡叉盔[1]，金光耀日；手执着缠丝枪，银色迎眸。身穿的是绿蟒峥嵘，腰系的是玉绦洁白。三只眼闪闪烁烁，不容魑魅潜藏；一双脚整整齐齐，不怕妖魔冲突。算来不是普陀门下大金刚，恰是那华光藏前马元帅。

这马元帅躬身喏道："复仙师，有何差遣？"湘子道："苍梧郡湘江潭底，拘系着一个香獐，罪业已满，快去取来！"马元帅领命前去，不一时间，把香獐取到，腾身别去。

那香獐看见吕师擎着仙丹，立在上头，惊得魂不附体，倒身叩首道："弟子今朝重见天日，望师父不念旧恶，饶恕弟子则个。"吕师微微笑了一声，道："獐儿，你怎的不享用那湘江景致，来此做恁？"香獐道："井蛙陋见，蠡测管窥，师父慈悲，三生有幸。"湘子开口叫香獐道："汝近前来，听我吩咐！"香獐匍匐向前，低头拱听。湘子道："生身难得，仙

[1] 罡（gāng）叉盔：嵌星之盔。

路难通。汝虽堕落畜生道中，喜得性灵不昧，可以返本还元。我今取汝前来，做一个守山大神，管辖这一片山场洞府，享人间祭赛[1]，汝情愿么？”香獐叩首道：“弟子沉埋水底，养性潜灵，得守名山，已出望外，岂有不情愿的理。但昔年吕师父在湘江岸口曾说，待鹤兄成仙，度我去看守洞府。今日师父取我来守山，吕师父的言语已应验了，但不知鹤兄今在哪里，也曾成得仙否？怎的不见他前来度我？”湘子道：“我前生就是鹤儿，今日已成正果，做第八位神仙了。”香獐道：“师父是几时成仙的？这隔世因由，再来结果，师父试说一番。”湘子当下把前事说了一遍。香獐叩头说道：“过去现在，虽有不同，望师父动念前因，舍一粒金丹，度脱弟子去做一个仙人，也是一缘一法。”湘子道：“汝孽缘未脱，罪障未除，只好管辖山灵，享此血食；汝若从今以后皈依大道，变换肝肠，做一个清净道人，辖一方无逸世界，积功累行，德厚业崇，到那时节，我再来度汝脱却尘寰，超凌仙境。”香獐道：“只求师父慈悲，弟子敢不返邪归正。”这正是：

但存心里正，何愁眼下迟。

得师顺指力，是我运通时。

这是香獐一段事情，不必多赘。

当下，吕师开口说道：“我这金丹非同容易，夺天地主宰之造化，夺太极未分之造化，夺乾坤交媾之造化，夺阴阳不测之造化，夺水火既济之造化，夺五行战剋之造化，夺万物生成之造化。人人具有，个个完成。只是聪明者视为空玄，愚迷者强生执着，遂致元阳走漏，真气销亡。我今将这两粒红丹，度化窦氏、芦英，三粒白丹，度化张千、李万与香獐。各各近前，听吾吩咐！”香獐又道：“吕师父说话有些古怪蹊跷。”吕师道：“恁么古怪蹊跷？”香獐道：“玄门设教，彼己[2]一般，再无厚薄；今日师父舍大丹救人，为何分红白二样？岂不是砖儿能厚，瓦儿能薄？”吕师呵呵笑道：“砖儿瓦儿，都是土坯做的，窑里烧的，本来厚薄，微有区

[1] 祭赛：指祭神的仪式。

[2] 彼己：你我。

分；上清[1]阐教，因人造就，各成其是，不容躐等[2]，所以丹有红白之分，岂是厚薄其间！汝这畜生，摇唇鼓舌，妄肆诅唔，情更可恶。”湘子道：“师父大量，何所不容，望恕獐儿多言之罪。”吕师便把手向南一招，说声道：“来！”顷刻间，张千、李万到了，看见窦氏、芦英俱在，便问道：“夫人、小姐，如何来在此间？”韩夫人道：“你今日好来，我便好先在这里住了。”说犹未了，退之又到，大家不胜欢喜。正是：

别时容易见时难，要见犹遮万仞山。

今日突然相遇着，喜从天降两开颜。

吕师叫韩夫人道：“汝本是圣母临凡，沾染了荣华俗境，向来迷恋，今始脱钩。吞下金丹，认取自家面目，过去、现在，两境俱忘。”又叫芦英道：“凌霄玉女，颇忆前因否？”芦英道：“弟子沉迷下土，暗劣无知。”吕师道：“汝本凌霄玉女，因天门未闭，私窥下方，遂致沦落，喜得尘根[3]断绝，觉悟前因，洗濯夙缘，顿消旧错，返真精于黄金之室，养真气[4]成黍米之珠[5]。吞下金丹，早归原位。”又叫张千、李万道：“汝两人是无福孩儿，今做了有福弟子，只因汝一心事主，百折不回，出万死于一生，无分毫之报怨，忠义可嘉，金丹各赐一枚。”又叫香獐道：“据汝当年头路，念念皆差，免汝分死，已为大幸，喜得潜修潭底，专气致柔，身心不动，魂魄受制。今将仙丹付汝，脱汝毛躯，果证为神；再须修炼，仙阶有级，驯进有基。”当下，窦氏、芦英、张千、李万、香獐，拜受仙丹，各各吞咽下去。正是：

坎电烹轰金水方，火发昆仑阴与阳。

二物若还和合了，自然遍体透馨香。

湘子道：“师父，他们既已吞丹脱换，则复职者该还原位，上升者引列仙班，地行者闲游蓬岛，只有弟子父亲韩会、母亲郑氏，尚隔幽扃，未曾拔度，不免有终天之恨。”吕师道：“一子升仙，九族登天。汝父母

[1] 上清：道家至高之境。指道教。

[2] 躐（liè）等：超越等级。

[3] 尘根：世俗之根，指人的各种欲望。

[4] 真气：自然元气。

[5] 黍米之珠：金丹。

自然脱离苦海，踏上莲台，只待玉旨到来，便见分晓，不必多虑。”道犹未了，只见祥云缥缈，瑞霭氤氲，鸾鹤盘旋，幢幡缭绕，半空中众仙齐到。钟师父双手擎着玉旨，叫道：“尔等众仙，听宣玉旨！”旨云：

夫仙者，转造化之权衡，握乾坤之枢纽，运神功于终旦，现旭日于深潭。汞清金旺，天上之蟾[1]朗星辉；铅遇癸生，人间之万物可炼。象帝之先，后天不老。兹尔韩湘，天关在手，地轴维心，行颠倒之法，搬六十四卦于阴符；持逆参之功，鼓二十四气于阳火。回七十二候之要津，攒归胸内；夺三千六百之正气，辐辏[2]胎中。济人利物，德益重而鬼神钦；炼己虚心，道愈高而龙虎伏。伊叔韩愈，原系卷帘大将，贬降虚凡，今能省悟前缘，皈依大道，遵天地盈虚，精专运用；法庚申圆缺，谨戒抽添。窦氏、芦英，以一念之妄萌，致罪愆之僭及，幸六根之清净，无五毒之熏心，夙障既除，合还原位。湘子父韩会，母郑氏，种善根于九代，积阴德于三生，子既登真，亲宜拔度，速着离无明沙界，登无碍天宫。云阳子林圭，植慧根于天上，弃轩冕于尘寰，阴阳既济，尸鬼消亡，水火互交，魂神卓越。张千、李万，以无缘之浊骨，投有漏之凡胎，虽斗靡丽于初年，喜效忠诚于末路，潜修既尽，寿算遐增，着在卓韦山再修二纪，考核成功。獐儿悟毛壳之难终，冀长生之妙诀，守清闲于地上，享血食于峰巅，已属幸生，无容再计。但善根无尽，积累可以报成，业罪易消，更变允称返辙。若能断绝腥膻，铲削尘想，亦许纪功懋赏[3]，引列仙班。阎浮之诸尘尽断，烦恼不生；仙家之真乐非常，得大自在。尔众钦哉。毋怠，毋忽！

宣旨已罢，众仙顶礼谢恩，各归本位。韩会，郑氏，魂魄来归，英灵不昧，诸仙接引，得见韩湘。初时恸哭难当，恨生前之不聚；既而欢喜无限，幸死后之重逢。有《青天歌》八阕纪其事：

---

[1] 蟾：指月亮，相传月上有蟾兔，故称。

[2] 辐辏（còu）：从四方聚集一处。

[3] 懋（mào）赏：奖赏。

真仙聚会瑶池上，仙乐和鸣銮凤降。鸾凤双飞下紫霄，仙鹤共舞仙童唱。

仙童唱歌歌太平，尝得蟠桃寿万龄。瑞霭祥光满天地，群仙会里说长生。

长生自知微妙诀，几番口开应难说。不妨泄漏这玄机，惊得虚空长吐舌。

舌端放出玉毫光，辉辉朗朗照十方，春风只在花梢上，何处园林不艳阳。

艳阳时节采灵苗，莫等中秋月色高。颠倒离男逢坎女，黄婆拍手喜相招。

相招相唤配阴阳，密雨浓云入洞房。千载灵胎生个子，倒骑白鹤上穹苍。

穹苍灏气罡风健，吹得右璇从左转。三辰万象总森罗，三界仙宫朝玉殿。

玉殿金阶列众仙，蟠桃高捧献华筵。仙酒仙花映仙果，长生不老亿千年。

当下，张千、李万再转人身，更回阳世，二纪之后，方得成真。香獐道守山灵，遇师点化，元神不散，契合无生。因此才留传下《第八洞神仙韩湘子十二度韩文公蓝关记》。有诗为证。诗云：

艳色即空花[1]，浮生乃焦谷[2]。
良姻在佳偶，顷刻为单独。
入仕欲荣身，须臾成黜辱[3]。
合者离之始，乐者忧所伏。
愁恨憎祇长，欢荣刹那促。
觉悟因傍喻，迷执[4]由当局。

[1] 空花：转眼败落之花。
[2] 焦谷：指残败枯萎的甘焦林。
[3] 黜辱：贬官受辱。
[4] 迷执：执着迷恋世俗名利。

膏[1]明诱暗蛾，阳焱[2]奔痴鹿。
贪为苦聚落，爱是悲林麓。
水荡无明波，轮回死生辐。
尘应甘露洒，垢待醍醐[3]浴。
障要智灯[4]烧，魔须慧剑[5]戮。
外薰性易染，内战心难衄。
既去诚莫追，将来幸前勖[6]。

[1] 膏：指灯火。
[2] 焱（yán）：明亮貌。
[3] 醍（tí）醐（hú）：原指从牛奶里提炼出的精华。此指道家最高的智慧。
[4] 智灯：喻道家之真理。
[5] 慧剑：指道教之戒规。
[6] 勖（xù）：勉励。